假面遊戲

MASQUERADE GAME

東野圭吾

陳系美／譯

1

不抱期待點的國產紅酒出乎意料地好喝，令人驚訝。但也可能是美食的力量，讓人覺得這紅酒好喝。

新田浩介將筷子伸向小碗，挾起碗裡的生馬肉拌納豆，送進口中，一股生肉與納豆纏繞的香氣從鼻子竄出。馬肉柔軟的口感與納豆的黏稠，吃起來有種適度的野性感，不會過於高雅。這時就很想伸手去拿紅酒杯，啜了一口紅酒含在嘴裡，確信果然是美食的力量所致。

吧檯裡面，站著一名穿短袖白色廚師服的男子，俐落地切著馬肉，以鋒利的廚刀漂亮切除雪白脂肪。剩下的紅肉看起來像一團蛋白質，可以明白何以被稱為高蛋白低卡路里。

下一道是主菜燒肉。吧檯上放了卡式瓦斯爐，爐上架了成吉思汗燒烤盤，年輕的女服務生來教新田如何烤肉，看起來不是很難。

烤好的肉蘸特製鹽味醬料吃，肉汁與香氣在口中散發開來。這時新田又伸手去拿紅酒杯，但杯裡已空空如也。他滿懷罪惡感又點了一杯，並告訴自己這是最後一杯。

烤肉之際，他時而也留意背後的狀況。店內四人座的桌子有八張，一半已坐滿客人。客層相當廣泛，有情侶，也有下班來餐敘的人們，但不見攜家帶眷的客人，可能很多父母不敢讓小孩吃生肉吧。

新田望向壁架上排放的燒酒瓶，似乎是客人的寄酒，數量超過二十瓶，看來常客也很多。

員工有兩名，一名外場女服務生和一名廚房男助手。切馬肉的男子是老闆，穿著傳統和服專用圍裙「割烹服」招呼客人的是他妻子。這是新田從先來查訪過的搜查員那裡得知的情報。

晚上十點過後，客人逐漸減少。新田的套餐也吃到最後一道了。這是用馬肉湯做的烏龍麵，味道堪稱絕品，麵條是五島烏龍麵的細麵條。

用餐完畢，新田喚女服務生來結帳，以信用卡付款後，對在吧檯裡做料理的老闆說了一聲：「不好意思，打擾一下。」

老闆停下手上的工作，抬頭看向新田。新田一起身就從上衣內側亮出警察證，但非常低調，只讓對方看到的程度，然後說：「有點事情，想請教您太太。」

吧檯席有位獨自默默吃晚餐的客人，露出沒想到新田是刑警的表情。老闆則是一臉困惑，但似乎也不太意外，可能心裡有數吧。他稍稍點頭後，朝著新田的背後喚了一聲「喂」。光只是這樣，他太太就知道是在叫她，立即走了過來。

老闆隔著吧檯，對穿割烹服的老闆娘附耳低語，然後老闆娘表情平靜地看向新田，悄聲問：

「你是想問入江君❶的事？」

「是的。」新田答道，同樣壓低聲量繼續說：「我知道搜查員已經來打擾過了，但我還有一些事情想要請教。百忙之中打擾您，真的很抱歉，能不能給我一點時間，我會長話短說。」

❶此處的「君」是一種親暱稱呼，通常用於平輩或晚輩，對象主要為男性。

「好。」

新田請老闆娘坐在他旁邊的椅子。老闆娘說了一聲「不好意思」便坐下了。

「剛才妳稱呼他『入江君』，果然他是你們的常客嗎？」

「是啊。比較常來的時候，一個月兩三次。入江君喜歡吃馬肉的五花肉，每次最少都吃兩人份。畢竟年輕嘛，很會吃，也會喝，一瓶燒酒轉眼間就喝光了。」說到這裡，她好像覺得怪怪的，又改口說：「這個年輕應該用過去式，因為是生前的事了。」

對於她這個訂正，新田不打算做出反應。

「聽說他都和職場的朋友一起來？」

「是啊，通常三、四個人一起來，大多是年齡相仿的人吧。也有女生一起來過。」

「就您看來，您覺得入江先生是個怎樣的青年？」

老闆娘似乎覺得這個問題很籠統，偏著頭說：「怎樣的青年？這叫我怎麼說呢……」

「單純說您對他的印象就好。比方說很活潑啊，或者相反的很陰沉之類的。」

「在我看來，他是個開朗、精神奕奕的孩子喔。很愛說話，不過喝醉的時候嗓門很大，有點傷腦筋。」

「他都說了些什麼？」

「這個嘛……」老闆娘偏了偏頭。「雖然他講話很大聲，但我也不是每一句話都在聽，畢竟我還得招呼其他客人。印象中，他比較常說公司的事，或是大人物的壞話。」

「他有沒有說過他的興趣或運動方面的事？」

「興趣啊……」老闆娘的表情有些呆滯。「運動方面的話，他倒是說過拳擊的事。」

「入江先生？」

「對啊，他對拳擊很熟，說了很多以前厲害選手的事。不過其他人沒什麼興致聽。」

「那麼興趣方面呢？」

「他常說動漫的事。現在年輕人都很喜歡動漫。不過我記得，入江君說他不太喜歡電玩遊戲。因為小時候爸媽沒能買遊戲給他玩，跟不上朋友的話題，所以很討厭。」

「他假日都怎麼過？或是有什麼習慣嗎？您有沒有聽過他說這方面的事？」

「假日啊？倒是沒說到這個。」老闆娘悠悠地搖頭。「我沒有印象吔。說不定他說過，但畢竟我也有工作要忙。」

「這是當然的。」新田苦笑。「我明白了。您這麼忙還打擾您，真的很抱歉。」

「不會。沒能幫上忙，我才不好意思。」

「哪裡，您幫了很大的忙。還有，謝謝您的招待，餐點美味極了。」

老闆娘向新田道謝。在吧檯裡的老闆也向新田點頭致意。

新田走出店外，感到空氣冷冽。雖說地球暖化，但已經十二月了，冷也是理所當然吧。他穿上大衣，邁開步伐。

這條筆直延伸的道路，鋪的不是柏油，而是地磚。地磚的顏色是胭脂色，但從道路中央到左右的顏色濃淡截然不同。顏色鮮豔的可能是剛做工程挖掉，鋪上的新地磚吧。

道路兩旁沒有步道，只有畫著標示路肩的白線，可是很難一直走在白線內，因為路邊放著商家的看板或腳踏車。白天的蔬果店前，甚至擺了一堆蔬菜水果，簡直把道路當作店鋪的一部分。行人則無視路肩的白線，大剌剌地走在車道上。

入江悠斗，每天走這條路上下班。這是從他留下的手機位置資訊得知的。從這裡，無論去他的住處或是公司，徒步都大約十分鐘。也就是說，他上班通勤時間約莫二十分鐘。

入江上班的公司，是承包生產機器設備的特殊規格化或改造的公司。入江負責焊接，尤其擅長鎢極氬弧焊接，但前來查訪的搜查員也不懂這是什麼技術。

從今天算起四天前，也就是十二月二日，是平日的上班日，但入江沒來上班。上司打了好幾次手機給他，但都沒人接。有位同事在午餐後，騎腳踏車去入江的公寓找他。

房間的門沒有上鎖。同事開門一看，只見入江蜷縮地倒在裡面，穿著汗衫和運動服，像是要出門的打扮，可是胸前染成一片紅黑。接著看到旁邊掉落一把染血的刀子，同事對狀況便有所理解了。

一一〇接獲報案電話，是在中午十二點三十五分。轄區警署和機動搜查隊搜索了附近一帶，但沒找到有益的目擊證詞。無須等候司法解剖出來，屍體顯然已死亡超過十二小時，犯行時間推定為前一天的晚間八點到十二點之間。房間的兩鄰都有住人，但兩旁的鄰居都說沒聽到什麼聲音，不過兩人都是深夜才回家。

發現遺體那天的夜晚，新田來到案發現場的公寓。因為決定成立特搜總部，警視廳搜查一課派新田率領自己的小組開始調查。

這是一棟兩層樓的出租公寓，屋齡十年，算是比較新的。門一開，左邊就是流理臺，下面收納了一臺小型冰箱；右邊有一間整體式衛浴。房間約九平方公尺，附有閣樓。入江似乎把閣樓當作睡鋪。閣樓下方擺著不鏽鋼單桿衣架和組合櫃，收納內衣褲與日用品。

這是一間非常單調的房間，既沒有電視，也沒有漫畫或雜誌之類的書籍。遺體被發現時，廉價的矮木桌上擺著罐裝檸檬沙瓦和吃剩的魚肉香腸，還有手機，就只有這樣。

至於入江悠斗的背景，大致已經查出來了。他是千葉縣船橋市出身，念小學的時候父母離異，入江由父親撫養。父親在建築工地工作維生，完全不關心兒子的教育。

入江十七歲時，引發了一起事件。他將腳踏車停在禁停腳踏車的地方，被路過的學生勸阻，一氣之下出手毆打對方，而且不是打一兩拳，而是卯起勁來猛打，打到自己都不記得打得多激烈。遭暴打的學生雖然送醫，但陷入意識不明的狀態。

入江並沒有逃走，當場以現行犯被逮捕。不久移送到家事法庭，被判保護管束處分，送進少年矯正學校。

他在少年矯正學校待了一年三個月。這段期間，他接受教育，學習焊接與切削等技術。入江頗有這方面的天賦，很快就取得資格證照。

終於能離開少年矯正學校那天，父親行蹤不明無法取得聯絡，母親早已再婚有了別的家庭，拒絕收養入江。因此入江進入更生保護機構，朝著找工作前進。

所幸，工作很快就找到了，就是現在的公司，他的焊接技術獲得很高的評價。但在搜查員因為這起命案去詢問之前，公司人事部並不知道入江待過少年矯正學校。雖然履歷表上寫著高中肄業，但人事部相信當時入江說的理由：「因為我想要有一技之長，半工半讀，後來就休學了。」

順利找到工作，也確保了住處，入江開始了新生活。那是他十九歲的春天，然後過了四年半多，在今年初冬，遭人奪走性命。

負責查訪被害人人際關係的搜查小組報告，入江既沒有捲入糾紛，也沒有與人結怨。那麼動機是什麼呢？目的不可能是金錢。實際上也沒什麼東西被偷走，錢包好好的放在房間裡，裡面的錢也沒被拿走。

入江悠斗死了，有人會得利嗎？清查了各個方面，但這個可能性也只能說無限趨近於零。看來只能回頭清查人際關係與交友關係。難道沒有人怨恨入江嗎？

回頭檢視他的經歷，找到了一個人，就是他十七歲時，引發那起事件的被害人。不，正確地說應該是被害人的遺族。

被害人姓名是神谷文和，當時是大學二年級生，和母親兩人住在神奈川縣藤澤市，到東京都內的大學上學，單程要花一個半小時。母親神谷良美在醫院當事務員，父親在多年前過世了。神谷文和遭入江悠斗暴打後，變成植物人，事發後約一年過世。因此入江真正的罪狀不是傷害，極有可能是傷害致死，只是沒有訂正。可能是難以證明死亡的因果關係吧。

新田派搜查員去拜訪神谷良美。總之得先確認她有沒有不在場證明，也想知道她現在怎麼看入江悠斗。

根據搜查員的報告，神谷良美有不在場證明。那天晚上她和朋友去橫濱觀劇，回程也一起在橫濱的餐館用餐，然後去了酒吧，到了將近午夜十二點和朋友道別，自己搭計程車回家。這和她手機的位置資訊一致，朋友那邊的證詞也佐證了，應該不是謊言。

只是聽了搜查員的報告，新田有件事耿耿於懷。

神谷良美知道入江悠斗被殺的事。她看了新聞，猜想警方或許會上門找她。

其實新田有特別交代搜查員一件事。如果神谷良美知道入江悠斗是害死她兒子的凶手，一定要問她為何知道入江悠斗的名字。因為少年犯罪受到保護管束處分的話，姓名是不公開的，被害人那邊應該也不知道。

神谷良美的回答是，因為她去調查了。

「我兒子過世後，我想要打民事訴訟，所以私下調查了。因為不知道對方的名字，沒辦法打官司。」

可是最後，她放棄打官司。因為周遭朋友說服了她，說這只是浪費時間。

神谷良美掌握了害死兒子的凶手身分。新田沒有放過這一點。若沒有不在場證明，她是最可疑的人物。而且那個不在場證明，是神谷良美邀朋友去的。朋友也說，這是神谷良美第一次邀她去觀劇，所以很驚訝。

還有另一點，新田也耿耿於懷。

入江悠斗的手機，提供了各種情報。譬如他常去那家馬肉店，是從手機看出來的，上下班路線也是。

從手機的位置資訊還可以看出，入江悠斗每週六傍晚，都有奇妙的行動。他離開公寓後，會在街上到處走，連續走兩小時左右。不進入任何一間店家，只是一直走，然後回家。就時間來看不是慢跑，若以健走來看速度也太慢，所以是散步嘍？二十四歲的年輕人，星期六會花兩個小時散步？

路線，某個程度是固定的，但也不是每次都一樣。相似的路線有著微妙的不同，也有那種一開始就朝截然不同方向前進的。

這個習慣，至少從去年秋天換手機後，幾乎每週持續著。沒有出門走路的週末，查了一下都是下雨天。

這件事不曉得跟案情有什麼關係，但新田非得解決這個疑問不可，所以才藉口說要吃晚餐離開特搜總部，特地來入江常來的馬肉店。但是沒有收穫。

新田停下腳步。剛才胡思亂想走著走著，居然走到入江的住處附近來了。

這是一棟枯燥無味、樓梯在外面的兩層樓出租公寓。沒有面對公路，想靠近還得走過路面隨便鋪設的狹窄私人道路。入江的房間在一樓，日照不好，但房租也比較便宜。

殺人者，居然敢來這種房間，刺殺住在這裡的默默無聞年輕人。

究竟是什麼目的？

2

新田被稻垣管理官叫進警視廳本部的會議室，是入江悠斗命案發生三星期後的事，並且被交代帶偵查資料來。

新田走在通往會議室的走廊時，西裝內側的手機震動。他停下腳步，靠著牆壁掏出手機一看，是奉命監視神谷良美的部下打來的。新田順便看了一下時間，下午一點多。

「我是新田。有動靜了嗎？」

「剛才，神谷良美已經走出公寓了，穿著打扮明顯和平常不同，提的包包也特別大，說不定要去旅行。」

「跟蹤她！幾個人一起行動！不要跟丟了！」

「了解。」

新田一邊收手機，一邊思索。神谷良美想去哪裡呢？知道殺死兒子的男人死了，為了轉換心情外出旅行？

入江悠斗的人際關係，應該調查得很徹底了。殘留在手機的情報也都幾乎解析了。可是找不到可能和這次案情有關的東西。

這麼一來只剩神谷良美的疑點。所以新田派人監視她，但一直沒什麼動靜。

新田一進會議室，已經有客人先到了。他霎時有些吃驚，但因為是熟面孔，立即解除緊張。

「辛苦了。」

「你也被叫來啊？」以一如往常強硬態度問新田的是，以前曾經共事的刑警前輩本宮。他是稻垣當組長時的得力左右手，新田也曾被他操得很慘，後來彼此都調過幾次職務，累積了不少經驗，現在都是搜查一課的組長。

「是啊。被交代要帶偵查資料來。」

「我也是。這麼看來，管理官說的重要事情是什麼，似乎猜得出來。」本宮說著，看向放在桌上的檔案。

本宮那組在處理的是，一週前發生的殺人嫌疑案。狛江市的兒童公園，有一名四十歲的男子高坂義廣被殺。高坂在附近的產業廢棄物工廠工作，下班後去定食店喝啤酒吃晚飯，回住處途中遇襲。這是他慣常的行動路線，凶手極有可能掌握了這一點在路上埋伏。那個地方，也就是案發現場，平常到了夜晚幾乎沒人經過。

新田有出席最初的偵查會議，知道此案內容。高坂是被銳利的小刀從正面刺進胸部，這一點和入江悠斗命案相同。所以只是事件的輪廓也好，稻垣命令新田對高坂案也要有所掌握。當然這件事本宮也知道。

可是到目前為止，找不到這兩起案子的連結之處。所以暫時還是得分開調查。

新田在本宮旁邊的椅子坐下。「吉祥寺的案子，你聽說了嗎？」

「聽說了喔。」本宮回答：「是小刀吧。」

「是啊……」

事態或許已來到新局面，讓人有這種感覺的消息也傳進了新田耳朵。那就是三天前的夜晚，發生了一起案件，一名男子在吉祥寺的路上遇襲，凶器是一把小刀，也是刺進胸部。

敲門聲響起。新田應答：「請進。」

咔噠一聲，門開了。進來一名穿黑色長褲套裝的女子，說了一聲：「打擾了。」是性感有磁性的沙啞聲。

一頭烏黑亮麗的短髮，小巧可愛的鵝蛋臉，但個頭絕對不小，可能是身材勻稱之故，看起來嬌小玲瓏。

新田也認識這號人物，就是搜查一課負責強行犯搜查的組長，大家都稱呼她「梓警部」，但不知道她下面的名字。

「抱歉來晚了，我是七組的梓。」她說完低頭致歉。「兩位是本宮警部和新田警部吧，今天也請多多指教。」

「彼此彼此。」新田說完勸坐，請她坐旁邊的椅子。

但梓就坐之前，對著門口點了點頭。然後一個身材矮胖的男子，動作遲緩地出現了。新田看到他的臉，不由得驚呼：「能勢先生！」

「你好。」難為情使得能勢的表情柔和起來。

「搞什麼啊，能勢先生居然也被叫來了。」本宮也親暱地說。

梓詫異地看著這一幕。「稻垣管理官跟我聯絡，叫我來這裡，還叫我帶能勢一起來。」她以沒有抑揚頓挫的語氣說：「我沒有問理由，不過兩位似乎和能勢緣分不淺啊。」

「是啊，很多事情。」新田含糊其辭地回答。

新田和能勢的所屬單位不同，但曾兩度一起辦案。雖然能勢是從轄區警署熬上來的刑警，但新田非常佩服他的慧眼。只是新田並不知道，能勢調到梓的下面工作。

等梓和能勢入座後，新田問：「吉祥寺的案子，是梓警部那一組負責的？」

「是的。」梓宛如能面❷般漠無表情地看向新田。「我到任的時候，管理官跟我說過，視情況而定，有時會和既設的特搜總部一起辦案，要我有這個心理準備。看來現在變成現實了。」

稻垣要梓帶能勢一起來，一定是認為這樣能讓梓和新田與本宮，攜手辦案時更順利。

新田想問梓偵辦進展情況時，開門聲響起。新田看向門口，反射性地站了起來，其他人也一樣。最先進來的是搜查一課的課長尾崎，後面跟著稻垣。

尾崎的姿勢還是很好，那是有威嚴在撐腰。整個往後梳的頭髮烏黑亮澤，可能有染髮吧。

尾崎以手心上下擺動，命令大家坐下，自己坐在會議室最裡面的席位。看到尾崎旁邊的稻垣坐下，新田等人也整排跟著坐下。

「抱歉，突然叫你們來。」稻垣語氣僵硬地開場說：「我想你們彼此之間至少是認得臉，自我介紹做完了嗎？」

新田等人面面相覷後，回答：「是的。」

「那我就省略寒暄了。今天請你們聚集在這裡，不為別的，就是你們現在各自在偵辦的案件，出現了有關聯的可能性。所以想敲定一下今後的偵辦方向。」

「意思是，同一個犯人所為？」本宮語氣慎重地問。

「我不敢斷言，但可能性很高。」

「是殺害方式吧。」新田說：「不管哪一個被害者，都是從正面被小刀刺殺。」

稻垣點頭，環視眾人。「凶器的照片，可以馬上印出來嗎？」

新田等人從帶來的資料裡，抽出凶器的檔案照片，立刻列印出來，排在桌上。

三把都是刀身細長的小刀，但不是同一把。

「有點微妙的不同啊。」本宮低語。

「但很像是同一款的。」新田說：「刀刃的長度，都將近十五公分。刀柄的長度和寬度也都類似。」

「如果凶手是同一個人，就算不是用一把小刀，也會挑選自己覺得好用的大小和款式吧。」說這話的是梓。

「我也這麼認為。」稻垣說：「不管是在店家買，或是在網路買，只要同一把小刀買很多把，都會留下印象。所以可能是去不同的店，買同一把小刀吧。」

「非常有可能。」本宮表示同意這個看法。

新田立刻操作手機。

「我這個案件，從被害人的體格和小刀插入的角度來看，凶手的身高可能一百七十公分左

❷能面：日本傳統能劇所佩戴的面具，常用來形容表情毫無變化。

右。當然也有可能是個子很高的人彎腰殺的，可是要趁對方有空隙時從正面刺入，動作必須相當敏捷。考慮到這種刺殺的體勢，一百六十公分以下，或一百八十公分以上，可能性都很低。」

「我這個案子也是。」本宮說：「一百七十公分左右，接近日本男人的平均身高，可是最近女人這個身高的也不少。光就這一點，很難斷定是同一個犯人所為吧。」

「管理官。」梓小小地舉手。「這三把小刀送去科搜研鑑定如何？」她輪流看著尾崎和稻垣，提案說：「我這邊的鑑識結果顯示，凶器小刀上有研磨的痕跡。如果是同一個犯人所為，分析刀面的話，可以看出研磨的手法和磨刀石是否相同吧？」

「有道理……」稻垣看向尾崎，確認尾崎默默地點頭後，將視線轉回梓。「這件事就交給妳辦。可以交給妳吧？」

「如果其他兩人沒意見的話……」

新田回答：「我沒意見。」

本宮說：「偏勞了。」

兩人的語氣都有氣無力。畢竟好主意被女警部先提出，心裡不是滋味。

「梓警部，妳的著眼點非常厲害。」尾崎聽完部下的討論，終於出聲說。

「哪裡，不敢當。」梓低頭致意。原本漠無表情的臉，稍微柔和了些。

「稻垣警視，差不多可以把那件事告訴他們三人了吧。」尾崎不曉得在催促稻垣說什麼。

「是。」稻垣回應後，再度環視三人。「這三起案件，除了殺害方式之外，有人看出其他的共同點嗎？」

沒有人能回答這個問題。對彼此的案件尚未詳細談過，這也是理所當然。

稻垣望向本宮。

「你那個案子被殺的男子，有前科吧？」

「是的。」本宮回答後，打開檔案資料。「被害者名叫高坂義廣，二十年前犯了強盜殺人罪，判刑十八年，去年從千葉監獄出獄。」

這件事新田也有聽說。被害者的經歷，在最初的偵查會議就公開了。犯下強盜殺人重罪，竟然只判刑十八年，對於這個疑問，當時也有說明，因為考慮到犯案時是二十歲。

「梓警部，」稻垣叫她。「把妳被害人的事，說給那兩個人聽。」

「好的。能勢警部補，拿資料來。」梓一說完，能勢就把打開的資料，遞到上司面前。梓看著資料說：「被害人的姓名是村山慎二，三十四歲，在餐飲店工作。六年前，因妨害性隱私及散布性影像罪被判三年徒刑，緩刑五年。」

「兩個都有前科啊？」本宮的細眉間蹙起皺紋。「那麼，新田的被害人也有前科嗎？」

「我的被害人沒有前科。但是，曾經被逮捕過。十七歲時引發傷害事件，在街頭和人起口角，將對方打到昏迷，被送進少年矯正學校待了一年多。那時的被害者成了植物人，一年後不幸過世。」

「這等同於被殺死吧？」本宮忿忿地說。

「我猜遺族的感受也是這樣。」

「就這一點來說，我這邊也是。」梓說。

新田看著女警部的側臉。「也是妨害性隱私罪吧。」

「妨害性隱私及散布性影像罪。這是為了防止未經當事人同意，任意散布當事人的私密照片或影像所設立的法律，又簡稱防止色情報復法。村山慎二就是違反這條法律，他在網路上公開前女友的全裸影像。被害的是中學三年級的少女，休學一年後自殺，這叫遺族怎麼接受呢？」

「快要三十歲的男人和中學女生交往，最後還搞色情報復。這等於是間接殺了對方吧？」本宮低喃。

「這樣你們應該懂了吧。」尾崎開口說：「你們現在偵辦的案件被害人，過去都曾引發案件，而且是非同小可的案件，都有人死掉。若把這一點當作巧合也未免太樂觀。這是我和稻垣警視的共同見解，所以才把各組的指揮官聚集來這裡討論。」

「一課長，您認為這是連續殺人案嗎？」新田問。

尾崎的嘴角微妙彎曲。

「這三個禮拜，有三個人被刺殺。頻率之高簡直勘比知名的開膛手傑克。難道是完全不相關的三個凶手，湊巧在這段期間出現？」

尾崎語氣冷澈說的這番話，新田完全無法反駁。

「目前只有一個方針，就是徹底調查被害人遺族。」稻垣說：「這時候的被害人，不是這次的被害人。他們是過去引發的案件的被害人。確認每個遺族的行動，徹底清查他們的人際關係。這三起案件，一定在某個地方有所關聯。特搜總部暫時照現在這樣運作，若找到什麼關聯性，到時候可能會聯合偵查。隧道的出口應該很近了。」

「是！」新田與其他人異口同聲，強而有力地回答。

「我想再說一件事。」尾崎再度開口：「不曉得是單獨犯案還是多人犯案，如果犯人或犯人們認為這一連串的犯行是正當行為，這是荒謬且傲慢的誤解，也是對刑事司法體系的冒瀆。這種事絕不允許，一定要逮捕他，讓他付出相對的賠罪。各位，這是對警察的挑戰，希望你們在偵辦時銘記在心。完畢。」

搜查一課課長說的這番話，字字句句都使會議室的空氣凝重起來。這種氛圍不適合出聲應答，新田等人都默默低下頭。

「好，那就拜託各位了。」稻垣說。

稻垣和尾崎站起身來。新田等人也起立，低頭目送兩位長官離去。直到門確實關好了，大家才重新坐好。

「真是嚇人啊。這種展開完全出乎意料。」本宮說：「沒想到居然是連續殺人。那麼犯人的目的是什麼呢？」

「我覺得一課長的論點可能是對的。」新田說：「犯人認為這是正當行為。他只是殺了該殺的人。」

「復仇嗎？就我的案子來看，確實也很有可能。」本宮同意。「高坂義廣二十年前犯下的案子在審判時，據說被害人遺族都希望判死刑。以遺族的心情來說理所當然。強盜殺人，通常最低也是無期徒刑。可是法院判決下來是十八年徒刑。原本檢方的求刑也不是死刑。可是殺了人，居然只是去坐牢，這實在太不合理了，當然會火冒三丈。既然國家不處刑，我就用我這雙手殺了他，會這麼想也不奇怪。當然我們掌握被害人有前科的瞬間，就先懷疑有這種可能性了。可是以前案件的被害人遺族，每個都有不在場證明。」

「我這起案子也一樣。」新田說：「這次的被害人入江悠斗，以前也有個被他打死的男子，這名男子的親人只剩母親，所以我徹底鎖定她，現在也派人尾隨中。只是，她有案發當天的不在場證明，而且很確實。」

「原來如此。」本宮點點頭看向梓。新田也跟著將目光轉向她。

梓輕輕嘆了一口氣說：「能勢警部補，說給他們兩人聽。」

「是。」能勢回答後，將檔案資料拉過來。不知何時已戴上老花眼鏡。

「村山慎二於六年前違反防止色情報復法，被判有罪，被害的少女自殺。這些都和梓警部剛才說的一樣。會不會是少女的遺族懷恨在心展開報復，我們也對少女的遺族，具體而言是對父母進行了調查。根據搜查員的報告，母親因少女自殺而罹患憂鬱症，而且情況年年惡化，現在處於一個人什麼都無法做的狀態。父母現在依然憎恨加害者是眾所周知的事，但這次的命案發生時，父親確實在他經營的店裡。母親說她待在家裡，雖然無法證明，但以她的病情來看不可能犯案。這是搜查團隊的見解。」

「完畢。」能勢說完摘下眼鏡。

「無論哪個遺族都有確實的不在場證明，反而令人在意啊。」本宮摸著下巴說。

「其實我正在查，執行犯罪的會不會另有其人。」新田說：「周圍有沒有可能會幫母親復仇的人，或是和母親一樣非常疼愛過世男子的人。不過，聽了大家剛才說的話，我覺得這種想法可能完全失焦。」

「怎麼說？」

「確實是完全失焦啊。」新田還沒回答，梓搶先說：「如果只是一起命案，或許有這種可能性，但同樣的命案連續發生三起就另當別論了。同情遺族，願意代替遺族復仇的人，三個遺族各有不同的人，想到這個就覺得非常超現實──新田警部，你想說的是這個吧？」

想說的話都被說完了。新田只能搔搔鼻子說：「嗯，是啊。」

「如果不是各有不同的人，意思是三起命案是同一個犯人？」本宮睜大眼睛。「這個人代替遺族們完成復仇？」

「原來如此！」能勢拍桌說：「以前有一齣很紅的時代劇《必殺系列》，整個系列都在演可憐的庶民被大壞蛋欺負，專業殺手為了替庶民雪恨，打倒壞蛋的故事。他們殺人的方式，都很獨特……」

「能勢警部補。」梓一臉冷漠地瞪著比她年長的部下，將食指抵在唇上要他住嘴。

說得眉飛色舞的能勢，旋即縮起脖子，說了一聲：「對不起。」

「難道是遺族們出錢雇用殺手，一個個為他們復仇？」本宮一臉難以置信。

「可能性不是零。」新田說：「網路上充滿了暗黑生意。梓警部，妳覺得呢？」

「有可能吧。」女警部漠無表情的臉稍微上下擺動。

新田內袋的手機震動，說了一句「失陪一下」，掏出手機。看了畫面，是跟蹤神谷良美的部下打來的。

「我是新田。怎麼了？知道神谷良美要去哪裡嗎？」

「知道了。我們現在在東京。」

「東京？東京的哪裡？」

「組長也很熟的地方。」部下意有所指地繼續說：「柯迪希亞飯店的大廳。剛才，下午三點，神谷良美入住這家飯店。」

3

走出警視廳本部的建築物，恰巧來了一輛空車，新田舉手攔車，坐進後座，能勢也隨後坐了進來。新田說到箱崎的東京柯迪希亞，計程車司機立刻明白。不知神谷良美為何入住東京的飯店，或許跟案子全然無關，但根據部下調查得知，她有向上班的醫院提出假單。居然得向醫院請假的事會是什麼呢？新田無論如何都想查明究竟，決定親自去一趟柯迪希亞飯店。和本宮等人的討論也告一段落，於是他先離開會議室。

結果能勢追了過來，問能不能一起去。新田沒有理由拒絕，便答應了。

「這是梓警部的指示嗎？」計程車發車後，新田問：「她叫你跟我一起來掌握情報，對吧？」

「哈哈哈。」能勢乾笑了幾聲。「對啊，就是這樣。」

「實際情況我不知道，不過聽說她相當能幹。」

「她很優秀喔，也很有野心，畢竟年紀輕輕就當上搜查一課的組長，是能夠匹敵新田先生的菁英喔！她雖然有身為女性的不利條件，但完全看不出她因此而困擾。我覺得很了不起。」

能勢依然沒有忘記要誇獎上司，並吹捧談話對象。巧妙操控語言的話術，至今依然很厲害。

計程車終於抵達東京柯迪希亞飯店的停車處，穿著制服的門僮上前致意：「歡迎光臨。」

「好懷念喔。」能勢開心地看著大門。「我還以為沒有機會再來這裡了，至少在工作上。」

「我也是。」

這家飯店，過去曾兩度發生殺人未遂案。兩起案件沒有關聯，時間也離得很遠，但都由稻垣率領的小組負責偵辦。第一起案件，靠著某種特殊偵查方法解決了，所以第二起案件也動員了精通這個方法的幹員。新田是其中一人，也被賦予最重要的任務。

這種特殊方法就是臥底偵查。為了找出真凶，新田喬裝成飯店的櫃檯人員。當時把長髮也剪了，不過已經是好幾年前的事了。

踏進久違的飯店大廳，新田覺得比記憶中來得寬廣，挑高至二樓的天花板也變得更高。看到高大的聖誕樹裝飾，新田想起今天是十二月二十三日星期五，換句話說明天就是聖誕夜星期六。這是飯店的熱鬧時期，大廳確實也有很多人。

新田望向櫃檯的旁邊，那裡應該有個禮賓臺，但現在不見了。新田憶起，曾經在那個禮賓臺的小姐，幫了自己很大的忙。若沒有她的協助，不可能破案。

一名穿西裝的男子走了過來，他是新田派去監視神谷良美的部下富永。

「神谷良美入住以後，就沒有從房間出來。」

「你們在監視哪裡？剛才我在電話跟你說了，這家飯店的地下室也有出入口。」

「我知道。地下室也有人在監視。」

「你們還沒跟飯店那邊的人接觸吧。」

「還沒。」

「很好。」

新田將視線轉向櫃檯，幸好現在沒有客人，男女兩名櫃檯人員好像也都有空的樣子。兩位都很年輕，都是新田不認識的人。

「能勢先生，請你待在這裡。富永，你繼續去監視。」新田說完走向櫃檯。女性櫃檯人員留意到新田，滿臉笑容前來招呼：「您要住宿嗎？」

「不是，我是這個。」新田從上衣內側出示警察證，確認對方表情變了之後收回去。「請問久我先生在嗎？」

「久我……是住宿部長嗎？」

「啊，說不定是。他以前是櫃檯經理。能不能轉告他，說有一位新田來找他。說警視廳的新田，他應該知道。」

「新田先生是吧，請稍等。」櫃檯小姐掏出自己的手機，這樣可能比用內線電話省事吧。通話說了三言兩語後，她將手機拿離嘴邊，看著新田。「久我現在在事務大樓。不好意思，能不能請您去那裡找他？」

事務大樓是設置人事部和營業部的飯店事務部門大樓。

「沒問題。我現在就可以去吧？」

她用手機問了之後，點點頭。「請您現在就去。」

「謝謝。」

「您知道事務大樓在哪裡吧？」

「我知道。」

新田心中繼續說，我熟到快煩死了。

新田回到能勢那裡，將情況跟他說。

「我也可以一起去嗎？」

「當然可以。」

事務大樓隔著一條路在飯店的旁邊。以前發生案件時，新田他們把這裡當作現場對策總部使用。「很久沒來這棟大樓了。」能勢仰望著大樓說。

來到住宿部的事務部門，只見久我坐在背窗的辦公桌講電話。他看到新田，手機依然貼在耳朵上，對新田點頭致意。新田也稍微行了一禮。

講完電話後，久我將手機收進上衣內袋，站了起來。

「新田先生，好久不見。」

「之前承蒙您關照了。」新田再度行了一禮。

「這句話應該是我說的。多虧了你們，事情沒有鬧大就解決了。」

然後彼此交換名片。能勢和久我意外地沒見過面。知道能勢也參加過以前的案件偵查，久我有些驚訝的樣子。

「倒是新田先生，你升官了吔，現在是大人物了。」久我看著名片說。

「久我先生也是啊。」

久我依然面帶微笑，但皺起眉頭。

「在飯店業工作，只要沒有大失誤，就會慢慢升官。」

「您太謙虛了。沒有這回事吧。」

「飯店人就是要謙虛。」久我逗趣地揚起眉毛。「來，坐下來聊吧。」

三人走到會議區，新田和能勢坐在久我的對面。

「我剛才看了大廳，禮賓臺不見了啊。」

面對新田的疑問，久我輕輕點頭。

「讓櫃檯人員兼任禮賓工作比較好，所以就撤掉了。對櫃檯人員也是很好的學習。」

「原來是這樣啊。」

「——其實這是表面上的理由，總之就是要節省經費。」

「啊。」新田點點頭。「這樣我就明白了。」

「現在飯店業的經營也很不容易啊。倒是新田先生，我非常在意，你今天大駕光臨究竟為了什麼事？」久我一臉刺探地問。

「不要這麼警戒嘛。」新田表情柔和地露出微笑，但隨即又變回嚴肅的神色。「是這樣的，我現在在偵辦的案子，我們鎖定的參考人，剛才入住了這間飯店。」

「這間飯店……」久我的臉上浮現不安之色。

「參考人是住在神奈川縣藤澤市的女性，一個人來住東京的都會飯店實在太不正常了，我懷疑會不會跟案件有關。所以想拜託您，能不能讓我看住宿者或預約訂房者的名單？」

「原來是這種事啊。」久我臉上的笑容完全消失。

「我們絕對不會把資料流出去。沒有決定性的根據，也絕對不會接觸住宿客人。當然如果必須接觸時，一定會事先通知飯店。請答應我們這個無理的要求，拜託您。」

新田低頭鞠躬，能勢也跟著鞠躬。

久我沉沉地嘆一口氣後，說：

「我明白了。新田先生你們也幫了我們好幾次忙，我也知道你是可以信任的人。那麼這樣吧，今天就當作我個人的判斷給你看，而不是飯店的正式對應。如果需要什麼證據的時候，再請你鄭重提出申請。你覺得這樣如何？」

「這樣已經很夠了。非常感謝您。」

久我起身，走回自己的辦公桌，然後抱著筆電回來，在新田他們面前敲打鍵盤，接著將液晶螢幕轉向新田他們，說：「這是現在住宿的顧客和今天以後預約要入住的顧客名單。」

名單裡羅列著整排姓名、聯絡方式、電郵信箱，並記載了預約住宿的相關內容。新田快速掃描過目，看到「神谷良美」的姓名，住在單人房，從今天起兩晚。看起來是第一次入住這間飯店。新田知道，若是常客，會有表示常客的記述。

神谷良美要在東京住兩晚，究竟想做什麼呢？

新田在尋思之際，能勢忽然「啊」了一聲。

「怎麼了？」新田問。

能勢以食指指向筆電螢幕。他指的是預約明天入住名單裡的「前島隆明」。

「這個人有什麼問題嗎？」新田問。

能勢面對新田，眨了好幾次眼，說：

「他是遭到色情報復而自殺少女的，父親。」

4

警視廳會議室，下午四點二十分。

「這字也寫得太潦草了！你就不能寫工整一點嗎？」新田面向白板，背後傳來罵聲。

新田回頭說：「要不然本宮你來寫！」

「混蛋！我寫的話，一定更難辨識吧！」

「那你就少廢話！」

「新田先生，還是我來寫好了。」能勢靦腆地站起來。

「不用，我寫就好。使喚別組的主任，對梓警部過意不去。」

「這什麼話！那就可以使喚別組的組長嗎？」

「這要看對象。」

「你這傢伙！」

「別在那邊吵無聊的事，快寫！」稻垣氣呼呼地說：「字怎樣都好，看得懂就好！」

新田應了一聲「是」，重新面向白板，把筆記的內容抄上去。

入江悠斗：傷害罪（少年矯正學校）／被害人：神谷文和／遺族：神谷良美（母親）

高坂義廣：強盜殺人罪（十八年徒刑）／被害人：森元俊惠／遺族：森元雅司（長男）

村山慎二：妨害性隱私罪（三年徒刑，緩刑五年）／被害人：前島唯花／遺族：前島隆明（父親）

新田寫完後，會議室的門開了，梓說了一句：「抱歉，我來晚了。」走了進來。好像是趕來的樣子，稍微有點喘。

「哦，梓警部。讓妳這樣一直跑來跑去，抱歉。」稻垣致歉。

「哪裡，您太客氣了。」

「妳掌握情況了嗎？」

「沒問題。我已經收到能勢的報告。」梓就坐，看向白板。「情況出乎意料啊。」

「就是啊。我聽新田說的時候，還懷疑我是不是聽錯了。」

「我自己也嚇了一大跳喔。」新田說：「可是三個被害人遺族都到齊的話，幾乎可以確定不是巧合了。」

稻垣皺起鼻子。「是啊……」

新田在飯店時，聽到能勢說，飯店預約住宿名單裡的前島隆明是何許人也之後，心中湧起一股不祥預感，立即將這份名單也傳給了本宮。結果本宮的回覆和料想中一樣，這份名單裡也有高坂廣義在二十年前犯下強盜殺人罪時的被害人遺族名字，森元雅司。他是被殺害的女性的兒子，從今天起預約住宿兩晚。可能因為明天星期六，不用上班吧。

因為這個緣故，同一批人解散後，又再度聚集在警視廳的會議室。

「這究竟是怎麼回事？」稻垣抬頭看著白板。「三個過去曾經害死人的人，現在陸續被殺。而且三起以前的命案被害人遺族，三個人一起入住同一家飯店……」

「巧合的可能性是零吧。」新田說：「這三個人想必有所聯繫，為了某種目的聚在一起。也就是說，這三個人極有可能會繼續聯絡。前島明天會入住，所以可能明天才會真正有所行動。」

「你們已經下令掌控各自負責的人的行動了吧？」

面對管理官這個質問，三位組長都點頭。本宮負責的是森元雅司，在新宿的保險公司上班，但今天還沒進公司。梓的部下監視的是前島隆明，在自由之丘經營餐廳，今天一如往常開店營業，前島在廚房裡。

「搞不好是共犯？」梓發言。

大家都看向女警部。

「共犯……怎麼說？」稻垣問。

「三個人都有各自怨恨的人；不僅奪走心愛家人的性命，而且沒有被判死刑，還悠悠哉哉地活著。他們沒辦法忍受這種事，總想著有一天要親手制裁。可是這麼做的話，自己會先被懷疑。要制裁可恨的人，到頭來自己卻被制裁，實在太不划算了。所以找有同樣煩惱的人聯手——」

「我懂了！」本宮彈指說：「交換殺人！」

「沒錯。請別人殺自己想殺的人，相對的自己也要去殺別人想殺的人。這樣就能做出完美的不在場證明。」

「有可能……」稻垣點頭。「新田，你覺得呢？」

「非常有可能。本宮說是交換殺人，其實這就是所謂的迴轉殺人。而且三人聯手的話，犯案可以讓其他兩個人去。殺人這件事，一個人殺和兩個人殺，有很大的不同。」

「倘若真是如此，三人為什麼在飯店集合？」

「今後的作戰會議？」本宮說。

「沒必要特地出來見面談吧。」梓立刻說。

「如果想看著臉說話，可以用網路視訊會議啊。」能勢贊成上司的看法。

新田望向白板，霎時靈光一閃。「說不定是……」

「是什麼？」稻垣問。

「或許有第四個人。」

「第四個人？」

「對喔。」能勢拍了拍大腿。「不見得只有三個人聯手，是這個意思吧。」

「是的。」新田回答，然後看向稻垣。「其實是四個人的集團，扣掉一個人必須做不在場證明，剩下的三個人協力下手。他們可能在做這個計畫。」

「開什麼玩笑！」稻垣整張臉皺成一團。「如果你猜的是對的，接下來可能在飯店裡進行第四起殺人案喔！」

新田默默凝視稻垣的臉。這不是在開玩笑，除了這個答案沒有其他。梓和本宮，還有能勢都閉嘴不語，一定是大家都有相同的看法。

「怎麼偏偏又是那間飯店……這已經是第三次了。這種事有可能嗎？」稻垣呻吟般地低喃。

新田對這個疑問也有同感。若兩次還可以當作巧合，實際上也是巧合。可是到了第三次，就不能用巧合打發過去了。

「總之，我先去向尾崎一課長報告。你們在這裡想對策。」稻垣起身，快速走出會議室。

「想對策，說得倒輕鬆。」本宮擺出一張苦瓜臉。

「我認為應該找研究網路犯罪的專家商量看看。」梓說：「如果犯人們彼此認識，可能是透過網路認識的。被害人之會或是被害人遺族之會，可能在這種網站或社群平臺認識的。有必要先調查一下，他們三個人有沒有在這種地方發文。」

「我也有同感，但這不是用一般方法能夠解決喔。就算他們有發文，也可能用匿名吧。」

對於新田的意見，梓一本正經回答：

「你說得對。發文者的名字當然可能匿名，就算留言也不會用真名吧。所以要搜尋類似案件的留言，如果找到像是他們三人寫的留言，那就是他們認識的地方。換句話說，第四個夥伴也極有可能在那裡留言。要清查所有發文內容，逐一推斷實際的案件。若能推斷得出來，就能猜出被害人遺族是誰。再拿那個名字去核對飯店的訂房名單。」

梓說得很快，新田需要一點時間才能消化她說的內容。看來這位女警部的腦筋轉速很快。

「我明白了，但這是個大工程喔。」

「所以才要拜託專家。別擔心，我有這方面的門路。」梓一臉自信滿滿地說。

「我可以問一下嗎？」一直默默聽兩人對話的本宮開口。「如果他們是在那種網站或社群平臺認識的，那這次的計畫說不定也會在那邊談？」

「不會，我認為這是不可能的。」梓立即否定。「我們能夠輕易看到網站或社群平臺，最近營運方經常檢視使用者的留言，有問題的留言會立即被刪除。所以做闇黑生意的人會使用特殊APP，不管是傳訊息或在聊天室聊天，這些紀錄經過固定的時間後，會從手機裡消失，而且是不能復原的。也就是所謂『消失的社群平臺』，你沒聽過嗎？」

本宮歪著頭一臉困惑，把問題丟給新田。「你知道嗎？」

「大致上知道。例如Telegram之類的吧。」新田說。

「對。」梓一臉神氣。

「不行，我跟不上啊。」本宮嘆氣。

「可是，就算他們對談是在這種特殊的網路空間，但他們認識的契機應該是在一般的網站上。」梓依然以自信滿滿的語氣說：「我想把這個找出來。」

「那，這麼困難的事就交給梓警部嘍！我們接下實體舞臺的工作。」

對於本宮這句話，梓詫異地蹙眉問：「實體舞臺？」

「每個人都有自己拿手的項目喔！對吧，新田。」本宮說著，將手搭在新田肩上。

其實新田知道這個前輩組長在說什麼，但只是默默無言地凝視著白板。

又是那間飯店啊——

5

藤木表情沉穩地拿著A4資料，雖然白髮變多了，但絲毫不減掌管超一流飯店的威嚴。

下午六點半，新田和稻垣在東京柯迪希亞飯店的總經理室，隔著桌子，和藤木總經理與久我住宿部長對坐。自從上次的案子之後，新田和稻垣已經很久沒進入這間辦公室。

藤木抬頭，摘掉老花眼鏡，放下資料說：「事情我明白了。」

這份資料是預約住宿名單的影本。神谷良美、森元雅司和前島隆明的名字，都以黃色螢光筆畫起來。

「我想您應該能夠明白，現在情況非常緊急。」

對於稻垣這句話，藤木點頭。

「好像是啊。如果你們的推理正確，本飯店又會發生殘忍的事件。居然有三個人聯手想殺死一個人……時代變得真可怕。」

「我們一定會防止事件發生，就像以前的兩次事件一樣，最後都以未遂結束。我敢保證。」

藤木對新田投以溫和微笑。「比起其他任何人，能聽到新田先生這麼說，我就放心多了。」

「不敢當。」新田鞠躬致意。

「但到底是怎麼回事？為什麼我們的飯店老是被盯上……」

「關於這個問題，我們也困惑不解。搞不好，不是單純的巧合也說不定。」

新田這話使藤木的表情蒙上一層陰霾。「你的意思是？」

「有可能是犯人們知道以前的事件，所以故意挑這間飯店下手。只是，目的不清楚。因此我想問一下，關於以前的事件，有沒有客人說過什麼？或者外面的人來問過什麼？」

藤木望向旁邊的久我。「我沒聽過這種事，你呢？」

久我搖搖頭。

「我也沒有。應該沒有。知道當時事情的員工，早就下了封口令。而且我也下過指示，若有人問起就說自己不知道。」

「關於以前的事件，在解決之後，你們有做過承諾吧。」藤木看著稻垣說：「就算事件必須公開的時候，也不會說出飯店名稱與臥底偵查的事。」

「我們有堅守這個承諾。」稻垣說得斬釘截鐵。「就算在判決書裡，我們也請法院隱藏飯店名稱。」

「聽你這麼說我就放心了。」

「只是，人的嘴巴是封不住的，說不定有人說溜了嘴。能不能請您向員工們確認一下？」

新田這麼一說，藤木回答：「好的。」

「請您協助辦案的事，沒問題吧？」稻垣想確認。

「這當然沒問題，可是具體來說，你希望我們怎麼協助呢？」

藤木這麼一問，稻垣以眼神催新田說明。

「首先，請讓我們監視這三個人的行動。」新田指向那個影本說：「不單只用監視器監視，大廳還要配置喬裝成客人的搜查員。可是，光只是這樣難以安心，還是有必要想辦法和那三個人接觸，掌握情報。所以說——」新田做了一個深呼吸，冷靜地繼續說：「就像以前那兩次一樣，請允許我們臥底偵查。能不能讓幾名搜查員喬裝成飯店人員，安置在各個單位？」

藤木的臉上當然蒙上一層陰霾。「果然還是要這樣啊？」

坐在旁邊的久我沉默不語，但也一臉嚴肅。

「拜託您了。」稻垣低頭懇求。「這是偵辦的關鍵所在。以過去的經驗來看，我想總經理也很清楚。」

「確實，過去的兩次案例或許是這樣沒錯。可是我聽你們剛才說的，這次已經鎖定嫌犯了，所以只要監視行動就可以吧。」

稻垣又向新田使眼色，要他說明。

「其實事情可能沒這麼單純。」新田說。

「這話什麼意思？照我剛才聽你說的，是有四個人想要復仇雪恨，一個在做不在場證明的時候，另外三個去替這個人復仇。是這樣沒錯吧？」

「這是為了容易了解才這麼說明。目前知道姓名的嫌犯只有三個，而且他們不見得只有四個人，說不定有五個或六個，也有可能更多。」

「不會吧……」藤木驚愕地和久我面面相覷。這也難怪他會吃驚。

「無法接受法院的審判結果，想要親手制裁出獄的受刑人，這種人很多。我們推測他們可能在網路認識，進而擬定這次的計畫。真是這樣的話，參加這個計畫的人可能就不止四個。在這間飯店犯案，說不定只是計畫的一小部分，只是在樓梯的中途。總而言之，除了這三個人之外，我們必須懷疑還有其他客人是他們的同夥。」

「意思是，不光只是在這間飯店，今後也可能有人會陸續被殺？」

「是的，就是這樣。所以我們必須努力，在這個階段就把它擋下來。」

藤木眉頭深鎖，指尖抵著太陽穴，陷入沉思。

新田瞄了一眼手錶，快要晚上七點了。剛才富永聯絡他，說神谷良美離開房間，去了頂樓的餐廳，但後來就不知道了。此外，本宮那裡也接獲報告，說森元雅司離開新宿的公司了，說不定不久後會來飯店辦理入住。不管怎樣，都有必要早點開始臥底偵查。

藤木終於抬起頭來。

「具體上，你們預定派什麼刑警，喬裝成什麼飯店人員呢？」

看來他是下定決心，前進了一步。一旁的稻垣安心地吁了一口氣。

新田從放在旁邊的檔案夾中，抽出一份新的資料。

「大致上是這些成員。櫃檯一名，門房小弟一名，房務清掃兩名，其他還有四名預備人員。房務清掃員考慮到會被一般客人看到，所以讓他們穿制服，但不實際執行清掃工作，只是清掃嫌犯的房間時，讓他們在場。以前發生事件時，這一點也是允許的。目前不會讓他們進入其他房間。門房小弟也是一樣，基本上除了三名嫌犯，不會讓他們靠近其他人。」

「喬裝房務清掃員的刑警，會不會碰客人的行李？」藤木問。

「絕對不會，我向您保證。」新田秒答。「因為如果去搜行李，被嫌犯發現就完了。」

藤木點頭說：「那我看一看。」便伸手去拿資料，上面記載著預定來這裡臥底的搜查員姓名與官階。久我也從旁邊湊過去看。

「你覺得怎麼樣？」藤木問久我。

「櫃檯人員一名，是誰呢……」久我喃喃地說：「關根巡查部長啊。」

「他是上次事件喬裝成門房小弟的搜查員。久我部長也還記得吧。他對飯店的事情很熟，應該能做得有模有樣，英文也能說一點。今晚給他特訓的話，應該能夠上場。」

「可是，櫃檯人員和門房小弟的工作內容截然不同，只會幾句英文是無法勝任櫃檯工作的。」不愧是前櫃檯經理，久我不得不慎重。

「這我明白，所以實際的工作讓真正的櫃檯人員做，我會叫關根儘量不要出手。」

「話雖這麼說，但明天是聖誕夜喔，會比平常熱鬧很多，來的客人也五花八門，不曉得會發生什麼事。坦白說，我是很不放心……」久我看向藤木，宛如在徵求藤木的意見。

藤木一臉嚴峻地輕輕點頭。

「久我說得對，既然要站櫃檯，若在緊急時無法做出最低程度的應對就不能站櫃檯。畢竟對顧客來說，櫃檯人員是飯店的一員。這一點，我想新田先生應該比誰都清楚。」

「是這樣沒錯……」

「新田，」稻垣從旁說：「你來做！」

「咦？」

「你來站櫃檯，你來做就沒問題了。總經理，久我部長，你們覺得如何？」

「嗯。」藤木點點頭。「這樣我就非常放心了。」

「我也有同感。」久我也首肯。

「不，請等一下。」新田看到他們擅自決定，慌忙插嘴，看著稻垣說：「我必須坐鎮在事務大樓的對策總部指揮辦案。」

「這讓本宮做。後方支援和情報分析就交給梓警部，她那裡還有能勢警部補在。這是非常事態。少在那邊囉哩叭唆，接受吧！」

「可是……」

稻垣眼神尖銳地瞪著新田。那表情像在說：你還有什麼牢騷嗎？

「我認為，這樣對彼此都是最好的。」藤木表情柔和，但語氣不容反駁。

6

確認一下時間，已經快晚上十點了。這個時間，飯店大廳或許有在餐廳用完晚餐的客人；從外縣市來出差的商務人士也差不多回飯店了；飯店的員工也大多要下班了。通常這個時間到清晨，是飯店最安靜的時段。

但是，現在二樓的一間宴會廳裡，卻呈現一種截然不同的光景。假扮成飯店員工的搜查員，正在接受各自不同部門的詳細教育訓練。男搜查員已全體理好髮型。

新田也是其中一人。不僅說話方式和禮儀，連走路方式與舉止動作，都要接受詳細指導。擔任指導員的是，白天新田曾交談過的年輕女櫃檯。她的態度和遣詞用語都很柔和，但提出的要求不容妥協。譬如向客人鞠躬行禮時，背部要彎多少角度才算合格，她不斷要求重做到合格為止。

儘管如此，新田畢竟是有經驗的人，不久就從禮儀訓練解脫了。但其他人可能要練到半夜。教的人也很辛苦。

新田利用角落的空間，和一名姓中條的櫃檯經理商量今後的事。中條是年約四十五歲、身材中等的男性，白皙的膚色與高挺的鼻子令人印象深刻。在新田的記憶裡，辦以前的案件時沒有見過他。

「有幾件事，想請您幫忙。」新田說：「以我過去的經驗，我知道辦理住房手續的客人中，會有一些提出各種無理難題的人。我在櫃檯的時候沒問題，但我不在的時候，只要出現有點異常的要求，請逐一和我聯絡。無論多小的事情都沒關係。」新田遞出寫著自己手機號碼的紙條。

中條滿臉不安地接過紙條，眨了幾次眼後，看向新田。

「請櫃檯人員直接打電話給新田先生比較好吧？」

「不，一個人負責聯絡就好。可以的話，想拜託中條先生。」

「這樣啊，我明白了。」中條有些沒自信的樣子。

「明天站櫃檯的人敲定了嗎？」

「班表已經敲定了，您有什麼要求嗎？」

「在這種狀況下，請儘量避免讓經驗淺的人站櫃檯。可以的話，如果能找以前發生事件時在職的人來就最好了。」

「啊，關於這個嘛……」

「有什麼問題嗎？」

「沒有，只是不瞞您說，其實我不知道以前的事件。那時候，我剛好被派去別的集團飯店。不過我會找知道當時事情的人商量看看。」

「那就拜託您了。還有，」新田繼續說：「我們預定在大廳配置幾名搜查員喬裝成客人，要是和真正的客人分辨不出來會有不便之處，所以我希望飯店主動告訴員工，什麼地方有什麼搜查員臥底潛入。話雖如此，我想有時也會來不及。有些人會突然被叫來出任務，所以請您跟所有的員工說，要能臨機應變。」

「哦，臨機應變啊，比方怎麼做？」

「我也只能說要臨機應變。因為我無法預料會發生什麼事。」

「這樣啊。」中條顯得更擔憂了，雙眉的眉梢下垂。

「可能會很辛苦，萬事拜託了。」

「好，我會想辦法努力，只是……」中條說得吞吞吐吐。

「怎麼了嗎？」

「剛才我也說過了，這種事我是第一次碰到，不知該如何是好。坦白說，我很困惑。」

「這是當然的。」新田緩緩地點頭。「沒有人會習慣。正因如此，哪怕只有一丁點異樣，我都希望你不要忽視。只要忍耐到後天早上。我們會全力阻止犯行，但你們是直接和客人互動的，關鍵掌握在你們手中。」

「啊……說得也是。好的，我會振作起來努力做。」中條的雙頰僵硬。

新田繼續和中條談了一會兒就放他走了。櫃檯經理直到最後都沒展現出有餘裕的樣子。新田有點後悔，覺得不該跟他說「關鍵掌握在你們手中」，這樣可能反而害他更緊張。

新田離開宴會廳時，放在制服內袋的手機響起，是富永打來的。新田派他監視神谷良美。他之前報告的情況是，神谷良美在餐廳吃晚飯後，回房間去了。

「我是新田，怎麼了？」

「神谷良美從房間出來了，看似走進地下樓的主酒吧。」

「我知道了。你去守在酒吧門口。」

新田收起手機，去一樓搭往下的電扶梯。

到了大廳後，再搭往地下樓層的電扶梯，逐漸看到富永靠牆而站。新田下了電扶梯，走向富永。富永看著新田這個方向，卻沒有立刻看出是新田，慢了一步才做出驚訝的表情。

「組長……跟謠傳中一樣啊。」

「謠傳？什麼謠傳？」

「就是比起刑警，組長更適合當飯店人。」

新田蹙起眉頭。「少廢話。倒是現在是什麼情況？」

「神谷良美坐在右邊深處的座位。目前還是一個人。」

「她喝什麼？」

「啊？」

「飲料啦。神谷良美點了什麼飲料？」

「哦，我沒有注意到那裡……」

「我知道了。」

新田轉身朝酒吧走去。

站在收銀臺的男員工，看到新田走進酒吧，便露出驚訝的表情。可能因為看到陌生人穿著飯店制服吧。但新田向他點頭致意後，男員工也報以理解的表情。看來警方臥底搜查員已開始行動一事，全體員工都已經被知會了。

新田掏出手機，亮出神谷良美的大頭照給他看。這是從駕照的數位資料庫借出來用的。雖然樸素，但五官勻稱。

新田往酒吧裡走，緩緩地在店裡移動。目前來客數大概四成左右，且大多是情侶。右邊深處靠牆的座位，坐著一名女客人。背靠牆壁，面向這裡，所以很容易確認她的臉。那是神谷良美沒錯。就駕照資料來看，應該已年過五十，但姣好的鵝蛋臉，依然是出色的美女。若稍微年輕點，或許有男人會去搭訕。

新田若無其事走過去。穿著飯店制服的男人在酒吧裡走來走來，也不會有客人覺得可疑。這對臥底偵查是很大的好處。

神谷良美在滑手機。桌上擺的是雪利杯，杯裡還有一半的液體，不見得是雪利酒，但確實是酒。不含酒精的雞尾酒不會放在這種杯子裡。

不曉得神谷良美的酒量好不好，但至少今晚發生不安寧事件的可能性降低了。因為若想做什麼的話，不會喝酒吧。

新田走出店外，叫富永過來。

「你到店裡去，儘量坐靠近神谷良美的位子。把她做的事情，盡可能筆記下來。」

「好，我知道了。」富永說完，走向酒吧。

新田回到一樓，前往事務大樓。事務大樓的二樓會議室設立了現地對策總部，搜查員們持續工作中。依照稻垣的指示，由本宮執掌指揮。看到新田穿制服來到這裡，本宮開心地笑逐顏開。

「不錯吔，比起死板僵硬的刑警裝扮，你果然還是比較適合當飯店人。」本宮和富永說同樣的話。

「我原本是絕對不想再做這身打扮了。」新田將手心貼在固定三七分的頭髮上。

「唉，這也沒辦法。總經理他們說的也有道理，要是派徹底外行的去充當飯店人員站櫃檯，客人也會起疑，搞不好還會傷了飯店的風評。而且恐怕也會被犯人們懷疑，就偵查進展而言，這對我們也是上上策。」

新田「嘖」了一聲。「一副事不關己的樣子……」

「喂喂喂，這種態度和一流飯店人不搭吧？」本宮嘻皮笑臉地說。

「我已經離開職場了，不要緊吧。倒是你這邊情況如何？」

「正在過濾住宿客人。人數太多很花時間。」

「先調查有被逮捕紀錄的就可以吧？要是我們的推理沒錯，必須查出來的是第四個被當作下手目標的人。如果同樣是應該遭天譴的人，一定有被逮捕的紀錄。」

「這不用你說我也知道。已經有調查了。今晚的住宿客人和預約明天要入住的客人裡，都有被逮捕紀錄的人。可是幾乎都是違反交通規則的輕度犯罪，這樣要遭天譴也太奇怪了吧。」

「過去曾害死人的客人，一個也沒有嗎？」

「有。」本宮的表情變得冷冷的。「剛才發現了一個。」本宮拿起一份資料繼續說：「七年前，有個過失駕駛致死被判有罪的男人。當時他行駛在高速公路上，打瞌睡，撞上前面的車子，害駕駛受傷。更慘的是，坐在副駕駛座的女性友人被彈出車外，遭對向來車輾死。判刑三年，緩刑五年。」

本宮將資料拿給新田看。光看大頭照，感覺像普通上班族。從出生年月日來看，現在四十來歲，引發交通事故是三十三歲的時候。

「五年啊……也就是緩刑期結束了。」

「遺族可能無法接受吧，奪走了人命不打緊，居然還不用去坐牢。不過交通事故的被害人遺族心情很複雜，有時無法太過責備，開車打瞌睡就是其一。因為這和酒駕不同，不是故意的。」

這確實離天譴這個概念很遠。

「不過基本上，這個案子也再稍微調查一下吧？」

「我當然打算這麼做。」

「其他還有誰嗎？」

「說不定還有，只是現在還沒發現。光是要確認本人就很麻煩，要把駕照的資料庫調出來，看看姓名有沒有一致。不對照大頭照也不能斷定是本人。可是相反的，資料庫裡沒有也不見得就是假名，因為最近很多人沒有駕照。」

「若是用信用卡付帳的客人，辦理住房手續時應該會先預刷。還有，如果用線上刷卡，事前會知道卡號和持卡人姓名。」

「這我知道啦。我已經請飯店提供資料了，目前沒有住宿者姓名和持卡人姓名不同的人。可是新田，這不見得就不是用假名喔。」

「我知道。有可能用別人名義的信用卡，盜用那個人的名字。」

「就是這麼回事。」

「電話號碼那邊查得怎樣？」

「我們已經請求電話公司提供資料。因為是常有的事，沒有搜索票他們也會協助。只不過這次不是一、兩件，而是數百件，不曉得他們能不能馬上做出來……」本宮咬唇，歪著頭。

即使訂房時用的是假名，但電話號碼極有可能是真的。因為如果在飯店出了什麼事，沒辦法聯絡就糟了。因此才拜託電話公司提供電話號碼的申請人姓名。只要入手這個資料，就能知道電話的名義者。

不過要查好幾百個人的資料，電話公司也很辛苦。就如本宮說的，就算他們辦得到，不曉得能否趕在事發之前做出來。

「還有另外一個問題。」本宮擺出一張苦瓜臉說。

「什麼問題？」

「並不是所有的客人都是一個人住房。」

「原來如此。」新田明白了。「例如兩人住同一個房間，我們只知道代表者的名字。」

「沒錯。」

「這樣的客人有幾組？」

「大概兩百組。幾乎都是兩張單人床，也有加床變成三人房的。這種通常是爸媽帶小孩來，但也很難說和事件無關。」

「說得也是。」

目標人物不見得沒有同伴。這種情況，那三個人打算怎麼下手呢？不，他們同夥說不定有四個人或五個人。

「那邊情況如何？」

「哪邊？」

「梓警部那邊。她去找網路犯罪的專家討論了嗎？」

「不知道。」本宮搖搖頭。「ＩＴ方面的事，我一竅不通啊。」然後他環顧四周，壓低聲量說：「那個女警部，我也應付不來。」

「這樣啊？」

「一副自信滿滿的樣子，那真的很強勢喔。不曉得結婚了沒？要是結婚了，老公會很慘。」

「她沒有戴戒指。」

本宮頻頻端詳新田的臉。「你還看得真仔細啊。你對她有興趣？」

「不要胡說八道！」

兩人在講無聊屁話時，聽到門口傳來聲音：「辛苦了。」原來是能勢進來了，後面跟著兩名年輕刑警，雙手拎著超商塑膠袋。好像裝了飯糰和三明治。會議室的人齊聲歡呼。

「今晚很多人要通宵熬夜吧。總要填飽肚子才行。」能勢說著，朝新田他們這裡走來。能勢也拎著超商塑膠袋，讓他們看袋裡的東西。「怎麼樣？」裡面裝了好幾種飲料。

「謝謝。」新田選了罐裝咖啡。本宮伸手拿了寶特瓶裝日本茶。

「看來你臥底偵查已經準備好了。」能勢打量新田的裝扮，笑咪咪地說。

「沒想到這種事我要做第三次。」新田聳聳肩。「你那邊怎樣？有什麼成果嗎？」

「這個嘛……」能勢歪頭思索。「我很想帶來好消息，可惜沒能如願。先說結論，神谷良美、森元雅司、前島隆明，這三個人的連結依然完全不明。」

「果然是這樣啊。」

「上班地方的交易對象、出身學校、居住地等等，方方面面都查過了，沒有任何交集。要是這三個人裡面，能找到兩個人之間有什麼交集也好，偏偏就是找不到物理上的接觸點。」

「沒有物理上的接觸點，那果然是在網路接觸的。」

「這個可能性很高。我們組長應該正在和網路犯罪對策課的人討論案情。她說結束之後會立刻趕來。」

「咦？都這麼晚了來幹什麼呢？今天應該不會有什麼事吧，她好好休息就好了。」

「這怎麼行呢？」能勢嘻皮笑臉地說：「其他的組長都在工作。」

「我是因為對網路啊、網站啦一竅不通，只能做肉體勞動。啊，失陪一下。」本宮的手機響起，起身離席。

新田在喝罐裝咖啡，冰涼的苦味讓乾渴的喉嚨感到舒服。這也使新田察覺到自己很緊張。

「這三個人的退房時間，最晚的是後天中午。」能勢抬頭看旁邊的白板，上面依序貼著神谷良美、森元雅司、前島隆明的駕照相片。「在那之前要決勝負啊。」

「不知道目標人物會在什麼時候退房，如果這三個人計畫在飯店內行凶的話，時限就是後天的黎明吧。」

能勢一臉正經地點頭同意這個看法後，立即放鬆表情。

「我也沒想到，能和新田先生一起辦案三次。」

「以後說不定還有機會一起辦案喔。只是飯店是舞臺，可能就沒有了。」

「不。」能勢輕輕搖頭。「這可能是最後一次了。明年三月底，我就要退休了。」

新田聽了大吃一驚。

「能勢先生的年齡……」

「前陣子，我已經迎接花甲之年。我女兒還買了紅色短褂背心，連紅帽子都買了呢。我就穿著那一身還曆裝，拍了紀念照。」

「這樣啊……該怎麼說呢，這麼多年來……」

新田要說出「辛苦了」之前，能勢先伸手制止。「說這句話還有點早，先把這個案子解決掉再說吧。」

新田用力回答：「是！你說得對！」

本宮快步回來。

「森元雅司來了喔。他離開公司後，一直陪著像上司的人，在新宿車站旁的居酒屋。和上司分手後，坐上計程車，似乎朝這裡來了。」

新田看著手錶站起來。將近晚上十一點了。「我去櫃檯確認一下。」

新田來到櫃檯，看到一名姓安岡的男性櫃檯人員。因為已經照過面，所以安岡也知道新田的真實身分。

「等一下會有一名男性客人來。」新田說：「那個人來了，能不能讓我來招呼他？我知道他的長相。」

「你做得來嗎？」安岡一臉不安。

「包在我身上……我是很想這麼說。你可不可以幫我複習一下，如何使用終端機？」

「當然可以。」

新田將安岡教他的住房手續流程，謹記在心。因為很久沒做了，還是會緊張。於是先敲定房間，房卡也先準備起來。新田聽從安岡的建議，選了〇九一一號房。因為監視器很容易看到這個房間的門。

這時一名穿西裝的男子，穿過大門玄關的玻璃門走了進來。那是森元雅司沒錯，身形比想像中來得矮小，揹著商務後背包。

森元筆直地朝櫃檯走來。新田向安岡輕輕點頭後，面帶微笑地對森元說：「歡迎光臨。您要住房是嗎？」

「我姓森元。」

新田操作終端機，其實剛才練習時已確認過森元的訂房內容。

「森元先生，您訂的是標準雙人房，一人入住，兩晚，是這樣沒錯吧？」

「沒錯。」森元漠無表情地點頭。

「那麼請您填寫這份表格。」新田將住宿登記表放在森元前面。

新田假裝在準備房卡，偷偷觀察森元用原子筆書寫的樣子。森元戴著金邊眼鏡，臉型細長，看起來有點神經質。根據資料記載，他現年三十四歲，有一個兒子。母親因強盜殺人遇害時，森元還是個中學生，雖然正值反抗父母的青春期，但母親被殺，他一定很恨凶手。新田想起本宮說的話，被害者遺族都希望凶手能被判死刑。

又有人從大門玄關進來。新田望向那裡，吃了一驚，是梓。跟她在一起的一男一女是部下吧。他們走到大廳的中間止步，看向櫃檯。

新田見狀很想嘖的一聲地說，別停在那種地方啦，要是被森元起疑怎麼辦？

「我寫好了。」森元說。

「謝謝您。森元先生，您這次要用現金付款嗎？」

「不，信用卡。」

「好的。那可以預刷一下您的信用卡嗎？」

「請刷。」森元掏出信用卡。新田一邊預刷，一邊確認顯示的資料：MASASHI MORIMOTO❸。

「讓您久等了。信用卡還給您。還有，這是您房間的房卡。」新田將信用卡和裝有房卡的房卡套遞給森元。「請好好休息。」

森元拿著房卡套走了幾步，旋即又停下腳步走了回來。「這裡有酒吧嗎？」

「啊，是的，有。」新田留意不動聲色地回答。「主酒吧在地下一樓。」

「地下啊……」森元環顧四周。

「森元先生，若您願意的話，我帶您去。」

❸這是森元雅司的羅馬拼音。英式寫法，名字在前，姓氏在後。

「啊……那就麻煩你了。」

「好的，不客氣。」新田說完走出櫃檯。「我來幫您拿行李。」

「不，不用。」

「這樣啊。那麼這邊請。」

新田帶森元搭電扶梯去地下樓層。梓和部下們坐在大廳的沙發上，大家的眼神都不太好，一副就是在監視的刑警樣。

倒是這麼晚了，森元去酒吧做什麼呢？難道要和神谷良美會合？

到了地下一樓，新田帶森元去主酒吧。酒吧的服務生領森元入座，距離神谷良美的座位還有一些距離。

和神谷良美隔兩桌的桌位有富永在。富永似乎沒有察覺到森元進來了。

新田掏出手機想傳訊通知富永時，有一男一女從外面走了進來。是梓的部下們。他們看也不看新田一眼，直接往店裡走，被服務生叫住後，帶他們入座。他們喬裝成客人。

新田看到梓在店外，便走了出去。

「梓警部，我有部下在店裡，監視就交給我們吧。」

「不，我們有自己的打算。」梓說完，從斜肩包取出平板電腦。「入座了？……攝影機呢？……等一下。」她的耳朵塞有附麥克風的耳機，看來是在跟店裡的部下交談。

梓操作平板電腦。

「ＯＫ，有畫面了，兩個畫面都出來了。照這樣繼續下去。」

新田伸長脖子，窺看梓的平板螢幕。上面有兩個畫面。兩個拍的都是酒吧裡的情況。一個對準神谷良美，另一個對準森元雅司。

「梓警部，這是……」

「對。」梓點頭。「我叫部下們帶攝影機進去。」

「這不太好喔。妳沒取得飯店的許可吧？」

「這需要飯店的許可？」

「當然需要。在店裡偷拍，被逮到會被告喔。」

「不要緊，怎麼看都看不出是攝影機。有人看到桌上擺著原子筆和車鑰匙，會懷疑那是攝影機嗎？」

看來是用了針孔攝影機這種小道具。

「問題不在這裡。」

「把拍攝到的畫面流出去確實不妥，但我只用在偵查上，連報告書也不會留。倒是我有件事想拜託新田警部。」

「什麼事？」

「聽說神谷良美的房間是〇七〇七號房，森元雅司是幾號房呢？」

「〇九一一。」

「這樣啊。那你能不能幫我準備這兩個房間的房卡？」

「啊？」

「你是櫃檯人員，應該很輕易就能辦到吧，拜託你了。要不然，萬用鑰匙也可以。」

「妳用鑰匙想做什麼？」

結果梓一臉不可思議地看著新田。

「做什麼？當然是查行李啊。森元雅司好像還沒進入房間，先查神谷良美的也好。」

「妳在說什麼呀？這種事不可能被允許吧。」

梓難以理解地蹙眉問：「為什麼？」

「這還用問嗎？就算是嫌犯的房間，沒有搜索票也不能隨便進去。」

「不過我聽說，有搜查員喬裝成清掃人員不是嗎？他們可以自由進入客房吧。我覺得是同樣的道理。」

「完全不一樣。」新田將手往旁邊一揮。「真正的清掃人員在清掃時間以外是不能進入客房的，同樣的，喬裝成清掃人員的搜查員也嚴禁擅自進入客房。所以萬用鑰匙不會讓我們拿，也禁止我們碰。這是我們和飯店談好的事。」

「要乖乖地遵守這個？」

「當然。」

「進入客房的事，不要跟飯店說不就好了？」

「一定會被發現的。飯店有一套管理客房狀況的系統，所以客房的狀況都會呈現在顯示器上。不是只有警方在監視神谷良美他們的行動，飯店方面也知道他們是重要人物，應該會留意看他們的房間狀況。當事人在酒吧，但房間的門卻被解鎖，或是電燈被打開，一定會覺得很奇怪吧。順便跟妳說，門鎖什麼時候被打開都是有紀錄的。用這個來當非法入侵的證據，在法庭上是很足夠的喔。」

梓再怎樣也無法反駁，只是懊惱地咬著嘴唇。可是忽然嘆了一口氣，抬起下巴說：

「新田警部，你很熟嘛，簡直像飯店的人。」

新田一度將視線從梓的臉上挪開，又再度凝視她的臉。「哪裡，您太客氣了。」

「啊？」

「這是今天傍晚，妳向管理官說的吧。哪裡，您太客氣了。這不是完整的敬語喔。正確應該說，哪裡，不敢當，您太客氣了。」

梓一臉不悅地蹙起眉頭。新田指著她尖尖的下巴繼續說：

「我先跟妳把話說在前頭。通常，突然叫飯店讓我們進去臥底偵查，飯店是不會答應的。一般都要花更多時間，做足準備才行。這次飯店之所以立刻答應，是因為我們在過去的實績中，建立了信賴關係。這不是簡單的事。以前我們一心一意想逮捕犯人而違反了很多規定，和飯店起了衝突。每一次都要花很多心神溝通交涉，才慢慢地一點一點獲得信賴。這個信賴要是毀了，一切就完了，根本別想做什麼偵查。請將這件事牢記在心。」

新田確認梓的眼裡浮現慍色後，轉身朝電扶梯大步走去。

7

新田待在櫃檯，直到將近午夜十二點。接下來似乎不會有客人來入住，於是他決定返回事務大樓。預約訂房的客人，除了取消的之外，其他都已入住。或許會出現當場訂房入住，也就是沒有事先訂房的客人。但擬定殺人計畫的那批人，應該不會做這種事。

返回事務大樓前，新田先搭電扶梯去地下一樓看看。梓的部下們，現在也用針孔攝影機在偷拍神谷良美他們吧。至於梓本人，新田之前早就看到她回事務大樓了。經過大廳時，她明明知道新田在櫃檯，卻完全不看新田這裡。那盛氣凌人走過去的背影，彷彿燃燒著憎恨之火。

話說回來，她居然會想那種事——

酒吧是公共場所，萬一被飯店發現偷拍，多少還能辯解。但未經同意擅自溜進客房翻查行李，就太過荒謬離譜了。偵辦以前的案件時，和清掃人員一起進入客房的刑警擅自打開客人的包包時，藤木就發出嚴重抗議了。

新田暗忖，要小心那個女警部才行。萬一她擅自亂來，和飯店為敵，後果會不堪設想。

新田來到事務大樓的會議室，看到本宮在吃泡麵。梓坐在隔著一段距離的地方，看著筆電。此外有三名搜查員在做事務性工作。

新田往本宮旁邊一坐。「辛苦了。」

「你那邊情況如何？」

「森元雅司入住了，去了酒吧。」

本宮停下筷子。「他和神谷良美接觸了嗎？」

「我派部下監視，但沒有收到這種報告來。梓警部那邊也有兩名刑警在酒吧裡。」

「這樣啊。」本宮瞄了梓一眼。看來梓什麼都沒跟他說。

「本宮你那邊怎樣？有沒有查出什麼？」

「只查出一件事。」本宮喝光泡麵的湯，將免洗筷扔在當作垃圾桶的紙箱裡。「我說過七年前有個男人因過失駕駛致死罪被判有罪吧。」

「打瞌睡開車的？」

「對，就是有期徒刑三年緩刑五年那個。調查的結果，調停和解是成立的，賠償金也付了。收了錢不會再復仇吧，所以應該不是這個。」

「有道理。」

「其他找不到有明顯犯罪經歷的住宿客人。害死人的傢伙，很多都不會用本名。就算用信用卡也不見得是本人。」

「確實。」

尤其黑社會的人，走後門入手別人的信用卡也不是難事吧。

門口有聲音。門一開，是監視神谷良美和森元雅司的梓的部下回來了。後面也跟著富永，朝著新田他們這裡走來。

新田說了一句「辛苦了」慰勞富永，然後問：「情況如何？」

「沒有什麼特別的動靜。兩人不僅沒有交談，而且直到離開酒吧之前都沒有起身離席。到了十二點半停止點酒，神谷良美先出去，過了十分鐘左右森元才出去。」

「兩個人喝了多少酒？」

「我看看喔。」富永翻開記事本。「我進去之後看到的，神谷良美續杯兩杯雞尾酒，森元喝了三杯威士忌蘇打。」

「喝滿多的嘛，果然從現在到明天早上不會有行動。辛苦了，累壞了吧。去休息室休息。」

「好。」富永一臉安心地走出去。

新田看向梓他們。梓將部下交給她的ＳＤ卡插進電腦，正要看影片時，不知是否察覺到新田的目光，轉而對新田說：

「新田警部，你們要不要過來一起看？」

「可以嗎？」

「當然可以，如果你不排斥偷拍的影片。」

「這個問題先擱在一旁吧。」新田站起身來。雖然不贊成她的手法，可是不看就虧大了。

電腦螢幕顯示出兩個畫面，和梓曾經用平板電腦確認的畫面一樣。一個是神谷良美的畫面，另一個是森元雅司的畫面。光線昏暗畫質不好，但看得出表情和動作。

「哦！這是什麼呀！」聲音從新田的背後傳來，是本宮。

一名男刑警在操作電腦，兩個影像同時動了起來。

「兩個攝影機在同一個時間點開始拍攝。」梓說：「換句話說，兩個畫面捕捉的都是相同的瞬間。你們可以這樣看。」

確實如此。服務生通過森元雅司的旁邊，接下來就出現在拍攝神谷良美的畫面裡。新田交互凝視這兩個畫面。神谷良美摸著手機，時而會抬起頭來。森元雅司喝著威士忌蘇打，時而也會看向放在桌上的手機。

「到目前為止，兩人的視線完全沒有交會。」新田說。

「我也留意到這個，的確沒有交會。」梓也表示贊同。「有進入視野，但或許雙方是刻意眼神迴避。」

「約好在酒吧碰頭，卻不接觸，眼神也不交會，到底在幹麼？」本宮焦躁地說。

「目的，可能在確認彼此的存在吧。」新田指著兩個畫面。「要親眼確認，夥伴有沒有照計畫來這間飯店。要是沒來的話，計畫會亂掉。」

「原來如此。」

「但是，可能不只如此。雖然他們佯裝成不認識的人，可是在看不見的地方取得聯絡吧。」

「看不見的地方？」

「就是這個。」新田指向神谷良美的手邊。「手機。她從剛才就頻繁地碰手機，可能和森元在傳訊。」

「這樣啊。原來還有這一招。」

然後大家一起觀看了一會兒畫面。神谷良美和森元雅司沒有特別大的動靜，兩個人都只是又點酒而已。

「停！」梓命令部下暫停畫面。「倒轉回去大概五分鐘。對，就是這裡，放放看。」

畫面是神谷良美在操作手機。森元也依然呆呆地看著自己的手機。

「請仔細看神谷良美的手。這個動作，是在打電郵或社群平臺的訊息。好，現在，傳出去了。然後放下手機。」

畫面裡的神谷良美照著梓的說明做動作。她將手機放在桌上後，拿起雞尾酒杯。然後，沒有特別的動作。接著她又去拿手機，看了螢幕後，又開始傳訊息了。

「就是這裡。」梓說：「看出來了吧。神谷良美不曉得傳訊給誰，然後回訊來了，她又開始打字傳回去。可是這段時間，森元那邊完全沒動靜。他只是看著手機。還有，請仔細看他的眼鏡。那鏡片反射著光芒，而且會變色，我認為那是手機的螢幕。光芒的顏色會變，因為是影片。森元在看影片。神谷良美傳訊的對象不是森元。很可惜，新田警部的推理錯了。」

新田皺起鼻子，雖然懊惱，卻也無法反駁。

「如果她傳訊的對象不是森元，那會是誰呢？」本宮問。

「不知道。」梓答道。「說不定是另一個夥伴前島隆明，或是我們沒有掌握到的其他夥伴。當然也有可能是和案子完全無關的人。」

「不管怎樣，神谷良美和森元雅司進入酒吧，是確認彼此的存在吧？」

「不見得只有他們兩人。」梓說：「剛才我也說過了，除了前島隆明以外，可能還有其他夥伴。既然如此，就有可能同樣在那間酒吧確認彼此的存在。」

「意思是，其他的客人裡說不定也有他們同夥的？」本宮睜大眼睛。

「別擔心。酒吧裡的客人全部都拍下來了。」梓爽快地說：「住宿客人會回房間，所以只要對照監視器畫面就能知道房間號碼。查出身分後，我再通知你們。」梓闔上筆電，輕輕地拿起來。「如果需要看這些拍攝的影片，隨時都請跟我說喔，新田警部。我很樂意借你看。」

新田氣得咬牙切齒，想要回嘴，卻不知該說什麼。

「那我們先告辭了，還有事情要做。」梓邁步走向門口，卻又立刻止步轉頭說：「我忘了說一件事。我也在這家飯店訂了房間，當然是自費。一四〇六號房。有什麼事可以用內線電話打給我。那麼，失陪了。」

梓說完再度邁步走出去。部下也跟在後面。

「真要命，那女的是怎樣啊！」本宮愁眉苦臉。「可是她很聰明。」

「也是啦，沒錯。」新田不得不承認這一點。

「都這麼晚了，我要去休息室了。我可沒有那個餘裕自掏腰包住飯店。你也要早點休息喔，明天會很辛苦。」

「我知道。」

本宮離開後，會議室就只剩新田。新田鬆開領帶，望著白板。住宿預約者的名單用磁鐵貼在上面。新田把它拿下來。確定沒有被逮捕經歷的人，用線條槓掉了。但也還剩下將近一半。

此時門口傳來咔噠一聲。新田轉頭一看，只見門小心翼翼地打開，然後出現能勢的臉。

「咦？你不是去警署了？」

飯店休息室的數量有限，所以很多搜查員去睡在轄區警署。

「我猜新田先生可能還醒著，就跑來了。」能勢走了過來，而且又拎著超商塑膠袋。「剛才你喝罐裝咖啡，我想差不多該喝這個了。」能勢從塑膠袋裡取出罐裝威士忌蘇打。

「太感謝了。」新田道謝收下，拉開拉環，咕嚕咕嚕豪飲了起來。碳酸的刺激使全身細胞彷彿重生了。

「我也要喝了。」能勢喝罐裝咖啡。「嗯，真好喝。」

「我被你們組長打敗了。」

能勢得意地笑了笑。「是在酒吧偷拍的事嗎？」

「你已經知道了？真快啊。」

「命令和報告都要迅速，是我們這一組的準則。訊息會一直進來，很囉唆。」

「你說得沒錯，她確實是很優秀的警官。雖然我無法贊成她那種遊走規則邊緣的做法。」

「接下來還會出現很多你無法贊同的事喔。」

能勢這種意有所指的說法令人在意。

「比方說？」

「我也不知道，她的想法真的很難預測。」能勢從塑膠袋掏出兩條魚肉香腸，「新田先生，要不要來一條？」

「好啊，謝謝。聽你這麼說，我實在應付不來啊。」新田剝開香腸的包裝紙，一邊說。

「話說回來，案情發展成意想不到的事態啊。」能勢望著白板，嘆了一口氣。

「就是啊。只不過十二個小時前，做夢也沒想到案情會變成這樣。」

十二個小時前，新田被稻垣叫去警視廳本部的會議室。

「好幾個想復仇雪恨的人，代替當事者去復仇。這段時間，當事者可以製造完美的不在場證明。居然能想到這種手法。」能勢一手拿著香腸說：「如果要給這一連串的案子取個名稱，要叫什麼呢？互助會復仇殺人案？互助合作天誅案？……哈哈哈，不管哪一個都不出色啊。還是你說的迴轉殺人最恰當。」

「互助會，互助合作，迴轉……」新田如此低吟後，稍稍側首尋思。

能勢望著他的表情問：「有什麼不對勁的地方嗎？」

「沒有，我是在想我們的推理是正確的嗎？」

「我認為是妥當的推理。你覺得哪裡不對勁嗎？」

新田抬頭望著白板，偏著頭說：

「為什麼這三個人不用假名呢？若是計畫犯罪，應該會避免把名字留在飯店的紀錄裡。」

「這一點我也懷疑過。說不定，他們認為用假名反而比較危險。」

「怎麼說？」

「如果這間飯店發生命案，警方當然會調查所有住宿者的身分。要是有人用假名，警方會用盡一切方法找出這個人的真面目。調閱監視器畫面，至少可以確認用假名者的長相。想到這一點，還是不要胡亂用假名比較好。可能是基於這種判斷吧。」

「負責偵辦飯店命案的刑警，應該和偵辦以前那些案子的刑警團隊不一樣，所以就算住宿名單裡有神谷良美、森元雅司、前島隆明等名字，警方也會判斷和被害人無關，不會深入調查。他們是這麼想吧。」

「不是嗎？」

「我也想過這個可能性，但是……」新田雙手抱胸。「難道他們認為警方什麼都沒發現嗎？這麼短的期間內發生連續殺人案，各個搜查總部或許會交換情報，分享關係人名單，難道他們不會想到這個？」

「總而言之，新田先生你認為，犯人們居然沒想到警方會識破迴轉殺人，覺得不可思議。關於這一點，答案只有一個：就是沒想到才會下手。」

「只要用同一種方法殺人，警方一定會斷定是同一個凶手做的連續殺人案。要是犯人們如此深信，也太瞧不起警察了。」

「那是因為你識破迴轉殺人，才會這麼想吧。知道猜謎答案的人，自然無法正確評價題目的難易度。」

「但願如此。其實我還有一個耿耿於懷的地方。」

「是什麼？」

「迴轉殺人，在理論上可行，但實際上真的能順利運作嗎？我心裡浮現這個疑問。比方說，第一個被殺的是入江悠斗，對他懷恨在心的神谷良美有不在場證明。也就是說，森元雅司或前島隆明代替她完成復仇。接下來森元怨恨的高坂義廣被殺，這次神谷良美應該會加入犯行吧。」

「是啊，因為是迴轉的。所謂人人為我，我為人人。」

「我耿耿於懷的就是這裡。就神谷良美來說，她痛恨的入江悠斗已經死了，復仇的目的達成了，接下來她可以逃之夭夭吧。難道她沒有想過找些理由不參加犯行嗎？」

「不，這是不行的。」能勢說：「大家已經通力合作為自己復仇了，怎麼可以背叛大家，這是萬萬辦不到的。」

「我明白這一點，所以我說的不可思議不是神谷良美沒有背叛。我只是在說有背叛這個選項，不見得每個人都會乖乖地遵守約定。說不定只要自己的目的達成了，立刻斬斷關係，跑去躲起來。其他的夥伴不會擔心這種事嗎？」

能勢雙手抱胸。「嗯……」沉吟了半晌後說：

「這個犯罪計畫看起來確實有相當穩固的信賴關係。說不定建立了什麼無法背叛的制約。」

「無法背叛的制約……那會是什麼呢？」

「背叛就會遭到報復，之類的。」

新田皺起眉頭。「若是暴力團體或地痞流氓就算了，這些都是一般民眾喔。」

「說得也是。這麼一來，果然就是羈絆了。他們有個共同的看法，就是奪走心愛之人的那些罪犯沒有受到應有的制裁。這個共識成為強烈的羈絆把他們團結起來。只能這樣想吧？」

「羈絆啊……」

真的只是這樣嗎？光靠這個，就能成立這麼大的計畫？

「如果神谷良美和第二件與第三件的犯行有關，她應該有兩天沒有不在場證明吧。」

「是啊。可是新田先生，現在去問他們那些日子的不在場證明不太好喔。」

「當然不好。這等同於告訴他們，警方已經察覺到他們的共犯關係。」

「你知道就好。我多嘴失禮了。」能勢理解地點頭，再度喝起罐裝咖啡。

新田憶起軟弱又似沒什麼力氣的神谷良美的容姿。實在很難想像，她握著刀刺向大男人的情況。就算她和犯行有關，可能也不是執行犯罪的人。

只不過，神谷良美的復仇心實在很容易想像。根據以前的調查顯示，她幾乎投注所有心力在照顧植物人兒子。在家繼續工作，二十四小時待在兒子身旁細心照料，為他做身體狀況管理、排泄、營養補給，同樣的姿勢躺太久會長褥瘡，還得不時幫兒子翻身。無論哪一件事，一個人做應該都很辛苦。

但熟知神谷良美的人，異口同聲說沒有看過她吐苦水，反倒聽她說照顧兒子是她唯一的生存意義。她似乎相信，只要拚命照顧兒子，兒子總有一天會醒來。

無奈這個願望沒能實現。事發後一年左右，她的兒子因肺炎過世。

那時她有多悲傷呢？

目前沒找到，聽過神谷良美口出怨言憎恨少年犯的人。但這不表示神谷良美沒有情緒。她照顧面目全非的兒子時，心中一定閃過很多對少年犯的情緒吧。這些情緒沒有爆發，是因為兒子至少還活著。

但兒子後來死了。憎惡的火焰因此再度燃燒起來，也是很有可能的事，譬如她想提民事訴訟就是其中一環吧。

雖然後來對打官司死心了，但過程中掌握了少年犯的身分，知道他名叫入江悠斗，曾被送進少年矯正學校。

到了這個地步，神谷良美滿足了嗎？能夠接受了嗎？新田不禁思忖，如果是自己會怎麼做？雖然不在那個處境很難體會，至少不認為可以忘掉一切重新來過，可能經過好幾年都不會變。

知道入江離開少年矯正學校，若無其事地在工作，神谷良美是什麼心情呢？跟心愛兒子的悲劇相比，她若覺得這實在太沒天理，也不是什麼奇怪的事吧。

這時若被邀請參加迴轉殺人會怎樣？

對神谷良美而言，這的確是像搭了順風車的計畫。畢竟憑她一個弱女子之力，絕對無法殺死年輕又有體力的入江悠斗。

新田反芻剛才能勢說的「羈絆」。

大家都合力替我復仇了，所以我也要努力——這可能是神谷良美現在的心境吧？

心中無法釋懷的思緒，借用威士忌蘇打的力量也難以撫平。

8

新田聽到手機的鬧鐘響，心想會不會哪裡搞錯了？睡前確實設了鬧鐘，但應該還沒睡那麼久。感覺才剛躺下去睡。

可是手機顯示的時間，確實是睡前設定的時間，早上六點半。竟然轉眼已過了四小時，完全沒有睡到的感覺。

新田走去淋浴間，正巧碰到本宮從裡面出來，一身跑步衫和休閒褲的裝扮，頭髮濕濕的，脖子上掛著毛巾。

新田向他打招呼：「早安。」

他應了一聲：「喔。」

「休息室的床也太硬了，我睡得背痛死了。」

「我連感覺痛的時間都沒有。」

「什麼意思？你是想說你身體很年輕？」本宮冷言冷語。

「怎麼可能，我也是大叔了喔。」

「哼，明明心裡根本不是這麼想。真是討人厭的傢伙。」

「你一大早是在不爽什麼？」

結果本宮挑起單邊眉毛，看著新田。「你還沒看電郵？」

「電郵？」

「梓寄來的。應該也有寄給你才對。」

「啊……我沒有留意到。」

「那個女的實在令人火大！」本宮說完就走了。

新田沖完澡，刷完牙，回到休息室，查看手機。梓果然寄了電郵來，內容如下：

「昨夜，酒吧客人的名字都查出來了。除了神谷良美和森元雅司，其他的住宿客人好像今天都會退房。因此，我認為與本案無關的可能性很高。總之先通知各位。七組 梓。」

電郵的收信時間是半夜兩點二十五分。這表示梓離開會議室後，和部下們比對監視器畫面和針孔攝影機影像，鎖定了住宿客人。新田可以明白本宮不爽的原因。女警部在向他炫耀自己工作速度很快。其實新田也不太愉快。

新田抓著上衣和領帶，走去會議室。裡面已經有幾個搜查員，有的在看電腦，有的在查資料，也有人在吃早餐。桌上擺了一個紙箱，裡面裝著便當和三明治等，像是有人買來的。

「早安。」部下關根向新田打招呼。他已經穿上門房小弟的制服。「管理官打過電話來，說上午九點左右會來。到了之後，想要先聽報告。」

「這樣啊。可是，為什麼打給你？」

「管理官說，因為組長們很累，可能還在睡覺。尤其新田，今天可能要熬夜，現在先讓他多睡一會兒。」

新田皺起眉頭。因為這聽起來不像開玩笑。

「只能祈禱事情不會變成這樣。」新田從紙箱拿出三明治和紙盒牛奶，往空的椅子坐下。

「組長什麼時候會站櫃檯呢？」關根問。

「上午不會。因為我們不查退房的客人。可是到了下午，站櫃檯說不定比較好。雖然入住時間從兩點開始，但犯人的同夥有可能早到，在餐廳或大廳消磨時間。」

「那我也可以那時候去吧？」

「沒關係，但要做好隨時都能上場的準備。神谷良美或森元雅司，說不定會拜託行李服務臺做什麼，到時候你就得上場了。畢竟能進入客房的機會少之又少。」

「我明白了。」

「絕對不能被看穿是刑警喔！因為你這個歲數的門房小弟居然是新來的，用常理判斷這是不可能的事。」

「既然你這麼認為，就找更年輕的來做啊。」

「少囉唆。門房小弟的工作很難，沒有時間教導。」

新田的手機響起，是富永打來的。立即接通。

「神谷良美走出房間，下到一樓。現在進入餐廳。」

「你現在人在哪裡？」

「我在大廳，可以環顧餐廳的地方。」

「只有你一個人在監視？」

「我們這一組只有我一個。」

富永這麼說，新田就大致明白狀況了。「有七組的人在，是嗎？」

「是的。一對男女搜查員，假裝情侶進入餐廳裡。」

可能是昨晚潛入酒吧那兩人。恐怕又要偷拍了。

「你待在那裡繼續監視。」新田掛斷電話，把本宮叫了過來。「神谷良美去吃早餐了，在一樓的餐廳。森元有沒有動靜？」

「目前沒有。可是他也沒叫客房服務，遲早要去吃早餐——不，等一下。」有電話進來，本宮將手機貼在耳朵。「我是本宮，怎麼了？……四樓嗎？……好，知道了，誰去守在他旁邊……啊？……混蛋！要吃什麼都可以！」本宮掛斷電話，看向新田。「森元離開房間，進入四樓的日本料理店。」

「四樓？為什麼今天早上分開行動？」

接著新田的手機又響了。依然是富永。

「有個七組的搜查員走出餐廳，是個男刑警。看起來很慌忙的樣子。」

「好，我知道了。」新田說完掛斷電話。可能是梓下了指示，要他去四樓的日本料理店。一定是為了偷拍森元。

「昨晚已經在酒吧確認彼此來飯店了，所以今天早上沒必要去同一家餐廳吧？」本宮說，但也不是很有自信的樣子。

新田伸手拿起領帶和上衣。「慎重起見，我去看看神谷良美的情況。」

到了大廳，新田看到富永站在柱子旁，凝望著開放空間的餐廳。新田沒有改變步調，就這樣走過去，停在富永旁邊。「情況如何？」他沒有看部下的臉，假裝在眺望四周。

「神谷良美坐在後面的位子吃早餐套餐。」

「一直一個人？」

「是的。」

「沒有打電話出去，或別人打進來的樣子？」

「就我從這裡看到的是沒有。不過她時而會碰放在桌上的手機。」

「七組的搜查員是哪個？」

「坐在神谷良美旁邊橫向第二個桌子的女子。」

那是偷拍的絕佳位置。

「我知道了。你找人跟你換班，然後去警備室盯監視器，確認嫌犯們的位置與行動，有變化就跟我聯絡。」

「了解。」

新田環視餐廳內，以眼角餘光瞄了瞄富永用手機打電話。從這個位置，確實能很清楚看到坐在後面桌位的神谷良美。她邊吃早餐，視線頻繁地到處掃描，像是在找誰的樣子。

旁邊第二張桌子，坐的果然是昨晚在酒吧偷拍的女搜查員。她的咖啡杯旁，放著一個小小黑色的東西。遠看不曉得是什麼，但可能是針孔攝影機。要是被其他客人，或是真正的飯店員工發現，事情會很嚴重。

新田「呼」地嘆了口氣，裝作若無其事地將視線轉向大廳，心頭一驚。梓不知何時已坐在大廳的沙發上，盯著平板電腦。令人驚訝的是她的裝扮，她穿著飯店制服。

新田快步走過去，繞到她的斜後方。果不其然，她的平板電腦映出兩個畫面。一個是神谷良美，另一個是森元雅司，直播拍攝中。她一定是在比對雙方有沒有在聯繫。

新田走到梓的背後，在她耳畔輕喚了一句：「這位小姐。」梓回頭，對新田翻白眼。新田看著她的臉，繼續說：「您這一身衣服，是去哪裡弄來的？不過您穿本飯店的制服，真的是好看極了呢。」

梓不悅地皺起眉頭。「看起來不像飯店員工嗎？」

「飯店員工？您在開玩笑吧。」新田誇張地將身體往後仰，然後再度一臉正經地靠近梓。「哪一家飯店，會有飯店員工坐在大廳沙發上，一副跩樣地看平板電腦？而且還是在上班時間。如果您想繼續玩角色扮演，請立即起身離開。」

梓忿忿地瞪著新田的臉，站了起來。「這樣你滿意了吧？」

「請跟我來一下。」

「要去哪裡？我要在這裡……」

「少廢話，跟我來就對。」

新田快步走去，打開通往後院的員工專用門。梓一臉不服地跟著走過這扇門，來到了走廊。牆邊排放著許多備品。

新田正面看著梓。

「我再問一次同樣的事，妳這身制服是怎麼來的？」

「這還用問嗎？和新田警部一樣，是飯店發給我作為臥底偵查用的。」

「這就奇怪了。七組加入臥底偵查的女偵查員應該只有一名。」

「對啊。可是她去執行重要的任務，這套制服就由我來穿了。幸好尺寸大小都很合身。」

「重要的任務是什麼？」

「假扮客人監視神谷良美。」

就是那個在餐廳偷拍的女搜查員。

「梓警部，妳沒有參加訓練喔。」

「訓練？」

「昨天晚上，在宴會廳舉行的，真正的員工為我們做的訓練。從遣詞用語到應對進退，教我們很多在面對客人時的重點。」

「哦，那個啊。大致的內容我聽部下說了。總之言行舉止要有氣質對吧？沒問題，這小事一樁。畢竟我是成人了。」

「請不要瞧不起飯店的工作。客人都看在眼裡。要是妳一個人害飯店的口碑從五星掉到一星，妳打算怎麼負起這個責任？」

「你又想裝前輩了？新田警部。既然你這麼看重飯店的工作，要不要乾脆轉職算了？」

「我是為了辦案才這麼說。妳要知道，如果犯人發現搜查員喬裝成飯店員工，一定會更改計畫。可是他們不會死心，大概只會延期。到時候，我們就無法保證能否掌握下一次的行動了。」

「這種事不用你說我也知道。你就別擔心了。雖然我這種裝扮，但我絕對不會接近一般客人。只是發現有可疑客人的時候，我想儘量就近監視而已。」

新田想起不是客人而是顧客的用詞，但怎樣也說不出口。

「新田警部，你想說的都說完了嗎？我想回去做我的工作了。管理官也差不多快來了，我還得準備報告。」

「還有一件事。」新田豎起食指。「今後妳也打算繼續偷拍嗎？」

「當然。」梓毫不畏縮。「我認為這是能取得有效情報的手段。光靠飯店裝設的監視器，無法掌握細微的動靜，而且死角也很多。我寄電郵給你了，昨晚能查出在酒吧全體客人的身分，也是多虧部下拍攝的影片才能有這種成果。」

「或許是這樣沒錯，可是這明顯違法。這等同於沒有徵得飯店的同意，擅自設置監視器，而且巧妙地偷拍。」

「不然你去跟飯店交涉。」

「沒有用，他們不會答應。」

「為什麼？」

「萬一被客人發現，事情會很麻煩。如果客人在社群平臺爆料，說這是一間會偷拍客人的飯店，飯店會名譽掃地。」

「就說飯店對此事一無所知就好了吧？」

「可是不能保證客人會相信。妳也知道，消息一旦在社群平臺擴散開來，一定會誇張地加油添醋。不管那個東西是什麼，對飯店不會有任何好處。如果妳堅持要我去跟飯店交涉，我可以去找總經理談談看。但是以現在的理由，總經理絕對不會答應。不僅不會答應，一定還會命令餐廳和酒吧的員工，若發現客人做出詭異的行為，就算那個人是警官，也要上前提醒制止。搞不好還會拒絕提供今後的一切協助。」

梓沉默不語，但眼神有股濃濃的反駁氣息，擺明在說她並沒有接受。

「如果妳能理解就最好了。」

梓揚起鼻尖，說了一句：「我會想想看。」便開門走進大廳。

9

如關根所言，稻垣在上午九點現身，在事務大樓的會議室聽取偵查報告。但沒有任何顯著成果。硬要說的話，就是確認了神谷良美和森元雅司的行動，但除了昨晚進入酒吧之外，兩人都沒有明顯的動靜。

「在酒吧的情況是怎麼樣？」稻垣問。語氣不太好，可能是因為偵查沒有進展吧。

「關於這一點，我來向您報告。」梓舉手。「我派了兩名部下進去酒吧，拍攝了神谷良美和森元雅司的一舉一動。後來做過分析，兩人似乎沒有用手機交談。然後剛才，兩人離開房間去吃早餐，但去的餐廳不一樣，我也分別派部下進入不同的餐廳，和昨晚一樣拍攝他們的行動。目前分析還沒結束，但就我看到的，他們碰觸手機的時間兜不起來，看來還是沒有在交談。以上是我的報告。」

「兩人進入酒吧的目的是什麼？」稻垣將臉轉向新田。

「坦白說，不知道。可能是來確認共犯者是否來了……」

「確認共犯者……？」

「是的。」梓又舉手。「其他在酒吧的客人身分，我都查過了。全部都預定今天退房。」

「也就是說，除了那兩人之外，當場沒有其他共犯？」

「應該是的。」

稻垣點了點頭，環顧會議室。「還有其他應該報告的事嗎？」

沒有人發言。

「好吧。那我來報告。這三件案子使用的凶器分析報告出來了。用同一塊磨刀石研磨的可能性極高。也就是說，雖然不知道是否為一人所為，但無疑是連續殺人案。然後第四起案子會在這間飯店發生。大家要將這件事銘記在心，返回各自的工作崗位。勝負在明天早晨以前。雖然是很難查的案子，大家要保持緊張感全力以赴。」

「是！」眾人異口同聲回答，聲音響徹會議室。

新田看著梓和本宮離去後，對稻垣說：「可以跟您談一下嗎？」

「什麼事？」

「我無法贊成梓警部的做法。」

「你是指偷拍？」

「是的。被飯店知道就慘了。」

「梓是聰明機伶的女人，不會出這種紕漏吧。」

「就算她不會，要是她的部下搞砸了怎麼辦？實際操作攝影機的是搜查員們。」

「要是飯店方面知道了，就說是部分搜查員擅自做的事就好。」

「您認為這樣藤木先生會接受嗎？萬一他說今後不協助我們一切偵查怎麼辦？」

「這間飯店要是出了什麼事，藤木先生也一樣頭痛吧，所以他不會說這種話。以前的案子不也這樣？不管嘴巴上怎麼說，他都是很依賴警方的，那個人就是這種老狐狸。」

「可是也有可能是客人發現偷拍，要是當場吵了起來，恐怕會被犯人們發現警察的存在。」

「就是為了這種時候，你們才臥底偵查不是嗎？到時候立刻把那個客人帶出去，把緣由說給他聽，要他三緘其口。只要問出他的姓名和聯絡方式，他就不會妨礙辦案吧。」

「當下或許不會妨礙辦案，可是結案之後，如果他把來龍去脈寫在網路上，社會會指責我們違法偵查。」

「我想你也知道，並沒有法律禁止偷拍。頂多只有條例而已。更何況只要沒有公諸於世就不會有問題。別理它。這是常有的事。」

「可是——」

新田想說，說不定會給飯店帶來麻煩，但終究還是把話吞了回去。因為一定會被詰問，你是哪一邊的人？

「怎麼了？你還想說什麼嗎？」

「沒有，什麼都沒有。那我去忙了。」新田向稻垣敬禮，離開會議室。

然後打電話給富永。新田之前交代富永，以監視嫌犯為優先，不用來開會。

新田詢問現在的情況，富永說：「我正想和組長聯絡，神谷良美吃完早餐離開餐廳後，回去她的房間。剛才我看監視器畫面，她離開了房間，現在進入一樓的咖啡廳。西崎在大廳監視，目前沒有特別明顯的動靜。」

西崎也是新田的部下，最年輕的。

「我知道了。」新田掛斷電話，重新繫好領帶。

新田來到大廳，看到西崎靠在咖啡廳旁的柱子，在操作手機。正確地說，應該是假裝在操作手機的樣子。西崎穿著登山外套和牛仔褲，若說是學生，別人也會相信。

新田只是向西崎使了個眼色，並沒有走近他，而是看著咖啡廳。這裡和餐廳一樣，也是開放空間，從外面可以眺望店內。

神谷良美坐在靠近入口處的位子。桌上擺著茶杯和手機。但她沒有去碰手機，而是頻繁地看大廳那邊。

新田將視線轉向大廳。偌大的空間裡，散布著各式各樣的人。其中也有假扮成客人的搜查員。剛才在餐廳偷拍神谷良美的七組女搜查員，一臉沒事似的坐在大廳的沙發上，腿上放的包包八成安裝了針孔攝影機。

新田的手機響起，是本宮打來的。

「我是新田。怎麼了嗎？」

「森元雅司離開房間，搭上電梯了。看來會下到一樓的樣子。」

「我知道了。我這就去確認。」新田依然將手機貼在耳朵，走到看得見電梯廳的地方。

不久，森元雅司穿著西裝出現在電梯廳。裡面穿著白襯衫，但沒有打領帶。不像要出門去哪裡，可是手上拎著公務後背包。

森元駐足在電梯廳，稍微環顧了一下大廳，然後緩緩地開始移動。不久他終於坐下的地方，是角落的一張沙發。

他從公務後背包拿出筆記型電腦，放在桌上。但只有打開螢幕，沒有要操作電腦的樣子，眼睛看著櫃檯或大門玄關。

這時新田看向神谷良美，她並沒有在看森元。

就這樣觀察了兩人的動靜片刻後，新田走向事務大樓。

進入會議室，向稻垣報告情況。

「到底怎麼回事？那兩個人到底在幹麼？」稻垣歪著頭納悶道。

「可能在找目標人物吧？」

「目標人物？也就是他們想殺的人嗎？」

「是的。」新田點頭。「神谷良美和森元雅司只是裝作在用手機或筆電的樣子，其實他們的眼睛頻繁地掃描四周，看起來像是找人。昨晚他們兩人去酒吧，可能也是這個目的吧。他們或許掌握了訊息，目標人物可能昨天住進這間飯店。」

「有道理，這非常有可能——本宮！」稻垣呼叫正和部下在討論的本宮。「住宿客人的身分查得怎樣？」

本宮單手拿著檔案過來。

「預約訂房者的姓名和駕駛執照資料庫的比對，去除同名同姓極端多的部分，大致做完了。用駕照能鎖定的人裡面，找不到有重大犯罪經歷的人。但這都是預約者的姓名，同行者的身分就不知道了。兩人以上預約訂房的客人，今晚有兩百組以上。」

「兩百啊……」稻垣臉都歪了。「無法用駕照鎖定的有幾個人？」

「七十八個人。順帶一提，一半以上有同行者。」

「這麼多啊……」

「今晚是聖誕夜嘛，情侶和攜家帶眷的很多。」

稻垣一副厭煩至極地托著下巴。

「這麼一來，沒能確認身分的，全部加起來有多少人？」

「大概三百五十人左右。」新田答出心算的結果。

稻垣不托下巴了，直接沮喪地垂下脖子。「這真的要投降了。只能苦笑。」

「電話公司提供的情報還沒來嗎？」

「我有請他們快一點，不過聽到剛才這番話，似乎也不能把希望放在電話公司上。要想辦法查出住宿者的身分……」

這時，新田的手機響起。一看是藤木打來的。新田向稻垣說聲「失陪一下」便按下通話鍵。

「我是新田。發生了什麼事嗎？」

「沒有，不是發生了什麼事，是我有點事想先跟你說一下。你現在方便來我這裡嗎？」

「這裡是指總經理辦公室嗎？」

「是的。」

「好的，我現在就過去。」

新田掛斷電話，把事情告訴稻垣。

「藤木先生？會是什麼事呢？」

「希望不是客訴就好。比如喬裝成客人，一直坐在大廳的搜查員們眼神太凶……」

「這種時候道歉就對了，反正對方只是想抱怨而已。默默地聽對方抱怨，也是你們管理職的工作。」

儘管新田在內心嘀咕「中間管理職啊」，也只能回答：「我知道了。」

走出事務大樓，新田回到飯店，穿過後院的走廊，來到總經理室。敲了兩下門，聽到裡面傳來「請進」。

新田開門說：「打擾了。」行了一禮。總經理坐在深處的辦公桌前，有人站在他的前面。由於新田只看到背影，不知道是誰。總之先把門關上，繼續往前走。

背對新田的是留著一頭中長髮、穿著套裝的女子。原本坐在辦公椅上的藤木，面帶笑容站了起來。

「你這麼忙，還把你叫來，真的很抱歉。但我一定要介紹給你的人物終於來了。我片刻也等不了，想快點介紹給你。」

藤木這番意味深長的話，讓新田感到困惑。想問究竟怎麼回事時，那名女子轉過身來，臉上漾著微笑。

新田霎時混亂了，說不出話來，眨了好幾次眼，喃喃地說：「為什麼？」

「瞧你一臉好像看到鬼似的，新田先生。」女子愉快地說：「還是你已經忘記我是誰了？」

「如果你忘記了，我可以重新介紹。」藤木笑笑地說。

「不，那個，我當然記得。」新田做了一個深呼吸，然後走近她。「妳怎麼會在這裡？」

「是我叫她來的。」藤木眼神認真地看著新田。「我認為需要她的力量。」

新田凝視著她——山岸尚美的臉。那雙丹鳳眼蘊含著好勝光芒，和幾年前看到的時候一樣沒變，嘴唇漾著典雅的微笑，使得表情更有氣質。隨著年齡也累積了經驗吧。

「歡迎回來。」新田不知為何說出這句話。

10

藤木說自己有點事要失陪一下，便走出辦公室。這是總經理善解人意的體貼吧。機會難得，那就恭敬不如從命。新田在會客區的沙發，和山岸尚美相對而坐。

「妳從機場直接來這裡？」新田看到放在牆邊的行李箱，如此問。

「是啊。」山岸尚美快活地回答：「我接到總經理的電話，是在大半夜。說需要我的力量，希望我火速回來，至於相關的各部門，他會親自去說明。還說詳細情況，等一下會發電郵給我，要我在飛機上看。」

「所以妳就立刻趕去機場？」

「是啊。雖然我還搞不清狀況，但想必是事態緊急，就立即整理行李趕去機場。從洛杉磯柯迪希亞飯店的員工宿舍到機場，只花了十分鐘。我搭上凌晨四點的班機飛往成田。」

洛杉磯和日本的時差有十七個小時，所以山岸尚美是在日本時間的昨晚九點出發。飛行時間大約要十一個小時。新田在洛杉磯住過，所以知道這些事情。山岸尚美可能在今天早上八點左右抵達成田機場，完成入境手續就直奔這裡。

「啊，對喔。」山岸尚美說完，摘下手錶，調整指針。像在修正時差的樣子。

「妳換手錶了啊。」新田說：「我記得妳以前戴的是妳祖母的遺物手錶吧。」

「你記得真清楚啊。沒錯。那只手錶壞掉了，我去洛杉磯買了新的。時間正確的手錶還是比較方便。多虧了這只手錶的正確時間，我才能勉強在登機前喝了一杯咖啡。」

「真是太辛苦了。妳不累嗎？」

「說一點都不累是騙人的，不過現在沒辦法管那麼多吧？」山岸尚美嘴角的微笑沒有消失，但眼神訴說著她明白事態緊急。

「那麼詳細情況，妳看過電郵了？」

「看了。坦白說，我看了之後差點暈倒。竟然又被捲入殺人案件。」

「所謂有二就有三，不過我很慶幸是在這間飯店，畢竟應該已經習慣和警方合作辦案了。」

「你想得太美了。飯店的員工流動相當快速，經歷過以前案件的人，不曉得還剩幾個？所以總經理才叫我回來。就像你說的，來當協助警方辦案的角色。」

「實在太好了，幫了我很大的忙。現在的工作人員，確實幾乎都是我不認識的人。櫃檯經理也沒有協助辦案的經驗，一副不安的樣子。而且也不知道要仰賴誰才好，相當困惑呢。」

「我也不曉得能不能幫上忙。」

「有沒有妳在，簡直是天壤之別。萬事拜託了。」新田鞠躬致意。

「所以現在是什麼情況？可以跟一般人說的範圍就好，如果你能告訴我，我會很感激。」

「妳目前所知到什麼地步？」

「我知道的是，有幾個想復仇雪恨的人協力合作，除了當事者以外的人，聯手起來當共犯，為當事者復仇。至今發生的三起案子的被害人，以前都有害死人的經歷。當時過世的人的遺族，都有事發當天的不在場證明。這三個人的遺族，今晚預定住在這間飯店。」

新田睜大眼睛。「妳還是一樣很厲害啊。」

「怎麼了嗎?」

「具備能理解複雜的內容，且有條不紊說明的能力。果然有從洛杉磯柯迪希亞飯店請回來的價值。」

山岸尚美收起下巴，稍稍低頭，窺探般地望向新田。

「新田先生，你這話是認真的?不是在冷嘲熱諷?」

「當然是認真的。我完全沒辦法這樣簡明扼要地整理出來，妳不多不少地大致說明了現在的狀況。若要補充的話，就是我們偵查團隊如何應對這個狀況。」

「請務必說給我聽。」

「必須徹底查明的重點有兩個。」新田豎起右手的食指與中指。「第一個是，他們想要誰的命?我想此人應該是今晚的住宿客人，而且有曾經害死人的經歷，但目前完全找不到線索。這種人平常使用假名的案例也很多，想要鎖定很麻煩。」

「說得也是。那第二個重點呢?」

「他們聯手的契機是什麼?在哪裡認識的?關於實體接觸的人際關係，已經在徹底調查了，但目前找不到任何交集。所以可能是網路吧，現在在調查相關網站與社群平臺。」

山岸尚美蹙眉點頭。

「我想你也知道，美國的犯罪幾乎都和網路有關，警政當局用盡一切手段加強取締，但立刻又出現更厲害的高度技術，根本沒完沒了。」

「這種惡質的技術也流入日本，遭到不肖之輩濫用。偏偏很遺憾的，警方沒有對抗的能力，正在傷腦筋呢。不過只會抱頭煩惱無濟於事，所以也努力在找可能的線索。」

「說得也是。我也只能給你們打氣，請好好加油！不過總之我明白兩個重點了。」

「不，山岸小姐，第二個重點還沒說完。我們調查他們在哪裡認識時，也必須查清一件事，那就是他們同夥的到底有幾個人？如果是三個遺族想要誰的命，那他們同夥的至少還有一個不曉得在哪裡。也就是被這次的目標人物，奪走心愛之人性命的遺族。可是這個人，今天不會出現在飯店。」

「說得也是，他必須做不在場證明。」

「他們雖然是聯手犯案，但包含這個人，不一定只有四個。說不定有五個六個，或者更多人。總之，除了已經知道姓名的三個人之外，住宿客人裡可能有他們的夥伴。」

山岸尚美的表情嚴厲了起來，目光下垂。「除了三個人之外還有……」

「這件事我也跟藤木先生說了。」

「電郵裡沒寫。這樣啊……這樣的話，事情好像比我想像的嚴重。其實我看電郵時還想說，這次的對策應該比以前的案子容易擬定吧。既然已經知道三個嫌犯是誰，只要監視他們的動靜即可。就算不知道被盯上索命的人是誰，應該也足以應對吧。」

「藤木先生起初也是這麼想。可是這樣就能解決的話，我就不用穿這身衣服了。」新田抓著上衣的前襟。

「你說得也有道理。倒是你這身打扮跟以前一樣，非常合適。」

又被說了同樣的話。新田當作沒聽到。

「那三個共謀的人，妳掌握他們的名字了嗎？」

「沒有，詳細的內容完全沒有。」

新田將記事本裡，寫著那三人名字的那一頁撕下來，遞給山岸尚美，後簡短地說明，這三個人以前捲入怎樣的案件，如何失去心愛的家人。可能是湧上了不少同情心，山岸尚美露出苦悶的神色。

「從昨天開始，我們就一直監視神谷良美和森元雅司這兩個人，目前沒有明顯的動靜。還有我們認為，目標人物可能還沒來。無論如何，可能要等前島隆明來了之後，他們才會展開正式行動吧。」

「然後，搞不好，其他的共犯也會插進來。」

「正是如此。」

山岸尚美宛如在抑止頭痛般，以右手的指尖按著太陽穴，然後看著新田，點點頭。

「大致的情況，我明白了。雖然離下午兩點的入住時間，還有一點時間，但我也得立刻準備了。要認識一下現在的工作人員，也得掌握已經變更的體系。」

山岸尚美站了起來，新田也起身。新田再度說了一次「萬事拜託了」，行禮鞠躬。

山岸尚美驚訝地睜大眼睛，然後笑咪咪地說：「哪裡，我才要請您多多指教。」非常恭敬地回禮。展露出洗鍊的真正飯店人風範。

11

尚美在事務大樓換好衣服後，去久我的辦公桌打招呼。久我瞇起眼睛站了起來，請求握手。

「妳回來得真好。我得救了。」

「我不知道能幫多少忙，但我會好好運用我寥寥無幾的經驗。」

「不不不，」久我露出意味深長的笑容。「就算次數不多，妳可是經驗豐富啊。」

「部長，」尚美瞪著久我。「你這句話是否有欠妥當？對一個兩次都差點被殺的人來說。」

「哈哈哈，確實如此。抱歉。」久我說完恢復一臉正經。「妳去櫃檯辦公室露臉了嗎？」

「還沒，現在要去。」

「那我和妳一起去。」

兩人離開事務大樓，走向飯店。途中，久我問尚美在洛杉磯的情況。尚美說起新冠肺炎蔓延時的慘況。

「初期的時候，很少人知道口罩的正確使用方式，說明起來很辛苦。比較嚴重的，甚至還整團輪流用呢。」

「這真的會嚇昏啊。」

兩人從便門進入飯店，櫃檯內沒有看到新田的身影。他可能認為入住時間開始之前，沒必要站櫃檯吧。

尚美橫越大廳，一邊窺看人們的情況。有個壯年男子攤開週刊雜誌，可能是搜查員吧。其他也有零星幾個像警方的人。尚美無法說明清楚，只是靠過去的經驗，從氛圍就看得出來。

站在櫃檯的男員工安岡，是尚美認識的人。當時安岡還是個新人，現在感覺很沉穩了。安岡看到尚美，喜孜孜地報以微笑。看來已經聽說她回來這裡的事了。

進入辦公室，一股懷念的感覺立刻籠罩過來。乍看整理得井然有序，但桌上有點凌亂的情況，訴說著這個職場的忙碌。尚美覺得，這一切和她最後看到的情景一樣沒什麼變。

有一名男子跑過來。這也是尚美認識的人。就是曾經在一起工作好幾年的中條前輩。久我說，他現在是櫃檯經理。

「歡迎回來，山岸小姐。啊，我得救了。」中條打從心底露出獲救的表情，一邊撫胸，說：「這是我第一次因為刑事案件和警方合作辦案，既混亂又慌張不知所措啊。」

「會困惑是當然的。」

尚美想起新田說的話。櫃檯經理也一副不安的樣子。指的是中條吧。

「山岸小姐願意來幫忙，真是一人抵百人啊！新田警部要我負責當聯絡的角色，可是我自己也有很多事情非做不可。聽起來或許像是藉口。」

可能一半藉口，一半真的吧。

「我很明白你說的難處。我和新田警部是知道彼此脾性的人，我來跟他說說看。」

「聽妳這麼說我就安心了。總之我來介紹現在的同仁吧。」

中條叫辦公室裡的人過來集合，將尚美介紹給大家認識。但熟悉的臉孔也不少，例如姓川本的男櫃檯，以前案發時也在這個職場。他也記得尚美，行了一禮說：「請多多指教。」

「那麼山岸小姐，接下來可以交給妳吧？」中條逐一介紹完畢後，如此問尚美。

「沒問題。非常感謝你。」

「太好了。」中條說完向久我行了一禮，返回自己的座位。他步伐輕盈，可能從麻煩的工作解脫出來感到安心吧。因為即使發生什麼事也不會被追究責任，說當然也是當然。

尚美尋思，搞不好這也是他的盤算之一。萬一發生什麼麻煩，飯店也會被追究責任。但若和警方合作的人，不是原本的員工，而是從外部招聘進來的人，社會的責難也會稍微輕一點吧。

尚美心想不會吧，但另一方面腦海浮現藤木的臉，覺得原來那個人也有這麼算計的一面。

「妳怎麼了？」尚美突然沉默不語，因此久我問道。

「沒有，沒什麼。」

「那就拜託妳了。有什麼事儘管跟我說，今天我也會儘量待到最後。」

「我明白了。請多指教。」

「那我走了。」久我說完走出櫃檯辦公室。

兩名櫃檯人員和他擦肩而過走進來。一個是安岡，另一個是尚美不認識的女子，胸前的名牌印著「田中」。

「啊，山岸小姐，馬上就發生了想趕快跟妳商量的事。」安岡眼裡充滿求救之色。

「怎麼了？」

「是這樣的，這位小姐是警察，叫我讓她看客房。」安岡以手心示向旁邊的女子。

尚美鄭重地看向這名女子。看來是臥底的搜查員，容貌不知為何讓人聯想到狐狸，但基本上算是美女。年紀看起來比尚美大。

「什麼客房？」尚美問。

「前島隆明預約的房間。」那名女子說。聲音沙啞有磁性。

「前島先生……是嗎？」

尚美從口袋掏出紙條，這是新田給她的。三個嫌犯之中，有一個就叫「前島隆明」。

尚美將紙條收回口袋，看向安岡。「他的房間敲定了嗎？」

「還沒。他訂的是標準雙床房，一個人住……」

「那就趕快敲定吧。」女搜查員目光銳利地看向尚美。「這是為了辦案，請立刻敲定。」

「敲定房間之後，妳想做什麼呢？」

女搜查員詫異地看向尚美的臉和名牌。「妳是？」

「抱歉，忘了自我介紹。我姓山岸，現在在洛杉磯柯迪希亞飯店上班，但因為以前這間飯店發生事件時，我被任命擔任和警方合作辦案的角色，所以這次緊急把我叫回來。」

「啊，原來是妳啊。這樣啊。我聽過這間飯店以前發生的事。我是警視廳搜查一課的梓。」

梓亮出警察證，但又迅速收回。因此尚美能確認的只有「梓」這個姓氏。

「所以是梓小姐啊。不是田中小姐。」尚美看著她的名牌說。

「這是預定給我部下穿的制服，所以名牌也是做她的。言歸正傳，能不能請妳趕快決定要給前島隆明住的房間，讓我們確認一下？我們有必要掌握嫌犯住的是怎樣的房間。」

尚美看了看錶，確認時間。已經過了十二點退房時間。

「既然這樣的話，接下來房務清掃人員會開始打掃房間，到時候妳可以進去看。」尚美對梓微笑。「標準雙床房的格局幾乎都一樣。」

「沒有已經打掃好的房間嗎？」

「今天的打掃，現在才要開始。如果是昨晚沒人住的房間倒是有。」

「那就把這種房間給前島隆明。」

「好的。」尚美說完，看向安岡。「你去選房間。」

「儘量選高樓層的。」梓補充了一個要求。

「好。」安岡回答後，走出辦公室。

「為什麼要選高樓層的？」尚美問。

「嫌犯行動時，我們需要一些時間上的餘裕。住在高樓層，移動也比較花時間吧？」

「原來如此。」

尚美看了看中條那裡。那個軟弱的櫃檯經理，一直望著筆電。那表情完全沒有要看這裡的意思，宛如已經下定決心，不想和這件事有所牽扯。

梓雙手抱胸，搖晃著纖細身軀，瞇起眼睛看著尚美。「在洛杉磯，做什麼工作？」

「我嗎？妳是在問我？」

「其他還有誰？妳在那邊的飯店也是做櫃檯業務嗎？」

「主要是櫃檯沒錯，也會幫忙禮賓的工作。」

「禮賓啊。」梓低喃。「嗯，妳很優秀嘛。」

「沒有這回事。」

「其實妳不是這麼想吧。臉上寫著自信滿滿。」

尚美擠出笑容。「飯店人若一臉沒自信的表情，顧客會感到不安。」

「哦，這樣啊。」梓覺得掃興地看向一旁，又轉回來凝視尚美。「那有沒有被歧視？」

「種族歧視？不能說完全沒有，只能巧妙地迴避過去……」

梓開始搖頭，尚美便打住了。

「我不是說這個，我是說男女性別歧視。身為女人沒有比較辛苦嗎？」

「哦……這個也不能說沒有。不過和日本相比，我覺得人們的意識很不同。」

「這樣啊。能有幸運的環境真是太好了。」

「託妳的福，我的職場非常舒適。」尚美如此回答，內心嘀咕著，這個人到底是怎樣？為什麼這樣糾纏不休？

門開了，安岡進來了。「這個房間如何？在十一樓。」安岡遞出紙條，上面以原子筆寫著「一一〇五」。「目前合乎條件的房間，沒有比這個樓層更高的。」

「這個房間很好。」梓說：「請立刻準備鑰匙。」

「好。」安岡說完又出去了。

「妳要做什麼？」尚美問。

「我剛才也說過了吧。要確認房間裡面。」不知不覺中，梓對尚美說話越來越粗魯。

「不好意思，請問妳的目的為何？我聽說喬裝成清掃人員的刑警，會在清掃的時候在場。但房裡有沒有異狀，只會用眼睛確認，絕對不會碰顧客的行李。而且顧客還沒入住的房間，妳到底要確認什麼呢？」

「這個妳沒有必要知道。只要照我的指示做就好。」梓說得很快，顯然開始焦躁起來了。

雖然不知梓的目的為何，但尚美覺得這件事很麻煩，不可以隨便答應。

於是尚美停頓了半晌說：

「我聽說，這次臥底偵查的指揮官是新田警部。這件事，新田警部也知道吧？」

結果梓睜大眼睛，抬起下巴。

「我不是在新田警部的下面工作，我是靠自己的判斷行動。還有，我要聲明一下，我也是警部喔。現在請妳照我的指示做。」

「恕我冒昧，這是不行的。雖說是嫌犯，但也只是有嫌疑。換言之，對我們而言，他和別的顧客一樣。他預定入住的房間，除了工作人員之外，不能有人先進去。如果妳一定要進去，請把目的告訴我。」

梓的嘴唇緊閉成一條線，眼神銳利地盯著尚美。尚美沒有別過臉去，正面抵擋。

安岡進來了。「鑰匙準備好了。」然後秀出房卡。

梓冷漠地看著房卡，沒有打算伸出手。

「這間一一〇五號房，請為前島隆明留下來。絕對不能派給別的客人。沒問題吧？」

「妳不進入房間了？」

「這也沒辦法。因為偵查內容不能告訴一般人。」梓說完走到門口，打開門。但走出去之前又回頭說：「我可是把話說在前頭。我勸妳不要干預偵查，不乖乖協助的話，妳會後悔的。」

「我很願意協助。只是，要讓所有顧客都過得舒適的前提下……」

尚美還沒說完，門就砰的一聲關上了。

12

新田看到手錶的指針指向快下午一點了，起身走出會議室，去洗手間。去站櫃檯之前，想整理一下儀容。

面對洗手間的鏡子，重新打好領帶之際，新田思索著耿耿於懷的事。不久前，梓回來會議室，不曉得在稻垣耳邊小聲地說什麼話。她板著一張臭臉，顯然心情很差。究竟出了什麼事？

調整領帶的位置後，新田搖頭嘀咕：「真要命。」接下來終於要正式上場了，若被自家人耍得團團轉，真是前景堪憂。但目前也只能集中精神做自己該做的事。

話說回來，那位小姐願意趕回來實在太感激了——新田腦海浮現山岸尚美的臉。他認為山岸尚美在洛杉磯工作不可能急遽回國，所以打從一開始就不抱期待。飯店那邊是否有人習慣警方的做法，對偵查效率有很大的影響。新田向稻垣報告山岸尚美回來了，稻垣也很開心，說這是個好消息。

新田眺望鏡中的自己，覺得作為一名櫃檯人員，這樣的外貌應該沒問題。走出洗手間，回到會議室後，他確認了幾份資料，握著手機正要對外面的部下下指示時，稻垣忽然叫他過去。

「新田，你過來一下。」

「不好意思。」新田走過來，一邊道歉說：「我想給在飯店待命的部下下指示，能不能讓我先把這個做完？」

「清掃人員的事嗎？」

「是的。」

「我就是想跟你談這件事。」

稻垣這麼一說，新田放下握著手機的手，有種不祥的預感。「怎麼了？」

「現在，神谷良美和森元雅司兩人，各自在不同的地方吃午餐，也已經開始拍攝了。也就是說，現在是清掃房間的大好機會。」

「這我知道，所以才要下指示。」

清掃時，一起進去的是新田的部下，一名姓岩瀨的女刑警。

「換人。」稻垣不留情面地說。

「咦？換人是什麼意思？」

「就是換另外一個搜查員和清掃人員一起進去。把你的部下叫回來。」

「等一下。為什麼突然換人？要換成誰？」新田說到這裡，手機響起。看了來電顯示，是岩瀨打來的。

「我接一下電話。」新田向稻垣請示後，按下通話鍵。「我是新田，怎麼了？」

「組長，是這樣的，那個七組的組長來了……」

岩瀨說七組的組長說要跟她換人，清掃時她要進去。問她是誰下的指示，她說是管理官。

「我知道了。妳繼續這樣待命。我等一下打給妳。」新田掛斷電話，俯視稻垣。「換人是梓警部提出的嗎？」

「做決定的是我。」

「為什麼呢?難道我的部下靠不住,無法信賴?」

「我又沒這麼說。」

「那是為什麼呢?七組的搜查員就可以做什麼特別任務嗎……」新田說到這裡,頓時恍然大悟,洞悉了什麼。「管理官,難道是……」

「什麼都別問。」

新田彎下腰,將臉湊近稻垣。

「不單只是進去看房間,而是想調查神谷良美和森元雅司的行李吧?瞞著清掃人員。」

「我沒有下這種指示!」稻垣粗聲粗氣地斷言說。

「雖然沒下這種指示,但也沒說不能碰客人的行李,對吧?」

稻垣洩氣般歪起嘴角。

「我只是跟梓說,做法就交給她決定。」

新田險些咋舌,幸好忍住了。

「您忘記了嗎?上次辦那個案子的時候,本宮做了這種事,受到總經理猛烈抗議。」

「我就是沒有忘記,才讓梓那一組去做。如果是你的部下去做,有什麼萬一的話,很難找遁詞搪塞。就算被飯店說什麼,你只要堅持你完全不知情就好,是梓擅自妄為做的事。」

「我並不是想逃避責任……」

「我知道你想說什麼。可是,新田,現在是分秒必爭的時候。不管怎麼樣都要把那票人的尾巴揪出來，不是說漂亮話的時候。」

「這我明白，可是……」

「打電話給扮成清掃人員的部下吧。」稻垣指向新田拿著的手機。「時間寶貴，再拖下去的話，神谷或森元就回房間了。這是命令，快打！」

新田緊握手機，調整呼吸，然後打電話給岩瀨。岩瀨好像等不及了，才響一聲就接了。

「我是新田，已向管理官確認過，妳和七組的搜查員交換。換好衣服後，去跟富永會合。」

「好，我知道了。」新田聽到這個回答後，掛斷電話。往稻垣一看，他不曉得正在跟誰講電話。他的背影彷彿在說，這件事就到此為止。

新田搖搖頭，離開會議室。再爭論下去沒有意義，只能就此死心。稻垣再怎樣也不會改變主意吧，時間緊迫是事實。

離開會議室，下了樓梯，要走出事務大樓時，有人在背後叫了一聲「新田」。是本宮。他湊過來說：

「我明白你的心情。但是你要忍耐。其實管理官也不願意這麼做吧。」

看來本宮聽到剛才兩人的對話了。

「這我明白。所以我才遵照指示做。」

「可是你內心難以接受吧。我擔心的是這個。接下來要是有什麼事，你可千萬不要理智線斷裂。你是警察喔。」

新田對這番話很在意，直勾勾看著本宮。

「接下來會有什麼事？都已經這樣了，難道還有更離譜的？」

「我也不知道有沒有，只是覺得要叮嚀你，所以才跟你說。聽好了，絕對不能暴走喔！」

「暴走的是那個女警部吧。」

「那個女的很冷靜喔！所以才做得出那種事。總之你不要亂來，這不是只有你那一組的案子。對做法再怎麼不滿，也只能聯手辦案。懂了吧？」

新田輕輕點頭。「我會謹記在心。」

「拜託你了。」本宮說完用手背輕拍新田的胸，返回事務大樓。

新田走向飯店，一邊打電話給富永，叫他和岩瀨會合。

「岩瀨不是清掃人員嗎？」

「情況變了。你跟岩瀨說，叫她喬裝成女客人。」

「了解。」

「神谷良美和森元雅司有沒有什麼動靜？」

「兩人都在一樓的餐廳吃午餐，西崎在監視他們。不然這樣如何，看時機，叫他和岩瀨換班好了？」

「好，就這麼做。」新田掛斷電話，將手機收回口袋，走進飯店的便門。

大廳非常熱鬧。因為是星期六，不少客人帶小孩來。有幾個聖誕節相關的活動在進行，不是來住宿的客人也很多吧。

新田橫越大廳，走向櫃檯時，望向餐廳。神谷良美坐的位子和早上不同，桌上只放著一杯柳橙汁。可能已經吃完午餐了。

森元雅司坐的地方離神谷良美頗遠，正在喝咖啡。就這幅景象來看，兩人並沒有意識彼此的存在。

神谷良美站了起來，拿著帳單，走向收銀臺。看起來像要回房間。

新田看她結了帳消失在電梯廳後，便朝著櫃檯走去。這時山岸尚美和安岡正在交談。

新田鄭重地向兩人打招呼：「請多多指教。」兩人也客氣地鞠躬說：「彼此彼此。」

「神谷小姐，好像回房間了。」山岸尚美說。她也在觀察神谷良美的動靜。儘管是嫌犯，她還是客客氣氣地稱呼「神谷小姐」，這點實在令人敬佩。

「房間的清掃，平安無事結束了嗎？」新田想用終端機查一查。

「別擔心，結束了。」山岸尚美說：「剛才有聯絡進來。」

「聯絡？」

「我有先拜託清掃人員，請他們清掃完神谷小姐和森元先生的房間時通知我。」

「哦……那個，為什麼要這麼做？」

新田如此一問，山岸尚美浮現微笑。一旁的安岡尷尬地低下頭。

「如果讓你覺得不舒服，我很抱歉。對不起。」山岸尚美說：「因為我想確認，你們是否能確實遵守約定。」

「約定？」

「聽說打掃房間時，刑警也會進入。總經理允許刑警觀看房裡的情況，但絕對不准碰觸顧客的行李，而且稻垣先生和新田先生也都答應了。我說的約定就是這個。」

「清掃人員怎麼說？」

山岸尚美點了點頭。

「清掃人員說，一起進去的刑警完全沒有碰行李。他們在打掃的時候，眼睛也盯著行李，所以非常確定。」

「這樣啊……」

「對不起。」山岸尚美再度道歉。「我不是不相信你，而是擔心萬一有刑警會獨斷獨行。」

「這我無法否認，刑警裡確實有很多奇怪的人。這樣啊，一起進去的刑警沒有亂來？」

「是的，好像沒有。」

「那就太好了。」新田如此回答，但內心難以釋懷。既然什麼都沒做，梓為什麼要直接找稻垣談判，不讓我的部下進去？

「不過刑警，還是有強硬的人。不只是男性，女性也有。」

「女性？」

「一小時前，有位姓梓的警部小姐，要我們做強人所難的事。我鄭重地拒絕她，她好像不太高興。」

「梓警部要你們做什麼？」

「她叫我們趕快敲定今天要入住的前島先生的房間，於是我們準備了昨天沒有使用的房間，她居然要我們立刻讓她進去看那個房間。可是問她目的，她又不肯說。」

「她叫你們給她看，前島還沒入住的房間？」

「是的，可能是為了偵查。可是不把具體的目的告訴我們，我們也只能拒絕。對警方來說或許是嫌犯，但對飯店來說，現在這個時間點，他只是一位重要的顧客。」

新田可以理解，山岸尚美會如此應對。在眾多飯店員工裡，她也是格外一本正經的人。

「啊。」安岡忽然驚呼，看著餐廳說：「那位先生……」

森元雅司付了錢，正走出餐廳，朝電梯廳走去。可能要回房間吧。

「森元先生的房間也打掃完畢了。」山岸尚美說：「這個我跟清掃人員確認過了，刑警沒有碰行李。」

「這樣啊……」

新田陷入沉思，依然搞不懂梓的目的為何。這和要看前島預定入住的房間有什麼關係嗎？猛地，新田想到一個可能性，倒抽了一口氣。

「山岸小姐，預定給前島的房間是幾號房？」

「一一〇五號房。」

「一一〇五……在十一樓吧。抱歉，我失陪一下。」

新田打開後方的門，進入辦公室，然後直接走到後院的走廊，搭乘員工電梯。

出了電梯，來到十一樓。走廊有兩名清掃人員，面對著推車在工作。新田說了一聲：「不好意思。」走了過來，為了慎重起見，從上衣內袋掏出警察證。

「有沒有刑警來這個樓層？」

新田問。兩人點頭。

「有一個穿著清掃人員制服的女刑警來過。」一名年長的清掃阿姨，捏起自己的衣襟說。

「她該不會是說，想看一一〇五號房？」

「是的。」清掃阿姨說。「她說想知道從嫌犯預定入住的房間，看出去的景色是什麼樣。」

「景色？所以妳讓她進去看了？」

「是的，我讓她進去看了……」清掃阿姨露出不安之色。

「她看的只有景色而已嗎？」

「也探頭進去看床底下，說要查查看有沒有隱藏什麼。」

「床底下呀。還有別的嗎？」

「沒有，只有這樣。然後道謝完就立刻出去了。」

「我明白了。非常感謝。」新田致謝後，快步走向電梯。

不祥的預感變成了確信。新田知道梓的目的了。她被山岸尚美拒絕後，直接去找清掃人員。既然是臥底偵查官的指示，清掃人員會不疑有他照辦吧。

新田搭上電梯，在十四樓出電梯，大步走向一四〇六號房。站在門前，按下門鈴。

新田感到一股在窺探情況的氛圍，然後門開了，站著一名穿著清掃制服的女子。她當然不是真正的飯店員工，而是七組的偵查員。

「梓警部呢？」新田問。

「請稍等一下。」說完，她暫時關上了門。

約莫過了十秒，門又開了。穿著清掃制服的女子說：「請進。」

新田踏進房裡。裡面除了兩張床，還備有沙發、桌子、寫字檯，是一間豪華雙床房。

梓坐在沙發上，蹺著二郎腿。旁邊有個男刑警，他的前面擺著一臺黑色機器，連著頭戴式耳機。桌上還有別的裝置，前面也有刑警，同樣戴著頭戴式耳機。

「我還以為你會更早來呢。」梓不屑一顧地說。

「竊聽器裝在床下嗎？」新田瞪著女警部。「被發現的話，事情會很嚴重。」

「正確來說是貼在床底，就算真正的清掃人員再度去打掃，大概也不會發現吧。」

「梓警部，妳知道妳在做什麼嗎？」

「如果你想嚷嚷說我違法偵查，隨你高興。但是，請在破案之後。現在，對我而言，最優先的事項是阻止犯人們的計畫。難道說，新田警部，你不是這樣嗎？」

「管理官知道這件事嗎？」

「我只跟管理官說，如果能讓我的部下在清掃時間進去，我們能得到更多嫌犯的情報。一切都在我的責任歸屬下進行的。」

意思是，她並沒有向稻垣說出「竊聽」二字。但稻垣應該有猜到。還有本宮也是。本宮那句「接下來要是有什麼事，你可千萬不要理智線斷裂」，可能已經猜到會有這種事。

「新田警部來這裡的事，我會放在心裡，也會命令部下不准說出去。所以關於在這裡進行的事，你徹底裝作不知道就行了。」

「我在意的不是這種事。」

「那到底還有什麼問題呢？」梓冷笑以對。

「妳不想放棄竊聽吧？」

「是的。我認為這場遊戲沒有規則。為了贏，我什麼都會做。如果你有更確實能贏的方法，那就另當別論。」

「我們就是為了贏才來臥底。」

「可是進不了嫌犯的房間吧？要我說的話，臥底偵查官……」梓停頓了半晌繼續說：「這場遊戲，可能在臥底偵查官做不出任何成績的情況下，就結束了。」

旁邊的部下霎時抿嘴一笑。戴著頭戴式耳機，也聽得到對話嗎？

新田嘆了一口氣，只能這麼說：

「請千萬小心，絕對別讓飯店發現。」

「我知道。只要沒有人去告密，就不會被發現。」梓眼神銳利地看著新田，彷彿在說，你也別給我洩漏出去！

這時，桌上的手機響了。梓伸手去拿，貼在耳朵。

「我是梓……什麼時候？……哦，這樣啊。」看來是部下在報告事情。

新田轉身，走向門口。結果梓開口叫他：「新田警部。」新田駐足回頭：「什麼事？」

「跟蹤前島隆明的部下打電話來。前島離開自宅，開自己的車上路了。照方向推測，一定是朝這裡來。」

「我知道了。我會在櫃檯等他。倒是能勢警部補，現在在哪裡？做什麼？」

「我派他去做別的任務。那邊的工作也很重要。」梓冷淡地回答。顯然不想說能勢在做什麼工作。

新田無言地點頭後，再度走向門口。

13

接近下午兩點時，休憩和要求提早入住的客人零星到來。因為不是集中到來，目前安岡一人足以應付。尚美在一旁窺看，但沒有出現可疑的客人。雖然剛才有位入住的女客人顯得心神不寧，尚美有些在意，但知道她訂的是休憩的標準雙人房也就放心了。可能要和男人幽會吧。女客人離開後，尚美向安岡確認。他瞇起一隻眼睛說：

「沒錯。男方總是稍微晚點到。」

據安岡所言，他們大概一個月出現一次。男方似乎是從地下室的出入口直接去房間。今天預訂休憩三小時，所以大概五點退房。尚美如此想像：星期六，而且是聖誕夜，總不能把家人擱著不管，所以白天來幽會。

關於現在的櫃檯業務，尚美聽安岡詳細說過。除了體系更新之外，基本程序都和尚美在的時候一樣，因此她安心多了。

唯獨有一件事，她耿耿於懷。就是只限今夜，有特別服務。

這個特別服務是贈送「聖誕禮物」，對象僅限網路訂房的客人，從參加者中抽獎送禮。中獎的人，今晚十點以後，會以電郵通知。比較獨特的是禮物的領取方式，中獎者回覆電郵時註明希望領取禮物的時間，到時候扮演聖誕老人的員工會直接把禮物送到房間。領取時間從晚上十一點至清晨四點。若想在退房時領取禮物，就無須回覆電郵。禮物送達時，也可和扮成聖誕老人的員工拍紀念照。網路上流傳一個消息，說帶小孩的話，中獎機率很高。安岡跟尚美說，這不是假消息也不是謠言，實際上確實如此。

尚美聽了心情很複雜。若是太平時期，或許會悠哉地佩服想出這個歡樂有趣企劃的人。但現在情況截然不同。說不定會發生命案的夜晚，還是不要做特別的活動比較保險。當然她也非常明白，事到如今無法取消。

新田從電梯廳走來，一臉悶悶不樂。

「有沒有什麼不尋常的事？」新田進入櫃檯後，如此問道。

「這倒是沒有，不過有件事想跟你說一下。新田先生，你知道『聖誕禮物』這個活動嗎？」尚美說。

「『聖誕禮物』？這是什麼？」

新田果然沒聽說。或許是中條覺得說明太麻煩，所以故意不說。

於是尚美將預定今晚舉行的特別服務活動，說給新田聽。果不其然，新田聽了一臉陰霾。

「總之，就是扮成聖誕老人的員工，半夜會到處走來走去？」

「他們只是要去送禮物……」

「我明白了。我心裡有個底了。其他還有什麼嗎？」

「其他沒什麼特別的事。」

尚美如此回答後，新田滿意般地點點頭，看了看手錶。

「第三個嫌犯前島隆明，好像自己開車往這裡來了。他出現了我會跟妳說，能不能麻煩妳去接待他？」

「好的，沒問題。」尚美做了一個深呼吸，兩手輕拍雙頰。不可以因為緊張而雙頰僵硬。

若是開車來的話，可能會停在飯店的地下停車場。這樣前島隆明不會從正門玄關進來，很有可能從地下室搭電扶梯上來大廳。

「我有一個疑問。」尚美悄聲問新田。

「什麼疑問？」

「前島隆明先生是用本名吧，其他兩人也是。這麼說可能很奇怪，我覺得他們很大膽。」

「會有這種疑問很自然。」新田愁眉苦臉地說：「其實我也好奇，為什麼他們不用假名？」

「這樣啊。」

「關於這件事，我們目前的推測是，他們可能是這樣判斷，只要和其他案件的關聯沒有被拆穿，貿然用假名反而會引起警方側目，這不是好辦法。因為這間飯店發生命案的話，警方一定會徹查住宿名單上所有的人，如果查到用假名的人，會查得更徹底。」

尚美對新田的說明，點頭認同。

「意思是，用假名也沒有意義。聽你這麼一說，確實如此。我明白了。果然我這種外行人想得到的疑問，你們早就解決了。」

但新田依舊愁眉苦臉，稍稍偏著頭說了一聲：「不。」然後說：

「其實我也不確定是不是真正解決了。說不定有其他的內情。總之，這次的案子謎團很多。粗心大意的話，什麼都解決不了。」

這種含混不清的語氣，不像新田的作風。尚美覺得不太對勁。她希望這不是新田沒自信的表現，而是證明他作為警官成長了，具備了慎重處事的能力。

尚美思忖這些事時，也再度望向電扶梯那邊。這時有個肩膀很寬的男子，搭電扶梯上來。他穿翻領襯衫❹加一件胭脂色夾克，提著淡褐色公事包。

新田站在尚美的斜後方說：「那就是前島隆明。」

「好的。」尚美依然看著前方，低聲回答，對走近櫃檯的前島隆明露出微笑。

「歡迎光臨。您要住宿是嗎？」

「是的。我姓前島。時間還有點早，我可以入住嗎？」塊頭很大，但聲音很小。可能是緊張吧，聲音有些沙啞。

尚美用終端機確認資料。房間早已敲定。

「前島先生，您從今天起入住一晚，標準雙床房，一個人住。是這樣沒錯吧？」

「是的，沒錯。」

「謝謝您。您的房間準備好了。那麼請您填寫住宿登記表。」尚美遞出住宿登記表。

前島用原子筆填寫時，尚美悄悄窺看他。白髮斑駁的頭髮理得短而整齊，鼻子下方的鬍鬚也整理得很有型，有一種清潔感。他的職業是什麼呢？感覺不像一般上班族。

❹翻領襯衫：又稱國民領或古巴領。

寫完住宿登記表後，尚美問他付款方式。前島挑出一張信用卡。尚美照例做了預刷，是本人名義的信用卡。

接著尚美將事先準備好的，一一〇五號房的房卡交給前島。

「我帶您去房間吧？」

「不，不用。謝謝。」前島向尚美微笑致意，便離開了櫃檯。不知為何，尚美一直看著他的背影。目送他，直到他消失在電梯廳。

「山岸小姐。」新田喚她。「妳發現什麼不對勁的地方嗎？」

尚美搖搖頭。

「沒有。看起來像一般客人。實在是……」尚美迅速環顧四周，確定沒有人在偷聽後，繼續說：「實在是不像企圖殺人的人。」

「所有的犯罪者，幾乎都是這樣。」新田說：「比如凶惡案件的犯人被逮捕時，電視的談話節目不是經常出現，說去犯人的住處附近採訪鄰居，問犯人平常是個怎麼樣的人，鄰居都異口同聲說，實在不像會做那種事的人，看到人還會很有禮貌地打招呼呢。」

「這種事確實經常聽說……」

「妳好像還是難以釋懷的樣子。」新田點點頭，指向後面的門。「妳可以來一下嗎？有件事我想好好跟妳說一下。」

尚美看看時鐘。離入住時間下午兩點，還有些許時間。於是她點頭答應：「好。」

「這次的案子，相當特殊。」進入辦公室後，新田開口說：「特殊在哪裡呢？動機。失去心愛家人的人同心協力，代替當事人去復仇。前島隆明因為某個案子失去了女兒。至於是什麼案子，我之前有跟妳說吧。」

「遭到色情報復的女兒自殺了……」

「對。」新田目光銳利。「犯人被判處有期徒刑三年，緩刑五年。他甚至不用進監獄坐牢，直到最近還在有小姐陪酒的夜店上班。生活過得逍遙自在，絲毫沒有反省的態度。失去愛女的父親看到這種情形，會是什麼心情呢？就算想親手殺了那個犯人，也沒什麼奇怪吧。而這個犯人，日前被殺了。但下手的不是前島，而是其他的人。所以今天他來這裡，要做回禮，報答替自己復仇雪恨的人。但其實他應該不想殺人。可是他認為非殺不可。他在自由之丘經營餐廳，聖誕夜是生意正好的時候，雖然有員工，但他應該不想把店放著跑來這裡。可是他還是來到這間飯店，這表示他有很強的使命感。就某個層面來說，他是非常認真且誠實的人。神谷良美和森元雅司，可能也是這種人。如果除了他們還有別的協力者，這些人應該也一樣吧。所以山岸小姐，請不要忘記，這次的犯人們，是非常普通的人。或許他們現在的精神狀況不算普通，但至少從外表看不出來的。這一點請妳明白。」

新田淡然述說的口吻，已經不是以前那個粗野慌亂的年輕刑警。現在他是經過時間與許多案件的歷練，也和很多罪犯對峙過的人，散發出一種沉穩的緊迫感。

「我明白了。」尚美回答：「我會特別留意非常普通的顧客。」

「那就拜託妳了。」新田露出滿意的笑容。

這時旁邊的門開了，安岡探頭進來。「可以幫忙一下櫃檯嗎？」

入住時間接近，來了幾組客人，安岡一個人忙不過來。尚美回答：「好。」

來到櫃檯後，只見安岡在招呼一位男客人，其他還有一對年輕男女在櫃檯外等著。兩人都是二十五歲左右吧。男子穿著灰色針織衫和黑色皮夾克，頭髮染成棕色，眉尾穿孔戴眉環。女子染成金色的頭髮綁成馬尾，用大墨鏡代替髮箍戴在頭上，看起來相當漂亮，可是化了一臉像YouTube介紹的完美妝容，很難想像她的素顏。此外她還戴著彩色隱形眼鏡，瞳眸帶著紫色，穿的洋裝也很華麗，但絕非沒有品味的人。

他們的背後有門房小弟候著，旁邊還有載行李箱的推車。看來是這對情侶的。

「讓您久等了。」尚美低頭行禮。「您要辦入住手續是嗎？」

尚美以為男子會出面辦手續，不料開口的是女子。「我姓澤崎。」

尚美操作終端機，在預約名單中找到這個名字，是網路訂房。「聖誕禮物」的活動欄位填的是「參加」。

「澤崎弓江小姐是嗎？」

「是的。」女子稍稍舉起右手。

尚美再度看向終端機，確認房型，然後看了備註欄的內容，有些出乎意料地抬起頭來。

「澤崎小姐，從今天起，兩位，住一晚，訂的是景隅套房，沒錯吧？」

「對對對，是這樣沒錯，可是……」澤崎弓江將雙肘放在櫃檯上。「其實我真正想要的不是這個。」

尚美再度看向終端機，備註欄寫著「希望改成皇家套房」。這是訂房時，當事人親自寫的。

「如果皇家套房有空房，您想改成皇家套房是嗎？」

「是的。有空房嗎？」

「請您稍等一下。」

尚美操作終端機，查看空房情況。皇家套房的欄位寫著「不可受理」，意思是今晚不能用。如果把那個房間用出去，會增加員工的負擔吧。平常也就算了，今晚尤其不行。

「讓您久等了，澤崎小姐。很可惜，今天沒有空房。」

澤崎弓江失望地皺起眉頭。「咦？沒有啊。」

「真的很抱歉。」尚美低頭鞠躬致歉。「那麼請您填一下資料。」尚美遞出住宿登記表。

澤崎弓江用她裝了花俏彩繪指甲的手，拿起原子筆。「這家飯店的網路預約很奇怪。」

「有什麼不方便的地方嗎？」

「我想在『選擇房型』那裡預約房間，可是沒有皇家套房的選項。不過房間介紹那裡，明明有照片也有裡面的格局。」

「真的很抱歉。皇家套房是不開放網路預約的。」

「為什麼？」

「因為數量很少，通常很早就被電話預約訂滿了。為了不讓顧客浪費網路預約的時間，我們認為不開放網路預約比較好。」

其實飯店方面還有其他理由，例如要把房間留給ＶＩＰ的突發需要，或只給信得過的常客用，但這沒必要特別在此說明。

「哦，這樣啊。」澤崎弓江一臉難以接受的表情，開始填寫填寫入住資料，看來她真的對皇家套房很執著。

尚美準備了一六一〇號房的房卡，一邊等待女客人填寫完畢，一邊若無其事地觀察後面的男伴。這名男子臉頰消瘦，下巴也很細，看起來不太健康。他頻繁地環視四周，眼窩深處發光的瞳眸裡，飄著像在打什麼主意的氣息。

「我寫好了。」澤崎弓江說。

「謝謝您。請問澤崎小姐，您這次要怎麼付款呢？用現金嗎？還是信用卡？」

「啊，信用卡。」

「這樣啊。那麼真的很不好意思，信用卡能不能讓我們預刷一下？」

「預刷？現在？不是退房的時候嗎？」

「退房的時候，如果您要變更別的支付方式，這時候預刷就會撤銷。」

「這樣啊。畢竟客人逃走了很傷腦筋啊。」

尚美沒有說出「就是啊」，只是無言地報以微笑。

澤崎弓江從斜背的Prada包包裡取出錢包，然後掏出一張金色信用卡，說了一聲：「請刷。」將信用卡放在櫃檯上。

「謝謝，收您信用卡。」

尚美開始做信用卡的預刷。新田不知何時已來到身邊，看著尚美操作。信用卡的名義欄是「YUMIE SAWAZAKI」，看來是本名沒錯。

「謝謝您。首先信用卡還給您。」尚美將信用卡還給澤崎弓江之後，又遞出裝著一張房卡的房卡套。「這是房間的鑰匙。您這次住的是行政樓層，所以附有一些特典。詳細內容的說明書放在房卡套裡，請您有空的時候看看。此外，您寄的行李好像到了，等一下會讓工作人員送去您的房間。」

「好～」澤崎弓江收下房卡套。

尚美招手叫門房小弟來，遞出另一張房卡。

「那麼澤崎小姐，請好好休息。」

澤崎弓江離開櫃檯，對男伴說：「讓你久等了。」

男子將臉湊過去，在她耳畔輕聲細語。

「啊，對喔，我忘了。」澤崎弓江返回櫃檯。「客房服務，可不可以在這裡叫？」

「當然可以。您想點什麼呢？」

「先來個香檳，唐培里儂香檳王粉紅（Dom Pérignon Rosé），整瓶的。然後綜合水果盤和魚子醬。」

由於太過基本款，尚美差點苦笑。難得的聖誕夜要在飯店度過，所以想盡情奢侈一下？但尚美的表情沒變，依舊和藹可親地問：「立刻送去您的房間好嗎？」

澤崎弓江看向男子。「怎麼辦？」

「好啊。我也想趕快喝到。」

「說得也是。那就請立刻送來。」

「好的，沒問題。」

「還有，從這裡有直達成田機場的利木津巴士吧。站牌在哪裡？」

「從正門玄關出去，立刻左轉就看得到巴士站了。」

「有時刻表嗎？」

「飯店裡沒有時刻表。但您要去成田機場的話，從早晨五點四十五分開始，每隔十五分鐘會有一班。」

「這樣啊。謝謝。」

澤崎弓江道謝後，回到男子身邊。門房小弟推著承載行李箱的推車，開始移動。這對情侶也並肩跟在後面走。前往電梯廳的背影看起來很開心。

尚美打內線給客房服務，傳達客人的點餐與房號，新田則是盯著澤崎弓江的住宿登記表看。

尚美打完電話後，問新田：「怎麼了嗎？」

「沒什麼，我只是在想，剛才那兩個人從哪裡來的？講話沒有特殊的腔調吧？」

「沒有。」

住宿登記表的住所欄，沒有填。查看網路訂房時的住所，寫的是神奈川縣三浦市。

「從鄰近城市來住飯店，沒有什麼不自然喔。從那個樣子來看，可能要去蜜月旅行吧？預定在這裡住一晚，明天一早就前往成田機場。」

但新田沒有回答，一臉沉思。

「皇家套房，大概要多少錢？」

「住宿費嗎？看季節和條件而定，通常要三十五萬。」

「三十五萬啊。如果房間空著，她是打算付這麼多錢嘍？」

「看她那個樣子，說不定會付喔。她用的是金卡，信用額度也不少。」

「金卡啊……」新田露出難以理解的神情，掏出手機開始打電話。「本宮嗎？……住宿客人名單應該有澤崎弓江這個名字，如果駕照查得到，傳她的大頭照給我好嗎？年齡，大概二十多歲……好，全部傳給我……沒有，只是有點在意的程度……拜託你了。」

新田打完電話後，尚美開口說：

「如果你覺得那麼年輕就有金卡很奇怪，我勸你改變一下想法。說不定她父親是資產家。」

「她很富裕，這應該沒錯。看她的穿著就知道。雖然我不知道那是什麼名牌，但一定不是便宜貨。」

「她穿的是Fendi。」尚美秒答。她從以前就有觀察女客人穿著服飾的習慣。「然後包包是Prada，而且是新款。」

「這樣啊，所以她完全是真品。可是另一半就不是了。」

「另一半？」

「就是那個男的。他是贗品。」

「贗品？」

「夾克。」新田拉了拉衣服的袖子。「那是人造皮革做的，再貴也不到兩萬塊。」

尚美眨了眨眼睛。「新田先生，皮革是真皮還是假皮，你用看的就知道？」

「我父親對皮革很挑剔。如果我穿人造皮的衣服，會被罵丟新田家的臉。」

「崇尚真品啊。」

「只是愛面子而已。總之，剛才那兩個人很可疑。若說是去蜜月旅行，也未免太不相稱了。所以我想先查一下女方的身分。倒是妳剛才說行李寄來了，在哪裡？」

「應該在行李服務臺。」

「究竟是什麼東西，我去看一看。」

新田走出櫃檯，尚美也跟上去。

到了行李服務臺，看到很大的紙箱。新田蹲下去看送貨單，旁邊的門房小弟是關根搜查員。

「寄件人是她本人。地址是神奈川縣三浦市啊……內裝物品是衣服。都已經帶了那麼大的行李箱了，還需要衣服？」

「如果兩個人要去海外旅行，光是那個行李箱算少的。這個紙箱裡面，可能裝著另外的行李包吧？」

新田的手機不曉得收到什麼訊息，發出電子聲。他迅速操作，然後用手指滑動了好幾次。尚美在一旁窺看，畫面有個女性的臉部照片。

「這照片是？」

「和澤崎弓江同名同姓，而且有駕照的女子，全國有好幾個。我請同事把她們的大頭照都傳過來……」新田搖搖頭，將手機收回內袋。「全部都不是剛才那名女子。」

「意思是，她沒有駕照？」

「又或者，她用假名。雖然和信用卡的名字一樣，但不見得是本人。」新田的眼神變成刑警之眼。他喚部下的名字關根。「你把這個行李送去一六一〇號房。因為很大箱，可能要搬進房裡。到時候，觀察他們兩人的情況。千萬小心，絕對不能被懷疑喔。」

14

下午四點多，新田收到稻垣的聯絡，要他去事務大樓，說是查出了重大事情。新田回答，立刻去。雖然入住客人陸續到來，但實在無可奈何。他把情況跟山岸尚美說，便走出櫃檯。

目前，沒有特別奇怪的客人。硬要說的話，就是澤崎弓江和她的男伴。根據送行李去的關根所言，「兩人只是很平常地放鬆而已」。不過想想這也是理所當然。就算他們企圖想做什麼，也不會大剌剌地在飯店員工面前採取行動。

新田到了會議室，看到稻垣、梓和能勢並排而坐，他們的對面坐著本宮。「讓各位久等了。」新田說完，在本宮旁邊坐下。

「七組掌握了十分關鍵的情報。」稻垣說完，轉而對旁邊的能勢說：「能勢警部補，你來向新田說明。」

「是。」能勢應答後，打直背脊，從旁邊公事包取出資料。看起來像以釘書機將好幾張紙釘起來，能勢將這份資料遞給新田。「首先請看第一張。」

這是從網路部落格列印下來的文章，部落格的名稱是「不可解的天秤」。

「稍微看一下開頭的部分。」

稻垣如此一說，新田立即瀏覽。這一頁寫的是開設這個部落格的動機，首先主張的是：在日本，和沉重的犯罪相比，刑罰太輕。

「在這個國家，殺死人也不會被判死刑或無期徒刑，大多是二十年以下的有期徒刑。殺人以外的犯罪，徒刑當然又更輕，譬如業務過失致死傷罪是五年以下，竊盜罪都是十年以下的徒刑。從建築物掉下東西害死人，只要主張過失，刑罰甚至比偷錢包更輕。這樣的判決，遺族能接受嗎？我想藉由這個部落格，控訴這個國家決定刑罰的體系有多麼不合理，以及被害人遺族被這個體系折磨得多痛苦。」

新田覺得這個意見滿中肯的，隨即看了一下開設者的個人檔案。性別是男性，星座是處女座，興趣是登山和欣賞古典音樂。開設日期距今十年前。沒有寫本名，但有寫暱稱。

「開設者的暱稱是『Multi Balance』啊。原來如此。」

新田如此低喃，稻垣問：「原來如此是什麼意思？你看出了什麼嗎？」

「部落格的名稱叫『不可解的天秤』，這個天秤指的是希臘神話的泰美斯女神（Themis）所持的天秤吧。象徵法律之前人人平等，法律適用於萬人。而天秤的英文是Balans。也就是說，這個部落格的開設者想傳達，這個天秤在日本無法貫徹到底，因為日本是依照個案而使用不同的天秤，很多個天秤。所以才把暱稱取為『Multi Balance』。」

「不愧是新田先生，真博學啊。」

能勢如此拍馬屁，新田不當一回事地說：「這不是什麼了不起的知識。」接著便問：「這個部落格有什麼問題嗎？」

「請看第二張。」

能勢這麼一說，新田翻開資料，第二張羅列著密密麻麻的文字，標題是：「犯人的年齡可以放上天秤嗎？」

「就如少年法所代表的，這個國家在決定刑罰時，有個極端的傾向，會將犯人的年齡考量在內。只因年輕，無論犯了什麼罪，都認為教化的可能性很高，可以成為認真規矩的人。但意圖殺人的人，只受到少許懲役，是不可能真正更生的。只要過了懲處的刑期，就能再度獲得自由之身，那麼只要在刑期內安分守己，等到自由之後再隨心所欲地生活，會這麼想是當然的吧。外表上的變化根本不可信。只是當事人假裝已經更生的模樣，或是關係人認為他已經更生了，現實情況就是如此。」

文章的熱度很高。甚且，他寫了一句開場白「譬如以前有過這樣的案子」，就開始說明這個具體的案子。

這件案子發生在東京都住宅區一間獨棟獨院的房子裡。中學三年級的長男回到家，看到母親倒在廚房，是被掐死的。家裡遭翻箱倒櫃亂七八糟，錢包和現金都被拿走了。

凶手不久被逮捕了，是個剛滿二十歲的男子。他供述說，原本以為屋裡沒人想溜進去偷錢，不料裡面有人而造成混亂騷動，所以把人掐死了。

被害人遺族希望能判死刑。但法院判決十八年徒刑。聽說強盜殺人罪，會判死刑或無期徒刑，所以遺族受到很大的打擊。法官認為凶手沒有受完整的教育，精神上還不成熟，因此導致犯行的可能性很高，所以還是給他更生的機會吧。

遺族不可能接受。凶手犯案時二十歲，要服十八年徒刑，也就是出獄時三十八歲，人生非常可以重來，不，應該說還能好好地享受人生。這實在太離譜了，這是不該有的事。但遺族的控訴無法改變判決。

「這是實際發生的事。」Multi Balance繼續寫道，他質問：「何謂更生？就算犯人更生了，死者也無法復活。受刑人的人生和被害人的人生或遺族的人生，哪一個更該被尊重呢？」

新田抬起頭來，看著本宮。「這個案子是……」

本宮沉沉地點了兩三下頭。

「對，就是我的案子。這次被殺的高坂義廣，在二十年前犯下的案子。錯不了。情況和殺害方式都完全一致，而且強盜殺人不僅沒判死刑，連無期徒刑都沒有，這種案例很少。」

「新田先生，請看第三張。」能勢說。

第三張的文章標題是「處理與不處理」，文章從這一句開始：「日前，職場附近發生火災。」

「消防和警察在調查火災的原因，似乎還給不出答案。即使是縱火，但有些案例，只要肇事者主張是失火，就很難推翻吧。同樣的，即使是意圖開車撞死人，只要硬說那時在打瞌睡，或煞車和油門踩錯了，就可以不用被詰問殺人罪嗎？這是值得深思的。」

這篇文章還附了照片，構圖是從高樓大廈的窗戶往外拍，俯瞰街景。至於是哪個街區，馬上就看出來了。因為東京都廳有入鏡。

「看起來是新宿。」

「沒錯。因為看得見都廳的角度很大，所以幾乎可以鎖定是從哪個位置拍的。第四張的資料上有地圖。」

新田看第四張。上面印有新宿地圖，西新宿那一帶印了紅色叉叉。大樓的名稱也查得出來。

「森元雅司上班的保險公司就在這棟大樓裡。」本宮說：「因此幾乎確定了。這個部落格的格主『Multi Balance』就是森元雅司。」

新田點點頭，看向能勢。「真厲害，居然找出來了。」

資深刑警苦笑。「不是我找到的。」

「這對偵查網路犯罪的專家來說，根本小事一樁。」梓得意洋洋地說。

看來梓交給能勢的重要任務，就是負責和這種專家聯絡。

資料還有兩張，新田看第五張，依然是部落格的文章，標題是「天譴下來了？」。

「有在看這個部落格的人都知道，這個部落格隨心所欲寫的是，因為不合理的事而失去心愛之人的遺憾。若不合理的事是天災，只能死心。若是事故，只要對方沒有惡意，或許總有一天心情會轉變。

但若是犯罪呢？被人意圖奪走心愛之人的性命，叫人不恨那個人是不可能的。那麼，對方要怎麼補償，心情才能得到療癒呢？坐牢？悔改？更生？這樣遺族真的能得到救贖嗎？心靈真的能獲得平靜嗎？

我還是認為，應該以命償命。

但日本的法律，很難判死刑。天秤一端的秤盤上放著死刑這種秤砣，另一端的秤盤放上殺死一個人的罪，這種程度，天秤動也不動。有時殺了兩個人也不會動。

既然如此就會開始思索，只能靠國家以外的力量。那是什麼呢？是自己的力量嗎？只能自己下手嗎？

然而最近，發生了意想不到的事。國家沒能判處死刑的人，突然喪命了。

我不知道該如何理解，一片混亂。

可以把它當作天譴嗎？還是說，只是不小心喪命？

我給不出答案，很苦惱。」

新田看了看發文日期，倒抽了一口氣，只不過一星期前。

「這裡寫的天譴，指的是高坂義廣被殺的事吧。」

「應該是。」稻垣說：「他故意寫在這裡，可能是想說萬一警方發現這個部落格，這篇文章可以幫他背書，表示他和命案無關。」

「這樣推測應該沒問題。因為實際上，森元並沒有加入殺害高坂的犯行。」

「新田先生，請看最後一張資料。」能勢催促。

第六張資料裡，印著兩篇文章，第一篇寫的是「少年犯罪」。

「我在這個部落格提過好幾次了，我國對於少年犯罪的刑罰之輕，甚至讓人覺得這本身就是一種犯罪。最近，我又聽到令人鼻酸的故事。那個人的兒子沒做錯任何事，卻突然被不認識的少年暴打，不幸地陷入長期意識不明的狀態。這段期間法院對少年犯進行審判，結果判決輕到令人難以置信，居然只是送進少年矯正學校。即使被害人殘留重大後遺症，罪名也只是傷害罪。然而一年後，被害人過世了。也就是傷害致死，不，真要說的話，這個案例甚至適用殺人罪也不奇怪。這種不合理的事，究竟要反覆發生到什麼時候？」

另一篇的文章標題是「卑劣的犯罪」。

「聽說審判很重視結果。也就是說，比起發展到犯罪的過程，更重視犯行造成什麼樣的結果。可是實際上，卻有堪稱無視結果的案例。有個中學生少女，在網路社群平臺認識了一個男人，兩人開始交往，發展至肉體關係。少女的父母知道後，說服了少女，和那個男人分手。不料那個男人把交往時偷拍的影片放到網路上流傳，也就是所謂的色情報復。少女受到很大的打擊，不敢再去學校。不僅如此，精神上也受到威脅，不久走上自殺一途。男人犯的罪，招致少女死亡的結果。對此，法院做出怎樣的刑罰呢？有期徒刑三年，緩刑五年。真是不敢相信。有遺族能接受這種判決嗎？」

新田抬起頭，看向能勢。

「意思是，找到神谷良美和前島隆明的交集點了？」

能勢點點頭。

「以被害人遺族的經歷來說，森元雅司是最久的，部落格也開設十年了。可能是神谷良美和前島他們看了森元的部落格產生共鳴，主動跟森元接觸吧。」

「因此意氣相投，討論了很多事情，交換了很多資訊，總之就是互相安慰，這很容易想像得到。」稻垣說。

「結果他們聊著聊著，想要親手下達天譴。」新田順著上司的意見說：「然後想到迴轉殺人，是這樣嗎？」

稻垣收起下巴，翻出三白眼。「有什麼矛盾之處嗎？」

「不，沒有，這是十分妥當的推理。我還想到一件事，就是犯人們挑這間飯店當這次現場的理由。」

「說來聽聽。」

「我看那個部落格感受到的是，他們想把自己的不滿，廣泛地散布在社會上。希望更多人能知道這個現實，奪走了別人的性命卻沒有受到相應的刑罰。這一點，可以用迴轉殺人來復仇。但即使滿足了個別的懲罰欲求，社會上完全沒察覺到的話，就無法達到呼籲的目標。所以想要找個時機，將這個計畫攤開來，當作一種問題被提起。為了達成這個目的，事件必須受到矚目，所以才挑這個飯店作為舞臺之一。」

「有道理！」能勢拍大腿說：「如果犯行成功，媒體一定也會探出以前的案子，這樣矚目度會一口氣暴增。」

「就是這麼回事，搞不好他們甚至有被逮捕的覺悟。最終目的，或許是在法庭上強力主張自己的想法。」

「這樣推理的話，他們用本名來住宿也能理解了。」

能勢這麼說，新田點頭回應，然後問稻垣的感想。「您覺得這個想像如何？」

管理官歪著頭說：「真是令人討厭的想像啊。」

「難以想像嗎？」

「這哪需要想像，根本是很有可能的事。雖說有二就有三，但同一間飯店頻頻被挑來當殺人計畫的舞臺，未免太過巧合了。但是，如果這個推理正確，事情會很麻煩。既然犯人有被逮捕的覺悟，不曉得會打出什麼不要命的作戰喔。」

「您說得很有道理，有必要把這種可能性放進去，預測他們的犯行計畫。」

「實在很難對付。要是網路上有殘留他們的談話內容就好了。」

「很可惜，這大概難以期待吧。」新田將目光從稻垣轉向梓。「我不認為會用一般的社群平臺，來擬定犯行計畫。暗網的話，在網路上不會發現它的形跡。是這樣沒錯吧，梓警部。」

「是的。」梓冷漠地回答：「你說得很對。」

「妳有什麼主意嗎？」

於是梓看向旁邊，催促地說：「能勢警部補，你來說明。」

能勢摘下老花眼鏡，看向新田。

「這個名為『不可解的天秤』的部落格，開設者『Multi Balance』對於其他許多案子也寫了個人的考察。這次遇害的人以前犯的案子，極有可能也在那裡面。因此，部落格寫的軼聞相當於什麼實際的案子，也預定要緊急分析。」

「這要是查出來的話，接下來就能逐一查明那些案子的被害人遺族和犯人的近況。」稻垣接著說：「要是住宿者名單中，有那些名字就成功了。」

「我明白您的目標。」新田點頭肯定。「可是無論幾次我都要說，被害人遺族姑且不談，被盯上的人不見得用本名住宿。」

「這我知道。關於這個也有好消息。我和電話公司談好了，以絕對不洩漏出去為條件，只要把電話號碼跟他們說，他們隨時都會告訴我們電話的名義人。關於訂房時已經填寫的電話號碼，我也請他們給出全部資料了。」

「現在，正在核對住宿客人的姓名。」本宮說：「大多數都和電話名義一致，但不一致的也不少。這些不一致的，同時也在查是否有犯罪紀錄。截至目前為止，沒有發現有前科的人。」

「接下來要看你們的能耐了。」稻垣以威嚇的目光看著新田。「儘管住宿者的姓名和電話的名義人不同，住宿者姓名也不見得是假名，可是這裡面一定有緣由，先鎖定這些人徹底調查。剩下的時間很少，沒有選擇手段的餘裕喔！」

15

櫃檯業務告一段落後，尚美看看時間，快要下午五點了。她望向大廳，徐徐來往的人們似乎變多了。六點以後，預約尾牙或聖誕派對的人也會進來，真正的熱鬧從這時候開始。

這時尚美看到新田橫越大廳，朝著櫃檯走來。他的表情嚴厲，可能碰到麻煩的問題吧。

「我不在的時候，有沒有發生什麼怪事？」新田進入櫃檯之後問。

「辦理入住手續的顧客裡，沒有特別可疑的人。」

「有沒有信用卡的名字和訂房的名字不同的？」

「沒有。不過有一位顧客付現金。七十歲左右的男性。」尚美說完，從櫃檯下方取出一張住宿登記表，遞給新田。

「謝謝。」新田道謝，收下住宿登記表，一邊看著一邊操作終端機。電腦螢幕出現這名男客人的住宿登記資料。

「有什麼問題嗎？」尚美問。

「請看這裡。」新田指著資料裡的備註欄，上面寫著「希望禁菸房。沒有的話吸菸房亦可」。應該是本人向預約人員說的，所以預約人員寫下這個註記。但尚美注目的是，更下面那裡有一行文字：「號碼名義一致」。

「這是什麼意思？我記得剛才沒有這個。」

「這個號碼指的是，訂房時當作聯絡方式留給飯店的電話號碼。至於一致，意思是訂房者的姓名和電話的名義人一致。已經核對過的，會依序輸入飯店的終端機。妳剛才看的時候，這部分可能還來不及輸入。」

「電話的名義人，只要警方拜託就會立刻告知嗎？」

「立刻是沒辦法，但若走搜索票這個程序就有可能。只是人數太多，通常沒辦法這麼輕易拿到。因為本案是個大案子，所以警方高層對電話公司施了一些壓力。」

新田的語氣帶著辯解氣息。意思是只要透過正規手續，對警察來說，個人隱私等同於沒有。尚美暗忖，那個姓梓的女警部也是給人這種感覺。為了偵查辦案，個人隱私對她來說根本是次要問題。

「妳怎麼了？」新田問。

「沒有，沒什麼。總而言之，入住的顧客是否用本名，可以查這裡就知道了。」

「只憑這個就斷定不是本名，可能太輕率。或許是有些緣故而使用別人名義的電話，用別人的聯絡方式而已。只要特別留意就好。」

「好的，我明白了。可是剛才也說過了，被害人遺族好像都用本名。」

「沒錯，但我們也沒證據斷定他們用的一定是本名。而且目標人物用假名的可能性很高。」

「目標人物……」

新田將臉湊過來，悄聲說：「就是被盯上索命的人。」

「哦，是。我明白了。」

尚美望向大廳，一名戴墨鏡穿套裝的女子正好走過來。安岡在招呼別的男客人。

「您要住宿是嗎？」

尚美如此一問，女子點頭說：「我姓三輪。」聲音清晰悅耳，有種成人的風韻。年齡約莫四十左右，或者更多一點。

尚美操作終端機，找到名字。全名是「三輪葉月」，好美的名字。備註欄寫著「號碼名義一致」，應該是本名吧。「聖誕禮物」活動「不參加」。

「三輪葉月小姐，從今天起住一晚，豪華雙人房，一個人住，沒錯吧？」

「沒錯。」三輪葉月回答。

「那麼請填一下資料。」尚美將住宿登記表放在女客人面前。

「寫好了。」

她在填寫時，尚美準備房卡，房間選〇八二一號房。

「謝謝您。請問三輪小姐，您要怎麼付款呢？用現金？還是信用卡？」

「信用卡。」

「好的。那麼不好意思，可以讓我預刷一下嗎？」

「好。」三輪葉月說完打開包包，取出一張金色信用卡。

「謝謝您。」

尚美在預刷時，三輪葉月忽然驚呼：「咦？你不是新田嗎？」

尚美一驚，回頭一看，只見三輪葉月凝視著新田。新田驚訝地睜大雙眼。

「果然是新田沒錯。是我啦，我。」三輪葉月摘掉墨鏡。「我是山下，山下葉月。你忘了嗎？我們經常一起上刑法各論和法社會學。」

新田擺出「啊」的嘴形。看來已經想起了。他難得眼神飄移。

「呃，那個……妳好，好久不見。」這也不像新田，說話結結巴巴。

「新田，你怎麼會在這裡？我聽說你不顧父親的反對進入了警視廳。」三輪葉月訝異地皺起眉頭。

「這個嘛，說來話長……」新田表情緊張僵硬地說。他努力想擠出笑容，卻還是掩飾不了慌張失措。

「三輪小姐。」尚美進入兩人之間。「讓您久等了。這是您的信用卡，還給您。還有，這是您房間的房卡。」

「謝謝。」三輪葉月收下，但仍在意新田，依然看著他。

「請問……您和新田認識啊？」

「是啊，很久以前。」

「這樣啊。我們飯店的員工，很多都是轉職進來的。譬如我以前是護理師。」

「咦？這樣啊？轉職……」三輪葉月的眼神似乎難以理解。

「那麼三輪小姐，就這樣……」新田將雙手整齊地擺在身體前面。「請好好休息。」同時行了一禮。

三輪葉月一臉難以釋懷，應了一聲「嗯」，點點頭，戴上墨鏡，就這樣直接走去電梯廳。但是，消失在大廳之前，她一度停下腳步，回頭望向這裡。墨鏡後方的眼睛，一定在凝視新田。

「真糟糕。」

新田的低喃進入尚美耳裡。

「你們是怎樣的朋友？」

新田皺起鼻子。

「大學時代同期的，我還真是蠢啊。就算她換了姓氏，我居然完全沒察覺到，而且她還戴著墨鏡。」

「對，山下。可能是結婚，換了姓氏。不過她沒戴戒指。」

「她剛才說，她姓山下。」

尚美睜大雙眼。「這樣啊？你看得真仔細。」

「我沒想到她會是我認識的人，所以才會檢視這種細部的地方。聖誕夜，一個女人單獨來住飯店，實在太詭異了。倒是我剛才應該把她的臉看得更仔細一點。」新田咬嘴唇。

「她好像知道你進入警視廳。」

「我們念的那個學科很少人當警官，所以消息才會傳開。大學畢業後，不曉得她在做什麼？好像聽過她想當檢察官，不過畢竟是很久以前的事了，我真的不記得了。」

「畢業後，你們沒有再見過面？」

「沒有。我也沒去參加過同學會。」

「如果是檢察官，不是會一起工作嗎？」

新田苦笑。「妳知道日本有多少個檢察官嗎？」

說得也是。

「我是不是不要說你轉職來這裡比較好？」

「不，那樣說明是必要的。問題是她相不相信。」

「她一臉質疑的樣子。」

「從警官轉職來當飯店人……不可能嗎？」新田側首納悶。

「沒有這種事，找找看一定有。問題在於，那位小姐究竟是怎麼想的？她認為你是會這樣換工作的人嗎？」

新田擺出苦瓜臉，抬起下巴，搔搔脖子。「應該不認為吧。」

「看到你這種沒規矩的差勁態度，就算不是那位小姐也能看穿你是偽裝的飯店人喔。」

新田連忙把手放下來。

「山岸小姐站櫃檯的時候，有沒有碰過以前的朋友來辦入住手續？」

「碰過好幾次。」

甚至還有以前的戀人呢。但尚美認為沒必要坦白到這種地步。

「那種時候妳怎麼應對？」

「沒有特別做什麼，跟對待其他顧客完全一樣。如果對方沒有主動攀談，我也不會提。」

「如果對方主動攀談呢？」

「那就適當地應答，例如好久不見，或久疏問候之類的。」

「這樣就沒了？」

「通常這樣就結束了。因為對方也不是想落落長地聊往事。不過，如果有別的意圖或期待就另當別論。」

「別的意圖或期待是什麼意思？」

「意思是對方對你抱持著特別的感情。久違地碰到以前心儀的對象，心中會小鹿亂撞也不是什麼奇怪的事。」

新田噗哧一笑。

「如果是這個就沒問題了。不用擔心山下這方面的事。」

就在此時，櫃檯的電話響起。是內線電話。尚美伸手去拿話筒，看到電話螢幕顯示，心頭一驚。上面顯示的是：〇八二一　三輪葉月小姐。

「喂，三輪小姐您好，這裡是櫃檯。請問有什麼事嗎？」

新田聽到尚美這麼說，睜大了眼睛。

「有點事想麻煩你們，能不能請新田先生來接電話？」

「新田是嗎……？」尚美看向新田。他一臉驚愕地指著自己的鼻子，覺得這樣去接電話不太好。

「不好意思，現在新田不在座位上。他回來之後，我請他撥電話給您怎麼樣？」

「這樣的話，請他直接來我的房間好了。盡可能快一點。」

「好的，我會這樣轉告他。」

「那就拜託了。」對方說完就掛斷電話。尚美將話筒放回去，將要轉告的內容告訴新田。

「咦？」新田露出困惑之色。「這什麼跟什麼呀。妳怎麼不幫我拒絕？」

「我怎麼能拒絕？既然顧客已經指名，身為飯店人當然要去房間。」

「我又不是飯店人。」

「那你就這樣跟她說啊。把你臥底偵查的事坦白跟她說，拜託她協力幫忙。既然是老朋友，我想她不會拒絕吧。」

「不，這樣不行。再怎麼樣，我也不能把偵查上的祕密告訴第三者。」新田一臉苦澀地交抱雙臂。「不過山下那傢伙，到底找我有什麼事？」

「可能像我剛才說的例子吧？三輪小姐對你抱有特別的感情。」

新田以詫異的眼神看著尚美。「妳這話當真？」

「有一半是真的。」

新田猛地大驚，險些踉蹌。「另一半是開玩笑嗎？」

「另一半是或許有其他情況。不過特別的感情也有很多種，不見得只有甜蜜的戀愛感情。你試著站在她的立場想想看，入住都內的高級飯店，居然碰巧遇到以前的朋友在這裡工作……會想利用一下這個巧合也是人之常情吧？」

「哦。」新田理解地點頭說：「也就是說，可能會利用朋友的立場，要求一些特典或優惠措施之類的。」

「這是可以想像的。」

「譬如房間的升等？」

尚美偏著頭想了一下。

「也不是不可能，不過這種程度的事，用錢就能解決。況且三輪小姐住的是豪華雙人房，一個人住相當寬敞。我覺得應該不是這個，很有可能要拜託你，通常會被飯店拒絕的事。」

「比方說什麼事？」

「這不是發生在我身上的事。有位同仁的高中時代朋友來拜託他，想知道某人氣偶像下榻飯店的日期。可能掌握了偶像頻繁入住這間飯店的情報吧。」

「那位同仁如何應對？」

「當然鄭重拒絕。可是，若說這是規定而嚴厲拒絕對方的要求，很容易得罪人。所以就說自己這種底層員工，不會知道這種極機密情報，用這種方式閃躲過去。」

「原來如此，這種應對真的厲害。希望我也能這樣閃躲過去。山下究竟有什麼企圖呢？」

「不知道。總之只能聽她說說看。」

「要是給我出難題，我真的會煩死。」

「苦惱的話，請不要當場立刻給出答案。先回答『我會妥善處理』，或是『我再研究看看』，或者『請給我一點時間』，從這三句話裡選一句回應，應該能應付得過去。絕對不能說的是——」尚美用雙手的食指比出一個「X」字，「辦不到。絕對不能說這句話。其他的飯店就算了，但在東京柯迪希亞飯店，禁止說這句話。」

新田雙肩下垂，嘆了一口氣。「真是傷腦筋。」

「因為逃不掉了，請下定決心。不要想自己是冒牌的，把自己當作真正的飯店人，來應對三輪小姐。」

「好，我明白了。我會試試看。」

「你的領帶歪了喔。」

「是是是。」新田露出一臉疲憊的表情，重新調整領帶，走出櫃檯。

16

新田站在〇八二一號房的門前，做了一個深呼吸，按下門鈴。房門咔噠一聲立即開了，出現三輪葉月的笑容。

「對不起喔，把你叫來。」

「不會。」新田保持表情不變地說：「請問有何貴事？」

「進來再說。」三輪葉月大大地打開門。

「打擾了。」新田說完踏入房裡。

這是豪華雙人房，所以有一張雙人座沙發。三輪葉月坐在沙發上，腳伸得長長的，輕拍旁邊的座位說：「坐下。」

「不，我站著就好。」新田站著低頭致意。

「這樣多不自在啊，而且頭要一直往上抬，脖子也會痠。」

新田想嘆氣，但忍住了。他坐下來，單膝著地。「請說有何貴事？」

「你講話能不能別這麼死板？我知道你想避免公私不分，可是現在只有我們兩人。」

新田拚命擠出笑容，反覆地問「貴事」。

「如果你還要這樣說話，我就什麼都不說了。」她別過臉去，抬起下巴。

「您要這麼說我也……」

「答應客人的要求也是飯店人的工作吧。」

「哎。」新田終於嘆出了一口氣。這不是在演戲。「到底有什麼事？」

三輪葉月看向新田，嫣然一笑。

「你還是有點僵硬，不過算了。你為什麼來當飯店人？」

「這個嘛……很多事情。」

「什麼事？」

「這實在不太有趣，而且是我個人的私事，妳就饒了我吧。倒是妳叫我來究竟有什麼事？請快說。」

「陪我閒聊一下沒關係吧，況且我們很久沒見了。你在警視廳的時候，是哪個單位？公安？還是交通？該不會是組織犯罪對策部吧？」

這要是隨便說謊，搞不好會出事。因為三輪葉月可能和司法界有關係，也和警方有所聯絡。

「主要是刑事部。」新田老實回答。

「哦？哪一課？」

「紅色警徽。」

三輪葉月整張臉亮了起來。

「華麗的搜查一課啊。真厲害。啊，這麼說的話……」三輪葉月拍了拍手。「這間飯店，就是那間飯店吧。」

「哪間飯店？」

「我聽東京地檢的朋友說過，現在世界上最安全的飯店，就是東京柯迪希亞飯店。」

這話什麼意思？新田側首不解。三輪葉月見狀，意味深長地微微一笑。

「這十年來，這間飯店發生了兩樁殺人未遂案吧？不過兩樁都多虧搜查一課防範未然，所以沒有演變成大事件吧？聽說進行了相當特殊的極機密偵查，不過我那個朋友好像也不知道詳細內容。新田你轉職來這間飯店，跟那些案子有關嗎？」

這個問題太直逼要害，新田霎時僵住。但連變換表情的餘裕都沒有，或許反而該慶幸。

「我聽過這件事，但跟我無關。我轉職來這間飯店，完全是別的理由。山下小姐……不，應該是三輪小姐，這方面的問題，能不能請妳到此為止。我辭掉警察工作時，是有寫誓約書的。當警察期間得知的情報，連家人都不能洩漏。」

「嗯哼。」三輪葉月嬌聲嬌氣地開心說：「你的語氣終於比較平易近人了。」

「妳可以說妳有什麼事了嗎？」

「再聊一下有什麼關係嘛。要聽從客人的任性要求喔，新田。」

這種調侃戲弄的態度，使得新田不由得凶狠地瞪著她。

「啊！」三輪業月指著新田的臉。「這是刑警的眼神。」

新田心頭一驚，慌忙低下頭。再度抬起頭時，擠出笑容說：「抱歉。」

「以前的習性還是改不掉啊。」

「不，應該沒有這種事。」

「跟我打馬虎眼沒有用，不要小看前檢察官。」

新田定定地看著她。「妳果然當了檢察官？」

「對，一直到五年前，在橫濱地檢。你剛才說『果然』，意思是你記得我當時的志向嗎？真讓人開心。」

新田沒有任何反應，垂下視線，心想，再陪她聊下去會沒完沒了。

「你怎麼不說話了？幹麼這樣呢？我還有很多事想跟你聊一聊。」

「我還有很多工作要做……抱歉。」

「好吧，看在你這句『抱歉』的分上原諒你。我叫你來，是有點事想請你幫忙。」三輪葉月拿起桌上的手機，開始操作。「今天，這名男子應該會來入住。或者說不定已經辦完入住手續。」她說完，將手機畫面轉給新田看。

新田的表情險些驟變，所幸忍住了。手機畫面顯示的是，不久前入住的那對情侶的男方，也就是和澤崎弓江在一起的男子。因為他的眉尾穿孔戴眉環，很好認。

「這名男子怎麼了嗎？」

「他已經入住了嗎？」

新田微笑搖頭。

「我沒有一直待在櫃檯，不清楚。而且就算我知道，也不能回答妳這個問題。」

「別這麼死板嘛。我知道他今天會住進這間飯店，有件事無論如何想請你幫忙。」

「什麼事？」

「簡單地說，我希望你告訴我他的行動。如果他有女伴一起來，是怎樣的女子？住在怎樣的房間？在哪個餐廳用餐？把錢花在哪裡？我不會叫你特意去調查，只要你能掌握的範圍就好。」

「妳別開玩笑了。」新田在自己的臉前左右搖手。「我怎麼可能去做這種事，這可是侵犯隱私權。」

「請你勉為其難幫幫忙。拜託，求求你。」三輪葉月雙手合十。「你就當作是在救我。不，不是，是協力救我的委託人。」

「委託人？」

「下一場官司，我接辯護的委託人。」

「哦。」新田正經地凝視以前的同期生。「妳現在在當律師？」

「對。我是前檢察官，所以是檢察官轉任律師。」

「妳這個前檢察官律師，要飯店人打破規定去窺探住宿客人的行動，究竟有什麼理由？」

「我跟你講，你就會幫我？」

「要看內容而定。」

「這樣不行。你得答應幫我才行。」

新田陷入沉思。本來應當拒絕，就此結束這個對話。但又想要澤崎弓江或同行男伴的情報。隨後想起山岸尚美的話，不要當場立刻給出答案。

「那麼，這樣如何？」新田豎起食指。「如果妳說給我聽，我就多少幫妳一些忙。只不過，能幫到什麼程度，希望妳讓我再研究看看。」

「居然來這招？」

「我覺得滿不錯的呀。」

三輪葉月稍微思量之後，輕輕點頭。

「好，就這麼辦。其實我的委託人是一名男子，被告結婚詐欺罪。他在交友網站認識一名女子，在交往過程中，騙取了那名女子約一千萬圓。他本人也承認拿了這筆錢。但是他說沒有騙她的意思。」

「這是常有的事。男方總說會還錢，或是真的有想要結婚。」

「不是這樣。他說，他認為那名女子是單純對他有好感，才給他零用錢。」

「有好感而給零用錢？妳的當事人是牛郎？」

「他確實帥到可以去當牛郎，但職業是默默無聞的演員，所以總是手頭拮据很缺錢。沒有辦法上練習課，打工很忙也沒能好好排練。他把這些情況跟那名女子說，結果女子願意援助他。他從沒說過要和她結婚，也沒拜託她借錢給他。他是這麼說的。」

「真的嗎？」

「坦白說，我覺得他在撒謊。檢方已經掌握他讓那名女子期待結婚的證據。所以關於這一點，我會叫他在法庭上坦白承認，表現出反省的態度。可是說到騙錢，我打算主張他沒有明確的意思，只是稍微撒撒嬌，女子就大方給他零用錢，所以他有點得寸進尺罷了。」

「聽妳這麼說，被害女子像是資產家。」

「她是四十多歲的實業家喔。不過她本人有自信看起來三十歲左右而已。」

「情況我大致明白了，可是這跟妳剛才說的男子有什麼關係？對了，妳能告訴我名字嗎？」

新田從內袋掏出記事本和原子筆。

「這名男子啊……」三輪葉月再度用手機秀出男子的臉。「名字叫做SAYAMARYOU。」

「漢字是什麼？」

三輪葉月伸出右手，示意新田將記事本和原子筆借她一下。於是新田撕下一張空白頁，和原子筆一起遞給她。

她寫好之後，還回來的紙上寫著：「佐山涼」。

「我查了一下被害女子，發現她以前也和年紀比她小的男子交往過。那就是佐山涼。根據我問到的資訊，她跟佐山交往時也花了很多錢，還買了車子給他。」

「哦，她有包養人的體質啊。」

「我也想在法庭強調這一點。也就是說，被告有罪是事實，但被害人也有疏失吧。被害女子似乎有一種傾向，只是發展到稍微親密的程度，就以為對方會馬上跟她結婚，然後拿錢給對方。我想詰問這個。」

「原來如此，我知道妳的目的了。所以妳想知道佐山在這間飯店的動靜？」

「總之，我想知道他是什麼類型的男人，如果他和被告是同類型，那就是不知長進。」

「與其這樣拐彎抹角，不如妳直接去問佐山不就得了。這樣還比較快。」

「這樣不知道他真實的性格吧，說不定他會在我面前裝模作樣。我想盡可能觀察他沒有防備時的樣子。分析一個晚上的飯店生活，應該會知道很多事情。好了，我把事情告訴你了。你願意幫我吧？」

「妳剛才說的情報，我沒辦法全部提供給妳。不過我答應用一些形式來幫忙，能不能給我一點時間？」

「好吧。」三輪葉月遞出自己的手機。「用這個打電話到你的手機。」

她的意思是要交換電話號碼。新田接過她的手機，撥了自己的電話號碼，確認上衣內側發出震動，便掛斷電話。

「三十分鐘後，我打電話給妳。」新田說完將手機還給她。

「我等你的電話。拜託了。」三輪葉月露出滿意的微笑。

「我應該怎麼稱呼妳呢？三輪小姐，這樣可以嗎？」

「這樣很好。」

新田點點頭，再度看了看她的左手。還是沒戴戒指，但他決定不碰這件事。

「話說回來，剛才妳說這間飯店以前發生過兩次殺人未遂案，這個消息流傳得很廣嗎？」

「我也不清楚，不過在一部分人之間相當有名。」

「是在網路上傳開的嗎？」

「不知道，這我沒聽過。可是會傳出去也沒什麼好奇怪。」

「這樣啊。」新田嘆了一口氣。

「有什麼關係呢。又不是被說世界最危險的飯店，而是最安全的飯店。」

「也是啦。」

「那就這樣嘍。」三輪葉月說完，向新田搖搖手。

新田離開房間後，回到櫃檯，向山岸尚美使了眼色。兩人進入辦公室後，新田把他和三輪葉月的談話內容，告訴山岸尚美。

「她居然拜託你這種事？」經驗老到的她也大吃一驚。

「真是傷腦筋。我現在根本沒空管她的事。」

「那你打算怎麼做？」

「這個等一下再想，我得先確認一件事。」

新田操作終端機，調出澤崎弓江的資料，備註欄寫著「號碼名義一致」。亦即她用的不是假名。沒有駕照，可能單純沒去考吧。

然後新田打電話給本宮。

「我是新田，我想確認一件事。剛才你傳了名叫澤崎弓江的女子的駕照資料給我，這個名字的犯罪紀錄查了沒？」

「等一下……我看看喔，啊，查完了。這個名字沒有重大犯罪紀錄。」

「這樣啊。其實我知道這名女子的男伴的名字了，叫做佐山涼，應該是本名。佐是人字旁加一個左邊的左，山是山川的山，涼是三點水加京都的京。請幫我查一查這個名字。」

「你好像很在意這兩個人。」

「倒也不是兩個，而是那個男的很可疑。」

「你是怎麼查到那個男人的本名？」

「湊巧知道的。詳細情況晚點再跟你說。」

「佐山涼啊。好像會有同名同姓的。」

「年齡大概二十五到三十多歲。」

「知道了。我會把條件符合的駕照照片全部傳給你。你確定長相是否一致之後通知我。」

「了解。」

新田掛斷電話後，「呼」地吁了一口氣，然後和山岸尚美四目相交。

「三輪小姐的要求，你打算怎麼處理？」

「等本宮的回答再說。如果跟案子無關，坦白說，我對佐山涼沒興趣。就跟三輪葉月說，他沒有走出房間，也沒打電話給櫃檯，不曉得他在做什麼。頂多跟她說佐山涼有帶女伴來就好。」

「請不要告訴她房間號碼。」

「我知道。我也不想招惹多餘的麻煩。」

兩人回到櫃檯。辦理入住的客人絡繹不絕到來。辦手續時，新田在山岸尚美和安岡的後面，確認終端機內容。申請參加「聖誕禮物」活動的人很多。沒有預約訂房的姓名和電話號碼名義人不一致的客人。

新田的手機震動。他掏出手機，看了看螢幕。是本宮傳「佐山涼」名義的駕照大頭照過來。果不其然，有很多個。

第三張駕照大頭照，是那個和澤崎弓江在一起的男人。新田立刻打電話給本宮，將這件事告訴他。

「住址在町田市的佐山涼啊。原來如此，你的直覺沒有變遲鈍嘛。」

「什麼意思？」

「這個佐山涼有被逮捕的紀錄。兩年前。」

「什麼罪？」

「違反大麻取締法。接著我來查他有沒有被起訴。」

「拜託了。我也會馬上過去找你。」

吸毒啊——這不能坐視不管，新田握緊拳頭。

「山岸小姐，不好意思，我稍微離開一下。如果有電話名義不一致的人來，能不能請妳簡單筆記一下是怎麼樣的人？」

「好的，沒問題。其他若有言行舉止不正常的顧客，我也會留意。」

「太感謝了。妳幫了我一個大忙。」

新田走出櫃檯，前往事務大樓。途中，邊走邊打電話給三輪葉月。

「方針決定了？」電話一接通，對方就這麼問。

「很抱歉，能不能再給我一點時間？」

「沒關係，倒是佐山入住了嗎？」

「說不定入住了。」

「說不定？這什麼意思？有沒有入住看紀錄就知道吧。」

「預約訂房名單裡沒有佐山涼這個名字。但我問了一下櫃檯同仁，有個辦理入住手續的女子，她的男伴可能是佐山涼。因為他的眉毛穿孔戴眉環。」

「這就對了，一定是他。女方叫什麼名字？」

「這我不能說。」

「為什麼啦！你不是說要幫我？」

「我只說要幫妳佐山的部分，況且又還沒確認那個人就是佐山涼。所以我才說再給我一點時間，為的就是確認這個。至於其他人的情報，我不可能洩漏給妳。」

「別這麼死板嘛。」

「這是我的工作，請再等三十分鐘。」

「真拿你沒轍。」三輪葉月說完掛斷電話。

17

新田走出櫃檯不久，有一對看似夫妻的初老男女從正門玄關走進來。男子將小型旅行包放在大廳的沙發上，女子往旁邊坐下。兩人短暫交談後，男子獨自走向櫃檯。這時安岡在招呼其他客人，因此尚美站上櫃檯。

「歡迎光臨。您要住宿是嗎？」

「我是小林三郎。」男子說。

尚美操作終端機。在預約訂房名單裡找到「小林三郎」這個名字，「聖誕禮物」活動「不參加」。看到備註欄記載「號碼名義不一致」時，尚美險些繃起臉來。

「小林三郎先生，您這次訂的是豪華雙床房，從今天開始一晚，兩人入住，沒錯吧？」

「嗯。」男子點頭。

「那麼請您填寫一下住宿登記表。」

尚美將住宿登記表遞給他，一邊準備房卡一邊觀察他。從白髮和臉上的皺紋推算，年齡約莫六十歲左右。穿的西裝質感很好，剪裁也合身，體型壯碩。

「寫好了。」小林三郎說。

尚美瞄了一眼住宿登記表，住所欄填的是長野縣輕井澤町的地名。

尚美尋問付款方式，結果如她猜測的，小林三郎說要付現金，而且還主動說：「要先付訂金吧。」然後取出錢包。「十萬圓可以嗎？」

「當然可以。不好意思。」尚美收下他毫不猶豫遞出的鈔票。尚美為他們準備了一五〇一號房，將房卡和訂金收據交給他。

「讓您久等了。請好好休息。」

「謝謝。」

小林三郎回到女伴那裡，拎起包包後，伸出另一隻手。女子抓著他的手，從沙發站起身來。年齡看來比小林小，身形消瘦，表情黯淡，一副病弱的模樣。

兩人步向電梯廳。女子抓著小林的左手臂。兩人都沒有顯現出在乎周遭目光的樣子。至少看在尚美眼裡，不像是外遇關係。

但是——

真正的夫妻，會用假名住飯店嗎？

18

新田來到事務大樓的會議室，看到本宮和稻垣坐得很近在交談。

「佐山涼有被起訴。」本宮說：「三年徒刑，附有緩刑。可能念在他是初犯吧。」

「哪個警署逮捕的？」

「町田署。現在正在查詳細情形。」

「新田，你是怎麼查到佐山的名字？」

「這情況有點複雜。因為我碰到了以前的老朋友。」

新田詳細說明自己和三輪葉月的關係，以及她入住後的交談內容。

「這什麼跟什麼呀。這樣事情不是變得很麻煩？」本宮蹙眉。

「新田，你真正的身分，沒有被看穿吧？」

「我覺得應該沒問題。」新田稍微舉起雙手。「我也只能這麼說。」

「沒被看穿的話，就能反過來利用這種情況。」稻垣說：「這個姓三輪的女律師，對佐山做了很多調查吧。搞不好她握有對我們有利的情報。你就假裝幫她的忙，試著問出一些事情。」

「不能說我們在辦的案子吧？」

「當然不行。你要徹底以飯店人的身分跟她接觸。」

「我明白了。還有一件事，我從三輪那裡聽到一件重要的事。」

新田說，三輪葉月知道這間飯店過去發生兩起案子。

「雖然她好像不知道詳細情況，但消息似乎走漏了。」

「這件事啊。」稻垣一臉苦澀地說：「這麼說來，也有可能犯人們是掌握了這個消息。本宮，你和七組聯手，查一查嫌犯的周邊人物，有沒有和東京地檢有關的。」

「好，我知道了。」

「其他還有什麼事嗎？」

「有一件和飯店活動相關的事。」

新田談起從山岸尚美那裡聽來的「聖誕禮物」企劃活動。稻垣板起臉孔。

「意思是半夜會有聖誕老人走來走去？這也很麻煩哪。」

「而且扮成聖誕老人的應該只有飯店員工。只要能掌握這些人的動靜就沒問題了。」

「好吧，那這就交給你辦。」稻垣點頭。

新田走出事務大樓，返回飯店，直接走去電梯廳。進了電梯，按下八的按鍵。他認為與其打電話給三輪葉月，不如直接見面談比較快。

到了八樓出了電梯，新田走到〇八二一號房前，按下門鈴。裡面傳出回應：「哪位？」

「我是新田。」

門立即開了。「你特地來啊。」

「如果妳現在不方便，我待會兒再來。」

「沒問題喔，請進。」

「打擾了。」

三輪葉月在沙發上擺出和剛才相同的姿勢。新田依然站著，但這次沒有被囉唆。

「佐山涼已經進入房間了。」

「沒錯吧？」

「他們叫了客房服務，同仁送餐飲進去時，我也跟著進去，在旁邊看到他的臉，確實就是剛才妳給我看的照片裡的人。」

「客房服務叫了什麼？」

「香檳王和魚子醬，還有綜合水果盤。」

「你說住房登記是一名女子。你有看到她的臉嗎？」

「我沒看。不過根據辦入住手續的同仁說，感覺是個很花俏的年輕女子。」

「哪一間房間？」

「這我不能告訴妳。就算妳知道了，也不可能去房間找他吧。」

「是沒錯……」

「不過我可以告訴妳房型。景隅套房。」

「這個房間，一晚多少錢？」

「十萬圓。」

「這錢是那名女子付的吧。」

「她刷金卡付的。」

的名字？」

「嗯哼。」三輪葉月點點頭。「這樣啊。他找到新的包養人了。你還是不肯告訴我那名女子的名字？」

「妳很不死心喔。」

「這次是年輕女子啊。不曉得是哪裡的千金小姐。」

從她的口吻來看，她似乎不認識澤崎弓江。

「目前我能提供的情報只有這些。」

「謝謝你。幫了我很大的忙。」

「我也有事想找妳商量。」

「什麼事？」

「佐山涼，是個怎麼樣的人？」

「嗄？」三輪葉月蹙起眉頭。「你有沒有搞錯？我就是想知道這個，才拜託你提供情報。」

「但妳不是完全不知道吧？關於佐山，妳反而應該是調查得相當清楚了。實際上，妳也確實知道他今晚住這間飯店。最後妳想確認，他過著什麼樣的飯店生活，所以才跟著住進來。我有說錯嗎？」

三輪葉月撥了撥頭髮。「也對啦，大致是這樣。」

「妳有掌握到他的經歷嗎？或是有沒有前科？」

三輪葉月的眼神警戒了起來。「這就是你想知道的？為什麼？」

「因為這對情侶太令人在意了，女方年紀輕輕的住景隅套房，而且刷金卡付帳，全身上下名牌精品。但男伴卻是穿合成皮的廉價夾克，眉毛還穿孔戴眉環。剛到飯店就點了香檳王、魚子醬和水果。坦白說，太詭異了，我懷疑他們可能有什麼企圖。託妳的福，終於知道了男方的名字，但如果女方是假名就依然不知道她是誰。萬一她做了違規的事，我們在退房後才發現，就束手無策了。」

「什麼違規的事？把備品偷拿出去？」

「有可能。浴袍一件兩萬塊，兩件四萬塊。不可小覷。」

「有夠小家子氣。」三輪葉月說完哈哈大笑，然後轉回一臉正經地說：「佐山涼的職業是吉他手。就我調查到的，雖然他是個輕浮的傢伙，但周遭朋友對他的風評不差，沒聽說他引發過什麼事件。你們要提防的說不定是派對。」

「派對？」

「啊……」

三輪葉月豎起兩根手指，做出抽菸的動作。「大麻派對。」

「好像被逮捕過。兩年前。」

「那場派對，有沒有發生重大事件？譬如有人死亡或受傷？」

「這麼可怕的事，我沒聽說。只是有點騷動的程度吧。不過就飯店來說，你們不歡迎客人在房間做這種事吧？」

「當然不歡迎。」

「我想也是。所以我才說要提防這個。」

「我懂了，我會留意。這是很好的參考資訊。」

「如果你發現了什麼，也要告訴我唷。不管多小的事都好。」

「如果我發現的話。」

「那我走了。」新田說完轉身離去。

果不其然，三輪葉月知道佐山涼很多事情。不曉得她知不知道，佐山涼以前是否曾經犯下會遭人索命復仇的事件。從她語氣看不出她有隱瞞。

新田在八樓的電梯廳打電話給稻垣，報告和三輪葉月的談話內容。

「我也剛從町田警署得到情報。他是和朋友們集體抽大麻時，一舉被逮捕的。佐山以前沒有被逮捕的紀錄，也沒有販賣毒品，所以才給予緩刑。那個派對確實沒有出現死傷者。但有釋放後進入更生機構待了一陣子的。」

「這樣啊。可是既然會吸毒，可能也和危險分子有來往吧。就算沒有留下犯罪紀錄，或許間接和誰的死亡有關。」

「那個死掉的誰的遺族，對佐山懷恨在心？這很有可能。」

「不管怎樣，要注意這個人。我會命令部下監視他。」

「好，就這麼辦。」

新田搭電梯下到一樓，走去櫃檯。山岸尚美剛好辦完一位中年女性客人的入住手續。

新田將佐山涼的犯罪紀錄跟她說。

「或許跟我們在查的案子無關，不過還是小心點，別讓他在房間裡開吸毒趴。」

聽了新田這番話，山岸尚美困惑地皺起眉頭。

「這是個問題啊。我知道了，我會把資訊分享給同仁們。」

「妳這裡有什麼奇怪的事嗎？」

「只有一組顧客，和電話號碼的名義人不一致。帶著女伴。」

山岸尚美取出櫃檯下方的住宿登記表，遞給新田。上面寫著「小林三郎」這個名字。

「看起來幾歲？」

「大約六十歲，一頭白髮，是個有威嚴的人。穿的西裝也是高檔品。」

新田打電話給本宮。

「預約訂房有個叫小林三郎的人，和電話號碼的名義人不一致。」

「我看看喔……啊，沒錯。電話的名義人叫澤井清一。」

「這個人的身分查得怎麼樣？」

「澤井清一的部分，有好幾個駕照都叫這個名字，其中也有犯罪紀錄者。」

「小林三郎呢？」

「目前只查到駕照有這個人，但同名同姓有五百人以上。」

「五百……」

「怎麼辦？全部調出來嗎？」

「目前先不用。把澤井清一的駕照大頭照傳過來就好。因為剛才辦了入住手續，我想請山岸小姐確認一下。」

「沒問題。」

新田掛斷電話，看向山岸尚美。

「妳說他帶女伴來，是年輕女子嗎？」

「不是，是有點年紀的女性，我覺得他們像夫妻。但真正的夫妻，通常不會用假名吧。」

「雖然電話的名義人不同，但也不見得是假名……他用信用卡付款嗎？」

「不，他用現金付款。」

果然是這樣啊，越來越可疑。新田再度拿起住宿登記表。

「有帶行李嗎？」

「帶了一個小型旅行包。」

不愧是山岸尚美，連這種小地方都觀察到了。

住宿登記表的住所欄，填的是長野縣的輕井澤，連街區門牌號碼都寫了。如果姓名是假名，那麼住址造假的可能性也很高。但不是自家地址可以寫到這麼細，實在不簡單，會不會自家地址也在這附近？

帶著小型行李包，可能不打算長住東京。也就是說，只為了今晚在這間飯店住一晚，特地從長野縣來東京。

新田的手機有電子郵件通知，是本宮寄來的。名為「澤井清一」的駕照大頭照，有十張之多，新田全部給山岸尚美看。

她一張一張凝視大頭照，看完最後一張，搖搖頭說：

「都不是小林先生。」表情黯淡。

「這樣啊……」

新田陷入沉思。難道要調出五百人以上的「小林三郎」駕照大頭照，請山岸尚美一一檢視？

新田在思忖之際，山岸尚美「啊」了一聲。她望向大廳說：「就是那兩個人。」

新田順著她的視線望過去，看到一對初老情侶走向咖啡廳。

「那就是小林三郎？」

「是的，兩人看起來感情很好，果然不是外遇關係吧。」山岸尚美說。

「或許吧。我寧願祈禱，他們只是有某種隱情的情侶而已。」新田看著兩人走進咖啡廳，由衷地說。

19

快要下午六點了。新田繼續站在山岸尚美他們後面，觀察住宿客人辦理入住手續的情形，但沒出現特別可疑的客人。本宮也沒傳情報來說，住宿名單有找到犯罪紀錄的人。

此時新田不經意地望向正門玄關，剛好有三名男女進來。一個男的，兩個女的。年齡都在二十到三十五歲之間。穿著浮誇，且粗糙。頭髮染成明亮的顏色。可能是沒來過這間飯店，進來之後就好奇地東張西望，說說笑笑很興奮的樣子。

新田望著他們心裡想著，會來辦入住嗎？結果他們東張西望像在尋找什麼之後，便往電梯廳方向走去。

他們的旁邊就站著裝扮成門房小弟的關根，關根也注意到這幾個年輕人，目送他們離開後，跑過來找新田。「組長。」他隔著櫃檯低聲叫新田。

新田確認周遭沒有客人之後，問：「怎麼了？」

「一六一〇號房是要注意的客房吧。」關根說。臥底搜查員之間，經常分享需要注意的住宿客人或客房的情報。一六一〇號房是佐山涼他們住的房間。

「是沒錯，怎麼了嗎？」

「剛才搭電梯的一名女子說，房間是一六一〇號房，所以在十六樓。」

「真的？」

「錯不了，我聽得很清楚。」

「好，我知道了。」

新田將這件事告訴山岸尚美。她稍微蹙眉說：

「這樣啊。那個房間是景隅套房，五名男女使用也不會狹窄吧。」

「可是這種用法違反規定吧？一票人用一個房間。」

「當然違反規定。基本上，除了住宿客人以外，其他人不得進入客房。但也有例外。例如新人舉行婚禮預定用的房間，賓客有時也會去那裡向新人道賀。我們也不能不識趣地說，這樣違反規定，請不要在房間會見賓客。」

「這是當然的吧。可是佐山他們的情況不是這樣。還有那幾個年輕人，看起來也不像有禮貌的人。況且還有吸毒之嫌，快點把他們趕出去比較好吧。」

山岸尚美沉思片刻之後說：「我去找經理談一談。」走進後方的辦公室。

五分鐘後，她回來了。

「經理說，總之先觀察一下再說。若只是短時間，就沒有必要吹毛求疵。可是，如果他們叫了客房服務，點了大量的料理或飲料，我們就要委婉地提醒他們，這個房間的房費不包括這些費用。問題在於，如果他們願意付追加的費用，拜託我們讓他們開派對。因為我們也有提供這種服務，不能斷然拒絕。」

「所以這時該怎麼辦？」

「只能臨機應變。」

「比方說？」

「這要看顧客怎麼說。別擔心，我有相應的對策。」

山岸尚美露出很有餘裕的笑容時，新田的手機有來電。是稻垣打來的。

「七組有聯絡進來。森元要外出，我派本宮的部下跟蹤他。你去跟飯店談一談，讓我們趁機調查他的房間，梓的部下已經前往森元的房間。」

「等一下，雖然外出，說不定馬上就回來了？」

「這你不用擔心，森元要回自家的附近，不會這麼快回來。」

「這種事是怎麼……」

新田要說「知道的」時，突然想到梓他們在竊聽森元的房間。可能是這樣得到情報的吧。

新田摀著嘴，背對山岸尚美。「我要怎麼跟飯店說呢？」

「這就交給你想辦法了。」稻垣丟下這句話就掛電話。

新田拿著手機，整個呆掉了。

「怎麼了嗎？」山岸尚美問。

新田拚命尋思，想不到好主意而望向大廳時，看到森元雅司出現在電梯廳。他和入住時一樣，揹著公務後背包。

新田指著走向玄關的森元。

「盯著監視器看的搜查員報告說，森元離開房間了。看似要外出的樣子，我們可以查一下他的房間嗎？當然在飯店員工在場的情況下。」

「你們想進去顧客的房間？在沒有經過顧客的同意下？」果不其然，山岸尚美面有難色。

「清掃的時候，可以讓搜查員進去。這和那個一樣不是嗎？求求妳。森元雅司揹著公務後背包出去，房裡應該沒有行李了。」

森元從正門玄關出去了，看得到他坐進計程車。

「可是，」尚美說：「如果刑警在房裡的時候，森元先生回來就糟了。」

「這妳不用擔心。我們有別的搜查員在跟蹤他。他要回來的時候，搜查員會先通知我們。」

山岸尚美思索了片刻，回答：「我可以請示一下總經理嗎？」

「當然可以。如果可以快一點就最好了。」

「我明白。」

山岸尚美取出手機，開始打電話。

新田看著玄關。載著森元的計程車出發了。負責跟蹤的搜查員也會開車尾隨吧。

山岸尚美掛斷電話。

「總經理答應了。但是，我要在場。」

「妳？」

「因為這次臥底搜查，我是現場的負責人。有什麼問題嗎？」

「沒有。我也可以去嗎？」

「你願意來，我也安心許多。畢竟和不認識的刑警兩人獨處，總是有些尷尬。」

把櫃檯交給其他工作人員後，兩人走向電梯廳。

搭電梯到九樓，往走廊方向前進，到了〇九一一號房前面，有個穿清掃制服的女刑警站在那裡。這是梓的部下，她看到新田他們，低頭行禮。不過那不是飯店員工的鞠躬，而是沒戴帽的警察的敬禮。

山岸尚美以萬用鑰匙打開了門。但她沒有先進去，而是說了一聲「請進」，催促新田他們進去，可能她不習慣比別人先進去吧。

新田讓女刑警先進去，自己跟在後面。森元雅司把行李帶出去了，新田很好奇她想調查什麼？當然，梓應該有下了什麼指示。

女刑警走向寫字檯。她戴著手套，伸向寫字檯上的便條紙，撕了一張下來，放進袋子裡。山岸尚美倒抽了一口氣，但沒有抗議。可能因為便條紙只是飯店的備品，並非住宿客人的所有物。而且女刑警撕下的那張是空白的。

新田環顧室內，森元雅司的東西似乎都放進公務後背包了，看不到私人物品。女刑警查看垃圾桶，似乎也沒有特別奇怪的東西。

新田進入浴室看看。這是一間整體式衛浴，洗臉臺、西式馬桶和浴缸是整套的。新田大致看了一下，只用了一條方巾，其他都沒有碰過的跡象。

當他要看垃圾桶時，聽到山岸尚美尖銳地說：「這是在幹什麼！」

新田走出浴室，看到山岸尚美站在窗邊瞪著女刑警。

「沒什麼。只是在撿垃圾。」女刑警回答。

「給我看。」山岸尚美伸出右手。

但女刑警不動，只是默默低著頭。

「怎麼了？」新田問。

「她不曉得在床下撿了什麼東西，可能想趁我看著窗外的時候做吧，偏偏玻璃窗上全部映出來了。」

床下——新田馬上明白是怎麼回事。

「快點給我看。如果只是垃圾，應該可以給我看。」山岸尚美說。她難得咄咄逼人。「還是說，那不是垃圾，是不能給我看的東西？」

女刑警依然沉默不語。右手握得緊緊的。

「妳就給她看吧。」新田說。

女刑警抬起頭來，驚愕地睜大眼睛看著新田。

「快！」新田進一步催促。

「可是……」

「少廢話，快給她看！」

女刑警不甘不願，緩緩地抬起右手。張開手指，手心有個黑色四角形板狀的東西，附有細長的天線。

「這是什麼？」山岸尚美問。

女刑警不回答，於是新田下令：「告訴她。」

「聲音發送器。」女刑警語氣淡然地回答。

「聲音？發送器？難道這是……」山岸尚美的表情混合了驚訝與失望，凝視新田。

「簡單地說就是竊聽器。」新田說完，看向女刑警。「梓警部命令妳來回收嗎？」

「不是，是改變位置……因為集音效果不太好。」

新田差點咋舌，在心裡碎唸，真會找麻煩。

「新田先生，你早就知道了嗎？」山岸尚美的聲音顫抖。可能想忍住不要怒罵吧。

新田「呼」地吁了一口氣，點點頭。「是的，我知道。」

「怎麼可以這樣……即使是嫌犯，在找到證據之前，要當作一般顧客對待，這一點你也是同意的。難道你在騙我？」

「對不起。我也很痛苦，但為了偵查不得已。」

「其他顧客……那兩個人的房間也裝了竊聽器？」

現在說謊已經沒有意義了。新田回答：「是的。」

「低級……」山岸尚美眼裡浮現厭惡，看向女刑警。「這個，妳現在能立刻關掉嗎？然後把它給我。」

女刑警一臉困惑地看向新田。新田嘆了一口氣，下令：「關掉電源，交給山岸小姐。」

女刑警拔掉竊聽器裡的鈕釦型電池，遞出竊聽器。

山岸尚美收下竊聽器，緊握在手裡，瞪著新田他們。

「你們兩個都給我出去。這是顧客的房間。我要檢查一次再出去，要是裡面還藏有什麼東西就糟了。」

「沒有其他的東西了……」

「我不相信你！」山岸尚美打斷新田，斬釘截鐵地說：「你們趕快出去！」

新田點點頭，催促女刑警走向門口。

20

被趕出森元的房間二十分鐘後，新田在事務大樓的會議室，和稻垣、本宮以及梓警部他們圍桌而坐。是稻垣叫他們來的，說查出了重要事情。在這之前，新田待在櫃檯，但山岸尚美終究沒回來。新田心想，或許她不想幫忙了，若真如此也無可奈何。如果她受夠了這一切，討厭我的話也沒資格埋怨。

梓操作完錄音機，將它放在桌子中央。

「十八點五分左右，有人打電話給森元雅司，這是那時的對話。」

（是我。怎麼了？）錄音機傳出聲音。（……啊？健太？……在哪裡？……到底在幹什麼？為什麼會變成這樣？……真是沒辦法。總之我也會過去。地點呢？……哦，那在我們家附近嘛……這個我會查，沒關係。倒是把對方的電話號碼告訴我……等一下，我要寫下來……好，可以說了……嗯……嗯，我知道了。那待會兒見……啊？沒有，還沒開始……對，沒錯。我有找可是找不到……不知道，這要看那邊情況再說……那待會兒見。）

梓按掉錄音機。

「接著就聽到慌慌張張走出房間的聲音，我就向管理官報告了。」

新田明白了，所以才知道森元要去的地方是自家附近。

「七組的女刑警，好像從森元的房間拿了便條紙回來？」

新田這麼一問，稻垣取出一張紙放在桌上。紙張的中間以鉛筆輕輕塗了一層，浮現出白色數字。從〇八〇開始的，可能是手機的電話號碼，森元寫字的痕跡拓印到下面那張紙。梓叫部下去森元的房間，這才是最主要的目的，移動竊聽器是順便吧。

「向電話公司詢問的結果，名義人是住在世田谷區的男性。我們立刻查了駕照檔案，發現他今天傍晚出了車禍，撞到腳踏車。」

「車禍？」

「本宮，把尾隨班的報告跟新田說。」

本宮看著手邊的文件。

「森元雅司去的地方，是世田谷區的一家醫院。森元的家人出了車禍，被緊急送到醫院。剛才的錄音檔裡，森元說到『健太』這個名字吧？這是他讀中學二年級的兒子的名字。可能兒子騎腳踏車撞到車子，受了傷吧。」

「也就是說，打電話給森元的人，很可能是他的親人。或許是老婆吧。森元聽到車禍通知就火速趕去醫院。這個電話號碼是……」稻垣拿起那張便條紙說：「開車發生車禍的駕駛的電話號碼。可能是車禍發生後，告訴被害人那邊的。剛才錄音檔裡，森元說『把對方的電話號碼告訴我』，應該就是這個。」

「這麼一來，對森元來說，是發生了完全沒有預期的意外事故吧。」

「就是這麼回事。新田，你怎麼想？」

新田托著下巴，側首尋思。

「問題是，森元今後的行動吧。如果他和神谷良美或前島隆明擬定了什麼計畫，當然有必要回來飯店。或者變更計畫……」

「重要的是，他們原本擬定的究竟是什麼計畫。實際負責殺害的人，負責監視的人，負責誘導目標人物的人，森元是擔任哪個角色呢？視情況而定，說不定也可能中止。」

「如果中止，其他人怎麼辦？」本宮問：「會不會待在飯店沒意義就退房了？」

「這就很難說了。沒有急著離開的理由，今晚會住下來吧？」

對於新田這個反論，本宮縮縮脖子說：「說得也是。」

「總之先觀察情況。其他兩人要盯緊！」稻垣的命令響徹會議室。

新田離開會議室下樓梯時，背後有人喚他：「新田警部。」新田轉身往上看，梓快步追了下來。「我想跟你談一談。」

「談什麼？」

「找個可以慢慢談的地方吧。」

「好吧。」

兩人下到一樓，然後走到走廊深處。這附近沒有辦公室，而且如果有人來，停止交談就好。

「妳想跟我談什麼？」

新田如此一問，梓從內袋掏出東西，是剛才的錄音機。她按下播放鍵，放在左手上。

（即使是嫌犯，在找到證據之前，要當作一般顧客對待，這一點你也是同意的。難道你在騙我？）這是山岸尚美的聲音。

（對不起。我也很痛苦，但為了偵查不得已。）這當然是新田自己的聲音。

（其他顧客……那兩個人的房間也裝了竊聽器？）

（是的。）

這是森元房間的竊聽器，女刑警拔掉鈕釦型電池之前錄到的對話。

梓按下停止鍵，將錄音機收回內袋。

「為什麼你不說呢？說這是七組的梓擅自做的事。」

新田雙手一攤。

「說這種事根本沒意義。我知道竊聽器的存在，卻瞞著她，所以說和不說都一樣。」

「可是從這個對話聽來，簡直像新田警部下令裝設竊聽器。那位小姐……山岸小姐是嗎？我覺得她也是這麼認為。這個誤會解開比較好吧？」

「為什麼？」

「為什麼……」梓的視線左右搖擺。「因為一直被誤會，會覺得不甘願吧。」

「所以我不認為我有被誤會。這次臥底偵查的負責人是我。不管甘不甘願或怎樣，只要在飯店進行的所有偵查，我都有覺悟要負起責任。妳不用擔心那麼多。況且管理官和本宮，對於森元的聲音被錄起來，什麼話都沒說吧？完全沒問什麼時候錄的，怎麼錄的。這表示他們內心贊成妳的做法。」

梓抬起鼻尖，凝視新田。

「那新田警部呢？你贊成嗎？」

「我不贊成。可是不管幾次我都要說，我會負起責任。如果妳是遊戲玩家，我就是遊戲經理。」新田看了看手錶，快要晚上七點了。「時間寶貴，我失陪了。」就這樣留下梓，朝走廊走去。

新田離開事務大樓，走進飯店時，有人從背後拍他的肩。他轉身一看，只見能勢站在那裡，臉上帶著惡作劇的笑容。

「這回是能勢先生啊，怎麼了嗎？」

「你能不能給我一點時間？」能勢做出以拇指和食指捏小東西的動作。「一下子就好。」

「好啊。」

新田看向櫃檯，山岸尚美回來了，正在招呼客人。似乎沒發現新田他們。

「那我們去樓上吧。」

兩人搭電扶梯到了二樓，走進無人的婚宴洽詢區，坐在附近的桌位。

「你覺得我們組長，是個很麻煩的女人吧？」

聽能勢這麼說，新田心頭一驚。

「你該不會聽到我們剛才的談話了？」

「那時我剛好要上樓梯，湊巧聽到……可是這麼說，你大概也不相信吧。」能勢說完，吐了吐舌頭。

「原來是偷聽啊，這個嗜好不太好。」

「對不起，因為我實在太在意了。所以你覺得她是怎樣的人？」

「梓警部？」

「是。」能勢點頭，臉上已無戲謔之色。

「總的來說都是警察，但每個警察的想法都不太一樣，辦案時的態度也不同。比如偷拍或竊聽，跟我的個性不合，但她因此得以分析森元的行動，做出了不錯的成果。我認為這必須給她很好的評價。」

能勢的表情溫和了起來，雙手在桌上緩緩地十指交握。

「之前我也說過，她非常優秀，是個天生的刑警。雖然她本人不太想說，但其實她的父親是前刑警。」

新田打直背脊。「真的假的？」

「真的，而且他也希望女兒當警察。梓是她的姓氏，你知道她的名字是什麼嗎？」

「梓警部的名字？這麼說的話，我還真沒聽過。叫什麼名字？」

「MAHIRO。」

「MAHIRO？」

能勢掏出筆記本，用原子筆在上面寫字，然後拿給新田看。「漢字這麼寫。」

上面寫著「真尋」二字。

「就是『尋找真實』的意思，怎麼樣？你不覺得這個名字很適合刑警？」

「確實很適合。」

「她父親想要兒子，卻生了兩個女兒。長女是乖巧纖細的女孩，所以只能期待次女。從小就讓次女學各種武術，尤其合氣道練得特別好。」

「也就是實施當刑警的英才教育啊。」

但新田也不禁暗忖，難道他不擔心女兒嫁不出去？

「梓組長也非常出色地回應了父親的期待，如果她不是女性，可能會更早出人頭地吧。可是她不氣餒，多少做出了一些績效，但也因此發現必須和男性做同樣的事。上司猶豫要不要弄髒自己的手的違法偵查，她幾乎是踩在紅線邊緣地做，也收到了顯著的成果。但是，梓組長並不想當什麼大官。她想要的是單純明快，貫徹正義，親手制裁歹徒，只是這樣而已。其實這點和新田先生一樣。」

新田頻頻打量能勢的圓臉，不由得失笑。

「怎麼了？我說了可笑的事？」

「不是不是。」新田趕緊搖手。「我只是終於明白，你願意在梓警部下面忠實工作的理由。你想把退休之前的這段時間，獻給梓警部吧。」

「說什麼獻給，太誇張了。」能勢的手在面前左右揮動。「而且我這種老頭子剩下的時間，對她根本不重要吧。就我來說，我是這麼想的：最後服侍的上司，不是汲汲營營只想升官發財的人，真是太好了。」

「這樣啊。」

「希望新田先生能夠理解。」

「我能夠理解。我覺得這是最重要的。梓警部也對你敞開了心房不是嗎？不然不會把她名字的由來告訴你。」

「這就很難說了。但願如此。」能勢有些害羞地瞇起眼睛，然後偏著頭說：「不過，她是很優秀的人沒錯，但有危險的地方也是事實。不管別人怎麼說，她都認為自己是對的，有這種堅強的意志是很好，可是太過執著的話，有暴走的危險。而且麻煩的是，她不會察覺到自己在暴走。所以關於我，換句話也可以這麼說：我在警界剩下的少許時間，想用來調教那匹野馬。」

新田用力點頭，面帶笑容說：「確實，這樣比較像能勢先生。」

21

「讓您久等了，這是您房間的房卡，以及這次參加『聖誕禮物』活動的說明書。請您有空的時候看看，若有什麼不明白的地方，隨時歡迎詢問。感謝您這次入住本飯店，請好好休息。」

尚美辦完兩位外縣市來的女客人入住手續，鞠躬行禮目送她們離去後，忽然將視線拋向遠處，恰好看到新田搭電扶梯下來。一起搭乘的還有一名身材矮胖的男子，尚美也認識他，是姓能勢的資深刑警。

尚美很好奇，他們兩人在談什麼，說不定和竊聽有關。想到這裡，心情就黯淡了下來。在森元房裡發生的事，一直盤據在尚美腦海。她難以相信那個新田居然欺騙她，這個打擊太大了。所幸在那之後不用馬上回櫃檯，她得以待在後院的休息室，等到心情稍微平靜之後，來到櫃檯一看，不見新田的身影。

她恍惚地抬頭往二樓看去，聽到有人說：「麻煩辦入住手續。」猛地心頭一怔，往前一看，櫃檯前站著一名男子。皮膚曬得黝黑，年約四十歲左右，沒有打領帶，但西裝看起來很高級。

「抱歉。您要辦入住手續是嗎？」

「是的。請快一點。」男子看看手錶。金色的百達翡麗錶（Patek Philippe）。

「好的。可以請問您的名字嗎？」

男子不滿地皺眉說：「我姓葛西。」

尚美操作終端機，找到了這個名字。

「葛西先生，您從今天起住一晚，房間是行政樓層的豪華雙床房，沒錯吧？」

「沒錯。快一點，我在趕時間。」

「那麼請您填寫一下這份資料。」尚美將住宿登記表放在他面前。

但不知為何，這位男客人沒有去拿原子筆，而是冷冷地瞪著尚美。

「山岸小姐。」此時安岡從一旁伸手過來，指向終端機畫面。尚美看了大吃一驚，上面註記「無須登記」，也就是不用填寫住宿登記表。換句話說，這位客人是常客，或是ＶＩＰ。所以最初被問名字就很不爽了。彷彿在說，妳在這間飯店工作，居然不認得我的臉。尚美才剛剛回國，當然不認得他。

「真的很抱歉。您不用填寫。」尚美將櫃檯上的住宿登記表收回來。

然後她趕忙準備房卡，放進房卡套，遞出去。

「讓您久等了。這是您這次房間的房卡。」

「這個也可以使用健身房和游泳池吧？」男客人問。

尚美大吃一驚，再度看終端機，看到「附加使用游泳池與健身房等權利」。這些設施本來是要付費的，但飯店一直都讓這位客人免費使用。

「真的非常抱歉。我一時疏忽了，立刻補進去。」

房卡不僅是用來當作開門的鑰匙，也附有使用飯店內各種服務設施的通行機能。所以要事先將資訊輸進房卡裡。

「完成了。一再地失禮，真的很抱歉。」尚美用雙手拿著房卡，遞出去。

男客人收下房卡，高姿態地問：「妳是新人嗎？可是看起來不像。」

尚美在心裡嗆聲，真是抱歉我已經過了妙齡年華。但依然深深鞠躬道歉：「對不起，給您添麻煩了。我以後會小心。」

男客人嘲笑般地揚起單邊嘴角，無言離去。尚美沮喪地垂下雙肩，「呼」地長吁一口氣。

「山岸小姐，妳是怎麼了？這樣太不像妳了。」安岡說。

「我心有旁騖，在想別的事。不專心果然不行啊。」尚美愁眉苦臉。

此時，一名女子出現在電梯廳。是神谷良美，她越過大廳，走向開放空間的餐廳，可能要去吃晚餐吧。

尚美腦海中靈光一閃。沒時間迷惘了。

她將手伸進櫃檯下方，取出幾張不同的優惠券，放進飯店的信封裡，貼上聖誕節的特製貼紙，再用原子筆寫了幾句話。

「山岸小姐，妳在做什麼？」安岡過來問。

「我臨時有點急事。安岡，我離開一下好嗎？」

「喔，好。了解。」

「不好意思，我馬上回來。」尚美說著便走出櫃檯。

她快步穿越大廳，搭上電梯，前往七樓。

調整呼吸，將手伸進制服口袋，取出一個小機器。這是原本裝在森元雅司房裡的竊聽器。據新田所言，神谷良美和前島隆明的房間也裝了同樣的東西。

這件事，她尚未告訴任何人。連藤木也還沒向他報告。

若有人會在飯店裡被殺，無論如何都要防止。因此才不惜協助警方，稍微強硬的偵查也能睜一隻眼閉一隻眼。

可是這該怎麼處理呢？尚美望著竊聽器尋思。

若不知道有這個竊聽器的存在，一直到順利逮捕犯人之後，才被告知其實客房的竊聽器立了大功，我會怎麼想呢？能夠明快爽朗地認為，這是為了偵查沒辦法，案子解決了最重要？

尚美搖搖頭，將竊聽器放回口袋。我一定沒辦法這麼想，無論如何都會想像相反的情況。所謂相反是，那位客人不是犯人。

不是犯人的話，警方一定會說，竊聽內容會立即銷毀，因為沒把竊聽的事告訴當事人，所以沒問題。但客人的隱私受到侵害，這是不變的事實。即使和案子無關，客房內有著非常耐人尋味的交談，也不能保證竊聽的警察不會洩漏出去。

電梯到了七樓。尚美調整呼吸走向走廊，在〇七〇七號房前止步。她知道神谷良美不在房裡，但還是按了門鈴。因為說不定有神谷良美的客人在。

但等了很久都沒反應。為了慎重起見她敲了敲門，仍然沒反應。於是她以萬用鑰匙開門進去，但門沒有完全關上，把門閂夾在中間。這是她進客房的習慣。

由於是單人房，只有一張床。尚美走到床邊，彎下身去，用手摸摸裡面，旋即摸到硬硬的東西，像是用雙面膠黏著。她試著摘下來，果然是竊聽器。

尚美把它放進口袋裡，然後將裝有飯店優惠券的信封放在桌上。信封上寫著：「致神谷小姐這是飯店對昨晚起連續入住的顧客，獻上的小小聖誕禮物」。這是為了緩和擅自進入客房的愧疚，也是一種自我滿足。

尚美要走出房間時，發現寫字檯擺著幾個相框。共有四個。裡面的照片各不相同，有年幼的男童，有穿足球制服的中學少年，還有穿T恤的年輕人，以及閉眼坐在輪椅上的青年。年代不同，但似乎是同一個人。

尚美湊過去想看得更仔細時，門好像開了。她心頭一驚，朝門口一看，神谷良美站在那裡。

尚美採取直立不動的姿勢，低頭致歉：「打擾了。因為有東西要交給神谷小姐，您不在房裡，我就放在桌上了。」然後她去拿信封，走向神谷良美。「這裡面有住宿優待券，以及游泳池、美容沙龍和健身房等優惠券。送給從昨晚起連續入住的女性顧客。有效期限是一年，下次光臨時也歡迎使用。」

「咦？這麼好……真是太感謝了。」神谷良美沒什麼疑惑地收下信封後，看向寫字檯那邊。「妳很在意那些照片？」

「真的很抱歉。因為是很棒的照片，不由得看得入神。那是您兒子吧？」

神谷良美微笑點頭，走近寫字檯。

「我在外面過夜時，也要這樣把照片擺好，否則難以平靜。早上起床，首先要跟這個孩子道早安，才能開始這一天的生活。」

「這樣啊。」

「我這麼做已經六年了。從他過世以後。」

「……請節哀順變。」

神谷良美拿起T恤年輕人那張照片。

「我最喜歡這一張。長得很帥吧？很像我剛認識我老公時的樣子。我老公生病早逝，所以我看著這孩子逐漸長大，覺得他越來越像我老公。說不定是我老公從天堂回來，附體在他身上。」

這個不能笑的笑話，尚美不敢逾矩，乖乖地聽著。

神谷良美拿來另一個相框。是坐輪椅那張。

「這張照片，是在那麼健康有朝氣之後兩年拍的。怎麼樣？臉龐浮腫，簡直變了一個人吧？都是某個事件害的，才會變成這樣。他一直在睡覺，也就是所謂的植物人，不過我非常不喜歡這個稱呼。」

尚美沒問她，某個事件是什麼事。不是因為已經從新田那裡得知，而是顧客沒有要求的話，飯店人不能隨便問。

神谷良美凝視照片，再度開口：

「我相信他總有一天會醒來。不僅如此，我認為他只是看起來在睡覺，其實聽得見我的聲音，所以我就跟他說話。早上跟他說早安，有開心或愉快的事立刻跟他說，也會放音樂給他聽，那是收在他手機裡喜歡的音樂。他聽這些音樂的時候，身體看似在搖擺。也有人說他只是在呼吸，但我希望他還是聽得見。我從不覺得這種日子很痛苦。因為我相信有朝一日他一定會醒來，期待著那天到來。打從心底等待著，有一天他會醒來說，媽，早安。但這一天終究沒來……」

神谷良美有些哽咽，將相框抱在懷裡，蹲了下去。身體微微顫抖。

「您不要緊吧？」尚美邁步過來，輕撫神谷良美的背。

「不要緊。不好意思，說著說著突然難過了起來。」

尚美扶她坐在床上。

「謝謝，我沒事了。能不能幫我把這個放回寫字檯？」

尚美收下她遞出的相框，放回寫字檯。

「如果有其他需要幫忙的……」尚美說到這裡也說不下去了，因為神谷良美已淚濕臉頰。

她以手背擦拭眼角淚水，問尚美：「妳有沒有打從心底恨過人？」

「打從心底……是嗎？」

「是的。恨到想親手殺死那個人。」

「這個嘛……我的記憶裡沒有。」

「這樣啊？這是很幸福的事。」

「不敢當。」

「憎恨什麼的，對人生而言根本沒有用，只是沉重的負擔。我想早點從這裡解脫。但是，卸下這個重擔只有一個方法。我卻連這個都失去了。」

「神谷小姐……」

尚美的低語傳到神谷良美耳裡，她回過神似的，莞爾一笑。

「我說了很奇怪的事。請把它忘記。」

「有什麼事的話，請別客氣，儘管吩咐。」

「好的，到時候就麻煩妳。優惠券，有時間的話我會用。」

「請務必使用。那我失陪了。」

尚美行了一禮，步向門口。

離開房間後，尚美往走廊走去，看到電梯前站著一個人。此人穿著飯店員工制服，但尚美不用看臉就知道不是真的飯店員工，因為站姿截然不同。

那個人擺出等候多時的模樣，看著尚美。一定是接獲竊聽神谷良美房間的部下報告，所以到這裡來。

「沒有飯店人站的時候會雙腳張開喔，梓警部。」

梓伸出右手，手心向上。

「請還給我。那不是警方的備品，是我私人的東西。」

尚美立即明白她在說什麼。

「這樣啊。」尚美從口袋取出兩個竊聽器。「為了日後參考，我想請問一下，這種東西要去哪裡買？」

「秋葉原。」梓說完收下竊聽器，將其中一個竊聽器的鈕釦型電池拔掉。「妳想買的話，我可以介紹店家給妳。」

「不用。我沒有打算要竊聽誰的對話。」

「這樣啊。不過只是買這個也沒有，還要有收訊器。」梓按下電梯的下樓鍵。「能不能陪我一下？我有事想跟妳談。」

「好啊。」

電梯門開了。所幸裡面沒人。兩人走了進去。

「妳想在哪裡談？」尚美問。

「地點交給妳決定。盡可能選不顯眼的地方。」

「沒有地方坐也沒關係？」

「沒關係。不會談太久。」

「既然這樣。」尚美按下二樓的按鍵。

電梯停止後。兩人來到可以俯瞰大廳的地方。

「竊聽器是我私人的東西。也就是說，下令竊聽的不是新田警部。」梓說：「那是我用自己的判斷做的事。我跟妳說過吧，我不是在新田警部的下面。」

「這樣啊。不過對我來說，都一樣。對顧客做這種卑劣的事，我不能視若無睹。」

「卑劣啊。」

「不是嗎？」

梓將手肘靠在欄杆上，看著尚美。

「他們可是會殺人喔。到明天早上以前，他們打算在這間飯店殺人。為了阻止這件事，我們沒有選擇手段的餘地。這麼簡單的道理，妳應該懂才對。」

「我聽說並非確定是犯人，只是在嫌犯的階段。」

「就是因為沒有確切的證據，所以我們無論如何，必須以殺人未遂的現行犯逮捕他們。這樣妳能理解嗎？」

「這種想法我可以理解。但飯店人有飯店人的態度。」

「飯店人的態度？」梓一臉難以理解地偏著頭。「什麼意思？」

「來飯店的顧客，每個人都戴著面具。守護那個面具是我們的職責。同時我們也相信面具下面那張臉。即使是警方斷定為嫌犯的人，我們也必須以不是犯人的前提對待他。這就是飯店人的態度。」

「這種想法很了不起。我沒有嘲諷之意，真的這麼認為。」

「因為這樣，所以非常抱歉，剩下另一個竊聽器，我也打算收回。」

「如果我說，這樣對我很困擾呢？」

「那我會跟總經理說。這件事目前只有我知道，要是總經理也知道了，妳覺得事情會變成怎樣？我希望妳能明白，把它放在我心裡，是我最大的讓步。」

梓歪了歪嘴。「這也沒辦法，隨妳高興。」

「要是沒別的事，我想回工作崗位了。」

「我說完了喔。」

「那我失陪了。」

尚美行了一禮，舉步走向樓梯時，聽到梓在背後說：「我還想跟妳說一件事。」尚美止步轉過身來，女刑警繼續說：「竊聽的事，新田警部是反對的。知道我擅自裝設後，他很生氣。」

「這樣啊。可是，為什麼要跟我說？」

「因為我覺得妳知道比較好。還是妳認為，妳不知道比較好？」

尚美思考一下該怎麼回答，覺得應該老實地回答。

「謝謝妳告訴我。」尚美回答。

22

新田的手機有來電，是在警備室盯看監視器畫面的富永打來的，新田邊走進辦公室邊接電話。根據富永所言，一六一〇號房有動靜。

「出來了三名女子，去搭電梯。」

「只有女的？佐山呢？」

「應該在房裡。」

「神谷良美和前島隆明的情況呢？」

「神谷良美又離開房間了，走進中華料理餐廳，可能要吃晚餐吧。至於前島，他還在房裡沒有動靜。」

「了解。繼續監視。」

新田掛斷電話不久，辦公室的門開了，進來的是山岸尚美。她露出突然一驚的神情，然後緩緩地點頭。「剛才失禮了。」

新田感到意外。她的表情和把新田他們趕出森元雅司房間時截然不同，變得很溫和。

「聽說妳溜進神谷良美的房間。」新田說：「負責看監視器畫面的部下向我報告的。」

「說什麼溜進去，真難聽。我只是去送優惠券，當作飯店的聖誕禮物。」

「優惠券啊。真厲害，以防被發現時的準備啊。」

「倒也不是這樣，因為我很排斥沒有理由就擅自進入客房。」

「所以我才說妳厲害啊。而且妳的用心奏效了。沒想到神谷良美很快就回房了，那時妳很焦慮吧？」

「有一點……因為我以為她在一樓的餐廳用餐。」

「負責監視她的搜查員說，她確實到了餐廳前，但沒有進去，只是站在外面環視店內，然後就回去了。可能是在找目標人物吧。」

「目標人物……」山岸尚美的表情變得悶悶不樂。

「妳好像順利收回竊聽器了。」

「是啊，我也還給梓警部了。」

「這個我也聽部下說了。梓警部在電梯廳等妳。妳和她談了什麼？」

「我請她不要再竊聽了，也說我會收回另一個竊聽器。還有……」山岸尚美猶豫般停頓了一下，繼續說：「梓警部跟我說，新田先生反對竊聽。」

「她跟妳說這個啊。」新田搔搔頭。「但我終究沒能讓她放棄，被妳輕蔑也無可奈何。」

「我沒有輕蔑你。我再度深感你的工作真的很辛苦。」

「謝謝……」新田摸摸脖子。

「倒是有件事，我想跟你說一下。關於神谷小姐。」

「什麼事？」

「我在她的房間稍微聊了一下。關於她兒子的事。」

山岸尚美將自己和神谷良美的交談內容，詳細告訴新田。語氣慎重，感受不到誇張或曲解。

「憎恨什麼的，對人生而言根本沒有用——這麼想的人，會為了雪恨而去殺人嗎？我覺得你們的推理，有根本性的錯誤之處。」

「如果這是她的真心話，或許可以這麼想。但這不見得是真心話，也有可能是為了欺騙妳的演技。」

山岸尚美露出死心般的苦笑。「我就知道你會這麼說。」

「神谷良美的獨生子遭受的傷害事件，是非常不合理的。少年犯要將腳踏車停在禁停腳踏車的地方，具體而言是點字導盲磚上，神谷良美的獨生子提醒少年那裡不能停車，卻遭少年惱羞成怒暴打一頓。少年犯受到父親影響對拳擊很有興趣，雖然沒有上健身房，但平常也用自己的方法在練習。自家公寓也吊著手製沙包。少年被逮捕後，如此供述：我只是想試試看練拳擊的成果，既然要打就必須把對方擊倒，沒想到會變成那樣——這番供述，神谷良美應該也間接得知了。身為母親，會是什麼心情呢？」

「這個嘛……會氣到發抖吧。」

「憎恨什麼的，對人生而言根本沒有用。這是當然的。懷抱著這種東西，不會有什麼好事，只會感嘆被迫背負這種重擔。神谷良美想說的或許是這個。」

「可是她還說，卸下這個重擔只有一個方法，她卻連這個都失去了。這又是什麼意思呢？」

「可能是在後悔吧。因為把復仇委託給別人。她以為只要可恨的人死了，自己就能從痛苦裡解脫出來。事實卻非如此。所以後悔沒有親手殺了可恨的人。那個少年犯被殺害的當晚，神谷良美好像為了製造不在場證明，和朋友到橫濱去觀劇。她可能覺得不是看戲的時候吧。」

山岸尚美偏著頭說：「我聽起來不像這樣……」

「不好意思。因為懷疑是我的工作。」

山岸尚美死心似地露出苦笑。

「我無法完全否定新田先生的這個部分。以前我不懂，所以也曾認為刑警這種人，怎麼都是心態扭曲的人，覺得很受不了。不過現在覺得有很多地方要向你們學習。這間飯店以前發生的兩起案子，犯人也都是料想不到的人。我完全相信那些人，結果被騙了。而且我自己還身陷險境。我有反省，我太天真了。所以這次，我說不定也差點被騙了。」

新田凝視這位女飯店人的臉。

「居然會說這種話，太不像妳了。」

「人都是會變的。話雖如此……」尚美將嘴唇抿成一條線，然後開口說：「我稍微成長了，也比較有自信會看人了。所以我還是願意相信神谷小姐。」

新田點點頭。「我覺得妳這樣很好啊。」

此時新田內袋的手機震動。他說了一聲：「抱歉，我接個電話。」掏出手機。是富永打來的，說前島隆明離開房間，不曉得去哪裡。

「我知道了。繼續監視。」

新田掛斷電話，不久又有來電。這回是稻垣打來的。

「你知道前島離開房間了吧？」

「知道，剛剛接到報告。」

「後來他好像進入日本料理店。因為點了餐點，應該不會很快回房。」

新田明白稻垣的言下之意。

「了解。我來做室內確認。這樣跟飯店也比較好談。可以吧？」

「好，那就交給你。」稻垣爽快地秒答。可能早就料想到新田的反應。

新田掛斷電話，將事情告訴山岸尚美。

「所以呢，我希望有個飯店工作人員陪我一起去。」

「我明白了。我當然會去。因為我也有該做的事。」

新田不用問就知道是什麼事。

「竊聽器的事，妳不用向總經理報告嗎？」

山岸尚美挑了挑眉毛。「我可以去報告嗎？」

「呃，這個嘛……」

看到新田吞吞吐吐，山岸尚美嘴角上揚。

「什麼小問題都要逐一向上報告的話，會沒完沒了。你們警界也是這樣吧？」

「嗯，確實是。」

她豎起食指說：「你欠我一個人情。」

新田聳聳肩說：「我會記住。」

兩人走出辦公室，穿越大廳，來到電梯廳。

沒等多久電梯就來了。門一開，只見裡面有三名女子。是澤崎弓江和後來過來的女子，共有三人。但不見佐山涼和另一名男子。

她們似乎沒有要出電梯，於是新田向她們打了個招呼「打擾了」，兩人便走進電梯。山岸尚美按下十一樓的按鍵。最上層的按鍵燈早就亮了。可能是澤崎弓江她們按的。

「那個貓咪擺飾品，好可愛喔。」澤崎弓江說：「把那個擺在房間裡，一定很療癒吧。」

「是很可愛沒錯，可是我不想花幾萬塊買那種東西。」頭髮染成粉紅色的女生說：「有這筆錢的話，我會去買衣服或旅行。」

「我也是。」頭髮剪成短鮑伯頭的女生表示贊同，然後看著澤崎弓江說：「妳最好命了。可以買很貴的衣服，也可以去美國旅行。」

「可是我也沒有買那個貓咪擺飾品啊。」

澤崎弓江這麼一說，兩個女生異口同聲笑說：「是啊。」

電梯停在十一樓，新田向年輕女孩們打了個招呼「失陪了」，和山岸尚美走出電梯。

「請等一下。」澤崎弓江叫住他們。她按著「開」鍵，電梯門一直開著。

「是，有什麼事嗎？」山岸尚美問。

「除了大廳的擺飾和『聖誕禮物』之外，沒有其他聖誕節活動嗎？」

「聖誕節活動……是嗎？」

「是啊，有什麼可以玩的地方嗎？」

「那麼去看畫廊特展如何？在二樓。以聖誕節的歷史為主題，展出各個時代的聖誕節相關東西，也有在賣公仔。有興趣的話，歡迎去看看。」

「聖誕節的歷史啊。謝謝。」

新田看著電梯門關閉後，說：「她們到底在幹麼？」

「她們剛才在聊貓咪擺飾品，可能去逛過地下商店街，那裡有一間歐風雜貨店。」

「她們開始在飯店裡探險，打算徹底享受一下飯店生活，接下來要去最頂樓。」

「可能要去展望臺吧。」

「原來如此。話說回來，真的很了不起啊。」

「什麼很了不起？」

「妳很了不起。妳今天早上才抵達飯店，居然已經掌握飯店舉辦的活動，還有商店街的店家。完全讓人感受不到過渡期的空白。」

「哦。」山岸尚美露出害羞的笑容。「雖然我的任務是和警方聯絡，但也必須招呼顧客，這些事情先查清楚是應該的。」

「對妳來說可能是。對了……」新田側首納悶地說：「我很在意佐山沒跟她們在一起。那傢伙在房間做什麼呢？」

「應該還有另一名男子在吧。說不定兩人在房裡喝酒。」

「如果是這樣就好。該不會已經開始毒趴了？」

看到山岸尚美臉色鐵青，新田趕忙說：「我是開玩笑的。」接著又說：「至少目前應該沒問題。吸大麻會有一種獨特的臭味，但那三個女生的衣服沒有那種臭味。」

山岸尚美安心地嘆了一口氣。「別說這種不好笑的笑話。」

「不管怎樣，不是客人的人在飯店轉來轉去，我會很困擾。他們就不能早點滾嗎？」

「他們說不定接下來要去用餐，這對飯店而言也是很重要的顧客，請不要這樣說人家。」

新田走在走廊上，不禁苦笑。

「妳還是沒變啊。果然很專業。」

「我還差得遠呢。在洛杉磯吃了不少苦頭。」

「出了什麼事嗎？」

「改天再說給你聽。有機會的話。」

新田心想，那我得製造機會才行。但沒有說出口。

快到一一〇五號房時，又看到那個穿清掃制服的女刑警站在那裡。她看向新田，尷尬地低頭鞠躬。

「又是妳啊。梓警部命令妳一起進去嗎？」

「不是，是叫我把這個交給您。」她將紙袋遞給新田。

新田收下紙袋，看了看裡面，裝了一支約三十公分長的棒狀器具。

「這是什麼？」山岸尚美在一旁問。

「金屬探測器。」新田回答後，看向女刑警。「這是要給我用的？」

「梓警部說，要不要用，交由新田警部決定。」

「知道了。那我就先收下了。」

「拜託您了。那我失陪了。」女刑警敬禮，然後就走了。

「梓警部好像很喜歡這方面的道具。」山岸尚美看著紙袋說：「會用到這個嗎？」

新田摸摸鼻子下方。「總之先進去再說吧？」

山岸尚美一臉不滿地掏出萬用鑰匙。

進入房間後，兩人首先檢查床底。因為是雙床房，有兩張床。山岸尚美立即說：「找到了。」

新田收下她遞出的竊聽器，拔掉鈕釦型電池。

「這樣彼此都清爽了。」

「真的。如果能這樣什麼都不做就走出房間是最好的。」

「我也很想這麼做。可是這麼做我就變成薪水小偷了。」

新田環視房裡。茶几和寫字檯上沒有前島的私人物品。垃圾桶裡是空的，也沒有使用衣櫃。房間入口處的行李架上，放著淺褐色公事包。新田斜眼瞄著那個公事包，打開浴室的門。馬桶蓋上還附著「消毒完畢」的紙，表示他還沒有使用。

新田取出紙袋裡的金屬探測器。

偷拍和竊聽姑且不論，金屬探測器是個好主意。過去的三個案子，凶手都使用小刀。若這次也打算如法炮製，應該會有人準備小刀。

新田站到公事包前面，山岸尚美便以鬱悶的語氣問：「果然還是要用這個啊？」

「只是用金屬探測器調查有沒有反應，搆不上侵害隱私吧。演唱會的會場入口和機場的安全檢查都有用金屬探測器。」

「可是那有經過當事者同意吧？」

「特別警備的時候，對於可疑的人物，警察會半強制地執行。這跟那個是同樣的道理。」

山岸尚美依然難以釋懷，但還是說：「既然這樣的話……」

新田打開金屬探測器的開關，靠近公事包，不久發出嗶嗶嗶的電子聲。

背後傳來一聲「啊」，新田回頭一看，山岸尚美睜大眼睛。

新田再度拿著金屬探測器靠近公事包，左右擺動。電子聲果然又響起。

這個公事包看起來沒有用大型金屬環釦。拉鍊也沒有金屬反應。顯然金屬類的東西是放在裡面，而且還不小。

新田關掉金屬探測器的開關，凝視公事包。

「新田先生，不行喔。不能更進一步了。」山岸尚美迅速說：「請不要碰包包。求求你。」語帶懇求。

新田將金屬探測器放回紙袋，轉身說：

「可是，不僅對飯店而言，對於來這裡的客人也是，防範未然是比什麼都更優先的事，妳不認為嗎？」

「我也這麼認為。可是有其他的辦法吧？打開這個包包，未必能防範未然；不打開的話，也未必不能防範未然。」

「如果裡面放著凶器，我們只要緊盯前島一人就行，這樣可以提高預防犯行的可能性。」

「如果裡面沒有凶器呢？就只剩擅自打開包包的事實。」

「可是，知道這個事實的只有我們。」

山岸尚美睜大眼睛。

「你是叫我默不作聲？明明違反重大規則，你叫我裝作沒看到？」

「我是在拜託妳協助偵查。」

「你是叫我拋棄飯店人的自尊，扭曲自己的信念？」她的聲音顫抖，拚命忍住激動的情緒。

自尊和信念是那麼重要的東西嗎？新田的腦海霎時浮現這句話，但旋即就消失了。重要的是，對這位女性而言。新田很明白這一點。

「新田先生，你是不是覺得我依然很天真？」山岸尚美降低聲調。「關於我們的工作。」

「我沒有這個意思。」

但她緩緩搖頭。

「飯店有各式各樣的顧客，其中也有非常神經質且疑心病很重的人。擔心飯店員工會不會趁他不在房間的時候入侵，偷走他的東西，所以外出都會把行李箱上鎖，這種人不在少數。也有人在不能上鎖的包包上，下工夫做了一些機關，打開就會留下痕跡。所以我們極力禁止清掃人員碰顧客的東西，萬一必須移動的話，也要注意不要碰到拉鍊或環釦。這是預防明明沒有打開，卻被誤會打開過。沒有任何證據可以保證前島先生不是這樣的顧客。如果新田先生打開公事包，被前島先生發現了怎麼辦？無論他是不是犯人，都很糟糕吧，你不認為嗎？無論對飯店而言，還是對警方而言。」

山岸尚美淡淡陳述的這席話是正確的，很有說服力。新田想不出該如何反駁。硬要說的話，只能說為了破案，豁出去賭一把也是必要的。但這種幼稚的粗暴言論對山岸尚美行不通。

「我想說的話說完了。」山岸尚美說：「接下來就交給你了。」

「咦？」新田凝視她的臉。「交給我……」

「我的意思是，要不要打開包包，交給你來判斷。警方有警方的想法，我就不再多說了。但我也不想待在擅自打開顧客包包的現場，所以請讓我離開。」

「山岸小姐……」

「失陪了。」

山岸尚美向新田行了一禮，踩著毅然決然的步伐走出房間。

新田目送她直到門「砰」的一聲關上，才把目光轉向公事包。即使迷惘，他依然膝蓋著地，觀察拉鍊的周圍狀況。看不出有做機關，會使得拉開而留下痕跡。

可是剛才山岸尚美說的，一定不是這個問題吧。她想說的是，為了不讓客人認為飯店員工擅自碰他的東西，最好的辦法就是不要碰。

新田站起身來。

他回到櫃檯，但沒看到山岸尚美的身影。於是他走進櫃檯內側，掏出手機，向稻垣報告。稻垣得知金屬探測器對公事包有反應後，沉吟了半晌。

「你看過裡面了吧？」

「沒有，我沒看。」

「為什麼？」稻垣語帶不滿地問。

「因為公事包的拉鍊上綁了一條不顯眼的細紙捻，那是一個機關，亂開的話紙捻會斷掉。」

新田又聽到稻垣低低的沉吟。

「那是特地做的嗎？這傢伙越來越可疑了。」

「可是根據山岸小姐說，三不五時會有這種客人，擔心自己不在房裡的時候，包包會被飯店員工打開，所以才下這種工夫。」

新田聽到稻垣嘖了一聲。「就不能想想辦法嗎？」

「我也想小心地開開看，可是要恢復原狀很難，所以就死心了。萬一前島發現包包被打開過就糟了。」

「這倒是真的。」

「可是管理官，森元沒回來，而神谷良美是個弱女子，我不認為她是執行殺人的人。若要直接下手的話，大概是前島吧？還有就是，有沒有其他共犯。」

「有道理。那就繼續監視他們吧。」

「我這裡會留意可疑客人的行動。」

「好，交給你了。」

新田掛斷電話，將手機放回內袋時，感覺到背後好像有人。回頭一看，山岸尚美站在那裡。

「紙捻的機關，真虧你想得到啊。」

「史恩・康納萊（Sean Connery）主演的《007》有一幕，詹姆士・龐德（James Albert Bond）外出前，用唾液將頭髮黏在衣櫃的門和門之間，若有人不知情開門，頭髮就會掉下來，這樣他就知道他不在的時候有沒有人入侵。我應用了這個點子，把頭髮改成紙捻，因為頭髮太強韌不容易斷。」

「這是很棒的點子。」山岸尚美用手指做出圓圈，然後將雙手放在身體前面併攏，恭敬地鞠躬說：「真的很感謝你。」

「為什麼妳要向我行禮道謝？」

「即使我不在場，但想到顧客的隱私遭到侵害，心就很痛。可是你迴避了，我當然要向你行禮道謝。」

「那，這樣我剛才欠妳的就還妳了。」

「就這樣？聽起來像只顧你自己方便。不過沒關係。」山岸尚美笑咪咪地說。然而當她將目光看向新田後方，表情霎時嚴峻了起來。

新田往她的視線前方看去，只見梓正好穿過大廳，筆直往這裡走來。

「新田警部，可以用你一點時間嗎？」梓來到櫃檯就開口說：「有點事想和你商量。」

「好啊。山岸小姐，我稍微離開一下。」

「好。」她一臉正經地回答。

23

和能勢那時候一樣，選在二樓婚宴洽詢區交談。這裡晚上通常沒人，新田和梓隔著桌子面對面坐下。

「首先，這些東西還給妳。」新田把裝有前島隆明房間竊聽器和金屬探測器的紙袋，遞給梓。梓冷冷地收下，看了看紙袋裡面。

「聽說他的包包有反應，可是打不開？」

「管理官沒跟妳說嗎？不是打不開，是不可以打開。」

「好吧，就當作是這樣。」梓一臉死心地說，將紙袋放在旁邊的椅子上，「聽說你也認為這次執行殺人的是前島。」

「因為神谷良美看起來沒什麼力氣，我認為她辦不到。聽妳的說法，妳的看法也一樣嗎？」

「是的。」梓點頭。「前島在自由之丘經營餐廳，以野味料理聞名。」

「這樣啊。」

野味料理指的是，用野生動物做的料理。例如鹿、野豬或野兔之類的。

「根據我的調查，前島有違反食品衛生法之虞。野生動物的肉，照規定必須從專門業者那裡購入，但他好像跟熟識的獵人買。此外他自己也有狩獵許可證，店裡也提供他自己捕獲的野生動物肉品。」

「狩獵許可證啊。換句話說，他有奪取動物性命的經驗。」

「再加上他慣於用刀。不只是切割時需要的細膩刀法，也應該擅長一擊就戳破肉的動作。我甚至認為之前的犯行，可能也是前島下的手。說不定是他想到迴轉殺人這個主意，向大家提案的。要是他跟大家說，除了村山慎二，其他目標人物都由他來下手，請大家協力幫忙，一定有人願意加入吧。」

村山慎二，就是對前島的女兒進行色情報復的男人。

雖然這種推理很大膽，但有說服力。新田再度覺得，這個女人很聰明。

「前島隆明是個怎樣的人？」新田問：「妳有直接見過他嗎？」

「我沒有，但有收到去查訪的搜查員的報告。我可以拿報告書給你看，可是我覺得聽這個比較快。」

梓又從懷裡拿出錄音機，按下播放鍵，放在桌上。

不久便聽到擴音器發出的聲音。

（那天的話，我一直待在店裡。你可以問店裡的員工，也可以跟客人確認。我這間店是要預約的，所以知道客人的聯絡方式。）說話的是前島隆明，回答搜查員詢問的不在場證明，語氣沉著且自然。

（你什麼時候知道村山慎二死了？）這是男人聲音的問話。應該是搜查員吧。

（兩天前。看早上的電視新聞知道的。）

（看到這則新聞，你有什麼感想？）

（比起有什麼感想，我倒是嚇了一跳，因為和那個男人同名。可是說不定只是同名同姓，我一直很在意。）

（你不想去查一查，是不是他本人嗎？）

（我是很想查，可是不知道怎麼查。電視新聞只說他是餐飲店的員工。）

（現在你知道不是同名同姓，而是那時候的被告，你是什麼心情呢？）

（心情啊……）

接下來是一段沉默，彷彿可以看到前島沉思的模樣。無論他和一連串的案子有沒有關係，對村山慎二之死應該有複雜的思緒。

（我想認為這是一種天譴。）前島終於開口。（他做出悖離人道的事，卻沒有受到應有的懲罰，而且毫無反省地活著，所以老天爺對這種鬼畜下了制裁——我想這麼認為。）

（意思是，他活該該死？）

對於搜查員這個問題，前島哈哈了兩聲，似乎在笑。

（我沒有這種情緒，我說我想認為這是一種天譴，是因為我知道實際上並不是。這不是天譴，我是很恨他沒錯，但他是被別人殺死的。想到這裡，坦白說，我非常不甘願。因為我認為，要讓他活下去還是殺死他，都操之在我。只要我想的話，隨時都能殺死他。靠著這個想法，我才有辦法忍到現在。可是現在都結束了，他死了就完了，我再也不能怎麼樣。我甚至覺得，既然如此，我應該早點親手殺了他。）

（這番話讓人不能置若罔聞啊。）

（如果你懷疑的話就儘量去調查。被懷疑是不是殺了那個男的，我沒有任何不滿。）

梓將手伸向錄音機，按下停止鍵。「怎麼樣？」

「很棒的查訪，把前島的脾性都傳達出來了。」

「後半部包含了他的真心話。前島本來以為要讓村山慎二活下去還是殺死他，都操之在他，這應該是他的真心話吧。至於村山慎二被別人殺死，他很不甘願，還有什麼死了就完了，這都是為了隱瞞迴轉殺人的詭辯。可是，前島在這裡犯了一個錯。他說靠著隨時都能殺死村山慎二的想法忍了下來。隨時都能殺死他？他得知命案時，還想說會不會是同名同姓，這表示他根本不知道村山慎二的情況，怎麼會冒出隨時都能殺死他這句話？」

新田凝視女刑警的臉，知道她想說什麼。

「妳是想說，其實他知道村山慎二在哪裡，也掌握了他的近況，經常在監視他的行動？」

梓大大地點頭，表示正是如此。

「你不認為這樣推論很正確？」

「確實有可能。而且其他的嫌犯，例如神谷良美和森元雅司也是一樣。」

「對，他們都各自掌握了憎恨之人的動向。」

「也就是他們都處於『隨時能殺死』憎恨之人的狀況。可是，在這之前沒有下手。就如前島說的，他們或許都是靠隨時能殺死憎恨之人的想法撐了下來。那為什麼，到了現在要開始復仇？

這麼多年都忍過去了，為什麼無法繼續忍下去？」

「有人出來當那個扳機，提案與其這樣繼續苦悶下去，不如復仇雪恨。」

「妳的意思是，這個人是前島？」

「是的。唯有前島和其他被害人遺族的情況不一樣。」

「哪裡不一樣？」

梓收起錄音機，拿出手機。

「前島的被害是現在進行式。雖然其他遺族的心愛之人也被以不合理的形式奪走性命，但那都是過去的事了，唯獨前島被奪走的不只是女兒的性命。首先是女兒的尊嚴被奪走，因而痛苦地結束了自己的生命。可是她的尊嚴，現在依然持續被糟蹋中。」

梓操作手機，將螢幕轉向新田。新田看了手機裡的影像，不禁別過臉去。那是少女的裸體。

「你也知道，資料只要放上網路就是未來永劫，亦即未來永無休止，也就是所謂的數位刺青。不管怎麼刪除，它就是會在某個地方出現，持續擴散。直到最近，前島不曉得在什麼情況下又看到女兒的那些影像吧，因此再度受到很大的打擊。造成女兒自殺的影像，如今依然在網路上被人傳來傳去。當父親的知道了這件事，會是什麼心情呢？」

「難以忍受吧……」

「另一方面，散播影像的罪魁禍首又如何呢？三年有期徒刑，緩刑五年，這等同於完全沒有刑罰，而且村山慎二極有可能至今仍持有那些令人忌諱的數位資料。說不定時而還拿出來欣賞一下，甚至有可能再度流傳出去。一個當父親的想到這裡，恨不得馬上殺死他，是理所當然的。換作我，我也會這麼想吧。」

最後那句話，有點嚇到新田。

「梓警部，看來妳相當同情前島啊。」

「我不否認這一點。可是我更氣村山慎二，越查越氣。他把交友網站認識的少女騙去做近乎賣春的事，偷拍性行為，販賣影片。我查出了很多罪行，以前只是沒被發現。他根本是個學不乖的人渣。被殺是應該的。」

新田倒抽了一口氣。

「警察學校有教，沒有人應該被殺。」

梓搖搖頭，將手機收回懷裡。

「那是場面話，至少我這麼認為。這次的被害人，全部都是應該被殺的人。森元雅司在部落格訴諸的事是正確的。現在的刑事司法體系確實有問題。」

梓說得非常激動，新田決定避開不予反駁。她有她的信念吧。關於罪與罰，每個人的想法各異。但新田想起，能勢曾說梓沒有發現自己在暴走。

「我明白梓警部的想法了。妳要找我談的是什麼？」

「就如我剛才說的，我認為迴轉殺人的實質領導者是前島。至少我推估這次會直接下手的一定是他。金屬探測器的感應器有所反應，是因為他的包包裡放著刀子吧。所以我想跟你商量，能不能讓我和前島談話，盡可能只有我們兩人。」

新田覺得被將了一軍。這是完全沒想到的要求。

「妳的目的是什麼？」

「讓他承認犯行。把我們已經看穿迴轉殺人，以及現在的警備體制告訴他，他一定會死心，坦白招供。」

「如果他不招呢？」

「他會的。」梓斷言。「我有自信讓他招供。」

「尋找真實這個名字不是白取的，是這樣嗎？」

「咦？」

「真尋小姐，真是個好名字。」

梓不耐煩似地歪了歪嘴角。「是能勢吧。真是大嘴巴。」

「如果前島也是大嘴巴就好了，但不能保證他是。萬一他保持緘默，妳怎麼辦？」

「那我就搜身。發現刀刃，就以違反槍砲刀械取締法逮捕他。沒收他的手機加以解析的話，應該能找到什麼證據。」

來這一招啊。原來那個金屬探測器的目的就在這裡。

「如果沒有刀刃呢？」

「不可能沒有。要是真的沒有，我就以違反食品衛生法之嫌，請他跟我回警署接受調查。」

梓自鳴得意地動了動鼻子。

「這件事妳跟管理官說了嗎？」

「還沒。要是我跟他說，他一定會叫我找你商量。所以我決定先跟你談。」

「那就好。這麼愚蠢的事，管理官八成聽不下去。」

「愚蠢？對我來說，這種臥底偵查才是荒謬。」

「恕我直言，這個提案人可是當時的管理官，現在的尾崎搜查一課課長喔。而且有兩次成功的實際成績。」

「如果傷到你的自尊心，我向你道歉。能讓那種需要高度表演技巧的偵查順利成功，我由衷向你們表達敬意。可是以前的案例是嫌犯和目標人物都不明，和這次不同。」

「掌握決定性證據之前，不驚動嫌犯地跟蹤調查，就某個意義來說也是偵查的常規。妳要知道，我們尚未掌握他們的計畫全貌，迴轉殺人也只是我們的推論。說不定他們的計畫更複雜，有更多人牽扯在內，這也是有可能的。如果只逮捕前島，造成無法對其他人出手的話，這個逮捕沒有意義。」

「我會讓前島說出祕密，然後順藤摸瓜應該能解開整個全貌。」

「就是沒辦法這樣賭運氣，我才會穿這身衣服！」新田語氣粗暴了起來，抓著自己的制服衣角，怒瞪梓。「我會繼續做妳看不起的荒謬偵查！」

但梓沒有畏怯之色，沒有轉移視線，正面與新田的怒目對峙。她的眼神充滿強烈的決心。

新田察覺到有人進來，就不再和梓對瞪了。結果小心翼翼走過來的是山岸尚美。「可以打擾一下嗎？」

「怎麼了嗎？」新田問。

「剛才森元先生打電話來。」

「森元？他說什麼？」

「他說不回飯店了，要我們幫他辦退房手續。」

「他要退房……」新田和梓面面相覷。

「森元有預刷信用卡，結帳沒問題。已經用一般流程辦完手續了。」

新田聽了山岸尚美的報告，應了一句：「這樣啊。」

「看來森元雅司今晚的角色，是突然缺席也沒關係的。」女刑警說：「至少他不是執行殺人的人。」

新田沒有回應她，掏出手機，打電話給稻垣。

稻垣得知森元雅司退房的消息，說：「果然是這樣啊。本宮的部下回報說，森元還待在兒子被送進去的醫院。看來他不回飯店是真的了。」

「可是誰也不能保證計畫取消了。要這樣繼續臥底偵查。」

「這是當然的。對了，你打來得剛剛好，我正想打電話給你。你現在在櫃檯嗎？」

「不是，我和梓警部在別的地方。」

「那你們兩個一起過來這裡。能勢警部補找到新的情報了。」

24

尚美目送新田和梓前往事務大樓後，自己返回櫃檯。

那兩人究竟在談什麼？感覺氣氛相當險惡。拿竊聽器來說好了，兩人的偵查方針無法妥協的地方也很多。外行人不該插嘴，但接下來不曉得會發生什麼事，如果他們不能團結起來，尚美作為飯店人也惴惴不安。

大廳非常熱鬧。想在巨大聖誕樹前拍照留念的人，排成了長龍。早點吃完晚餐的人，和接下來要享受聖誕夜的人，來來往往。逛完東京的觀光客也陸續從正門玄關進來。約在這裡碰頭的人也很多，沙發幾乎被坐滿了。當然那裡面有些是搜查員。

尚美要走進櫃檯時，有人在背後叫她。「不好意思，請問一下。」尚美回頭一看，只見一名穿著花俏的女子站在那裡。她記得這張臉，是三輪葉月。

「三輪小姐，有什麼事嗎？」尚美面帶笑容地問。

「剛才我一直在看櫃檯裡面，可是看不到新田，他在哪裡？」

「實在很抱歉，新田現在去處理其他客人的事，不在櫃檯。如果可以的話，能不能把事情告訴我，讓我來為您服務。」

「很遺憾，這一定要他才行。或者說，不是他的話幫不上忙。」

看來是尋求佐山涼的消息，尚美佯裝不知情地問：「是什麼事呢？」

「算了。倒是我想問妳一件事，妳說新田是轉職來的，他是幾年前來這裡工作？」

「啊……這個我就不清楚了。我們是最近才在同一個部門工作，不太談個人隱私的事。」

「嗯哼，這樣啊。」

「沒能回答您，真的很抱歉。如果您沒有其他事情的話……」

「我還有一個問題。這間飯店，以前發生過兩次大事件吧。啊，跟我裝蒜沒有用喔。因為我有特別的管道，可以得知這方面的消息。」

突然被問到要害，尚美再厲害，臉部也差點僵住了。但她還是努力放鬆臉頰，封印了狼狽。

「詳細情形我不清楚，我只聽說有過這種事，所幸平安順利地結束了。」

「那時候，警方是怎麼防止的？妳有沒有聽說？」

這又是意想不到的問題。尚美再度窮於回答。

「實在很抱歉，我又得回答您，詳細情形我不清楚。畢竟我才剛來這個部門不久。」

「這樣啊？可是看起來經驗豐富的樣子。」三輪葉月狐疑地看著尚美。

「這只是外表，我還差得遠呢，只是半吊子。三輪小姐，能否讓我回去我的工作崗位了？」

「好啊，謝謝妳。」三輪葉月抬起下巴說完後，快速轉身，邁步離開。尚美目送她的背影離去，鬆了一口氣。要是再被她追問下去，說不定會出紕漏。

不過話說回來，她為何會問那種事？似乎也在懷疑新田。

尚美就這樣抱著不祥的預感返回櫃檯。

25

能勢背對白板站了起來。抬頭看著他的是，稻垣和新田等三位組長。

「我要報告的是，我在疑似森元雅司所經營的部落格『不可解的天秤』，找到了值得關注的東西。有問題的報導是這個，文章有點長，請先看一下。」

新田將目光落在能勢發的A4資料上。這篇列印出來的文章標題是：「何謂刑事責任能力？」

「看到令人痛心的殺人命案新聞時，我們會想凶手是怎麼樣的人。凶手終於被逮捕後，我們也會想知道他的動機和發展至犯案的經過。根據這些訊息，接著我們會想像法院究竟會判處什麼刑罰。雖然有時也有值得同情的動機，但除了被認定是明顯正當防衛之外，都會判處刑罰。

但偶爾也會有，沒有正當理由而奪走人命，卻不被追究任何罪責的情況。尤其是凶手被判定沒有刑事責任能力的時候。

所謂刑事責任能力，是判斷事物的善惡，遵照這個判斷來行動的能力。具體而言，是被認定心神喪失的人和未滿十四歲的人，不具有刑事責任能力。這裡我想談一下和前者有關的案例。

日本刑法第三十九條：『心神喪失者的行為，不罰。心神耗弱者的行為，減輕其刑。』至於心神喪失與心神耗弱的例子，有生病疾患、精神障礙、藥物中毒和酒醉酩酊狀態等，依症狀嚴重程度分為喪失或耗弱。

請各位想像一下。假設你心愛的人被殺，被逮捕的凶手卻因沒有刑事責任能力而不予處罰，你做何感想？

要是我的話，我無法接受。縱使凶手是天生有精神障礙，這本身或許不是他的錯，但他周圍的人（至少家人）不可能不知道他的情況，卻放任這種危險不管。我認為這是不可原諒的。

但這種情況或許還能怪運氣差而死心。每個人的情況不太一樣，也可能想得很開，認為恨凶手也無濟於事。

有問題的是這種情況，引發心神喪失或心神耗弱的原因在於他本人。例如吸食興奮劑等藥物。當事人應該比誰都清楚，吸食這種東西會導致精神異常。跟喝酒一樣，任誰都知道，大量喝酒，喝到爛醉，恐怕會做出異於常軌的行為。也就是說，這是意圖性地變成心神喪失或心神耗弱，若因此犯罪，說沒有刑事責任能力，這個藉口就行不通了。

當然法院也沒有放過這一點，若故意攝取大量酒精或藥物（麻藥或興奮劑等）而陷入心神喪失、心神耗弱，則不適用刑法第三十九條。實際上有這種判例。

但也有不是這樣的案例。犯案的是一名二十歲女子。她交往的男子和她分手後，與別的女子交往。她得知這件事，為了穩定情緒而服用大量精神安定劑，結果陷入精神錯亂狀態，刺殺了前來和她溝通的男子。她自己可能也很想死，被發現時，她的左手滿是鮮血，已經陷入昏迷狀態。

終於恢復意識後，她主張「我完全不記得發生了什麼事」。

警方以殺人罪嫌逮捕她，移送地檢署。檢察官訊問之後，採取鑑定留置的程序，讓她接受精神鑑定。

經過三個月以上的鑑定，最後判定的診斷結果是：「因為服用大量精神安定劑，犯行是處於急性藥物中毒下，心神喪失狀態。」東京地檢收到這份診斷書，無法追究她的刑事責任，因此不起訴處分。這是事發之後，過了約莫半年的事。順道一提，女子的老家是資產家，父親花了龐大費用請了好幾名律師。

關於這件事，各位有什麼看法呢？我想到遺族的心情就很難過。即使是合法的藥物，以錯誤的方式服用，會發生什麼意外事故，應該料想得到。我無論如何也無法認為，這名女子沒有過失。但願司法能重新審視刑事能力責任。」

能勢等大家看完抬起頭之後，問：「各位覺得呢？」

「我知道這個案子。」梓說：「這是大約五年前，在港區白金發生的案子吧？」

「是的。」能勢回答。他打開手邊資料檔案，開始說明。

「這個案子發生在五年前的十月六日，當天下午六點十八分，災害急難救助專線一一九接獲通報。但接線員採取了相應措施，對方也沒反應。不是火災，極有可能報案人本身已失去意識，於是急救隊員緊急出動。電話一直是連線狀態，所以查得出對方的位置。急救隊員到了現場目睹的是，一男一女滿身鮮血地倒在地上。男子的胸口大量出血，已停止呼吸心跳。他的手裡握著手機，所以可能是他報案的。女子的左手腕有無數割傷，還有呼吸。急救隊員聯絡警方後，只將女子送往附近醫院。不久，轄區警署收到通信指令中心的指示，立即趕赴現場，確認遺體，以殺人命案展開調查。

「照這個狀況來看，從報案到逮捕沒有花多少時間吧？」

稻垣如此問道，能勢回答是的，再度看向檔案資料。

「被害人有駕照，立刻查出他的身分，是一名叫 OOHATASEIYA 的大學生。漢字這麼寫。」

能勢在白板上，寫下「大畑誠也」。

「根據共用玄關設置的監視器畫面來看，被害人來到這棟公寓是下午六點七分。從這裡開始移動來算時間的話，他是進入女子房間不久就被刺殺了。小刀的刀柄上有指紋，和從房裡其他地方採集來的指紋一致。因此凶手可能是住在這房間裡的人，也就是被送醫的女子。負責偵查的刑警決定等她康復後再問話，但這裡發生了一個問題。主治醫師說，她藥物中毒導致一時精神異常，記憶可能有所缺損。實際上，她面對偵訊官問話時，只是反覆地說她什麼都不記得。此外現場發現大量空藥包，也能確認她服用了大量藥物是事實。因此，雖然無法取得她認罪的口供，但申請逮捕令的資料十分充足，所以先逮捕她，移送檢方偵辦。」

「可是結果不起訴？」新田問。

「是啊。檢察官問訊時，她依然主張不記得，所以檢察官才實施鑑定留置，但終究沒能證明事發時她有刑事責任能力。因此接受這個結果，選擇不起訴。」

「這和部落格寫的一樣。」本宮翻閱資料。「這個案子真麻煩。碰到這種案子會想逃啊。」

「梓警部，」新田轉向右邊。「妳說妳知道這個案子，是不是有什麼特別的關聯呢？」

「有位警校時的同期朋友，剛好在這個警署的刑事課，曾經去醫院向這名加害女子問話。這位同期朋友之所以被挑上，因為她是女性。可能當時負責偵查這起案子的刑警，認為同性比較好說話吧。」

「關於這起案子，妳那位同期的朋友怎麼說？」

梓沉思了片刻才開口：「她說很痛苦。」

「很痛苦？」

「要對一個什麼都不記得的女生說，妳殺了妳的戀人。不可能不痛苦吧？」

「哦……原來如此。」

「能勢警部補，」稻垣問：「關於這個案子的被害人遺族，你有沒有查到什麼情報？」

「我知道他父母的名字。」能勢說著在白板寫下「大畑信郎」和「大畑貴子」。「當時的住址也查出來了，現在也在核對駕照了……請稍等一下。」

能勢走去有點距離的地方，那裡有一群人在工作。能勢和他們交談了兩三句，拿著平板電腦回來。

「就在剛才，駕照找出來了。住址和事發當時一樣沒變，住在長野縣的輕井澤。」

「輕井澤？」新田不禁拉高嗓音。「讓我看看大頭照。」

「請看。」能勢將平板電腦的畫面轉向新田。

新田倒抽了一口氣。這個名為「大畑信郎」駕照上的照片人物，一定是那對奇怪伴侶的男方，小林三郎。

聽了新田的話，大家臉色都變了。

「意思是這兩個像夫妻的人，也是迴轉殺人的成員？」稻垣一臉苦澀，沉吟地說：「果然還有其他共犯啊。聯絡長野縣警，搜集大畑夫妻的情報。」

「能勢先生，」新田說：「你知不知道加害女子的住址？也就是殺害大畑夫妻的兒子——大畑誠也的這名女子，現在住在哪裡？」

「這個正在調查中。現在的住址，當然和案發時的住址不一樣。」能勢拿出一張彩色影印的東西，上面印著一名年輕女子的上半身，下方標記「長谷部奈央」。長髮，可能沒化妝的關係，容貌有點青澀，說是十多歲也行得通吧。案子發生在五年前，現在應該也才二十五歲左右。

「大畑夫妻加入犯行，表示這名女子是這次的目標人物吧。」稻垣說：「反正她被他們盯上了就是。這麼一來，共犯人數也可能增加喔。」

「搞什麼嘛！這樣住宿客人的身分就必須查得更徹底了，這可是大工程啊！」本宮抱頭。

「能勢先生，森元的部落格裡，還有其他跟實際案件有關的文章嗎？」

「這持續調查中，目前沒有看到。只是部落格的文章很多，以後說不定會發現。」

「搞什麼嘛！」本宮又碎唸了一次。

新田窺看梓的表情。她在看能勢發的資料。

看來她想和前島兩人單獨談話的要求，現在不想跟稻垣說。知道大畑夫妻也來到這間飯店，其他還有共犯的可能性也增加了，因此她可能重新思考，認為斷定前島是領導者是危險的。

新田的手機有來電。是富永打來的。

「前島隆明吃完晚餐，走出日本料理店，但沒有回房間，在飯店內走動。」

「他去哪裡？」

「到處走，去了很多樓層，但客人越來越多，很多地方靠監視器也沒辦法追，有點棘手。」

「神谷良美那邊呢？」

「她剛才走出中華料理餐廳，回房間去了。」

「一六一〇號房那些人呢？」

「兩個男的出去了，不曉得去哪裡。女人們在頂樓看夜景聊天，後來在二樓閒逛。啊！請等一下！」

「怎麼了？」

「神谷良美再度走出房間，朝著電梯廳走去。」

她和前島在同一個時段行動。應該不是巧合。

「富永，實在很抱歉，我要追加監視對象。小林夫妻加入嫌犯了。小林是假名，本名是大畑信郎。大是大小的大，畑是火字邊加農田的田，房間是……」新田翻開記事本，告訴他一五〇一號房。

「又增加了啊……一五〇一是吧。我知道了，我們會分工做做看。」

「抱歉，拜託了。」

新田掛斷電話，站了起來。既然嫌犯們已經開始進行可疑的活動，自己也不能在這裡悠哉。

26

尚美在洛杉磯機場附近商家購入的手錶，指著晚上八點十分。大廳的喧囂稍微平靜了些，客人分別前往自己的目的地了，可能是派對會場，也可能是餐廳、活動會場或客房等。仔細看看還待在大廳的人，很多都是臥底偵查的刑警。

尚美看到電梯廳出現一名女子，心頭一驚。是神谷良美。她筆直地朝尚美這裡走來。

「神谷小姐，您好。有什麼事嗎？」尚美招呼她。

神谷良美將手上的手機畫面轉給尚美看，問道：「這個哪裡有？」

畫面呈現的是東京柯迪希亞飯店外觀的照片，但不是現在的，而是改建之前的。亮燈的窗戶，排成聖誕樹形狀。換言之，這是以前拍的照片。

尚美一看就知道了，點點頭說：

「這在二樓的畫廊特展，以聖誕節的歷史為主題的特展。這就是其中的一張照片。」

「二樓的畫廊特展啊。要怎麼去呢……」神谷良美環視周圍。

「神谷小姐，如果您願意的話，我帶您去如何？」

「啊……可以嗎？」

「當然可以。」

尚美跟安岡說了之後走出櫃檯，對神谷良美說：「請往這邊走。」兩人便走向電梯廳。

尚美心想，真是太好了，她正想和神谷良美多聊一下。因為她實在不認為神谷良美會是協助殺人的人，卻也完全不知道該怎麼跟她談。

兩人下了電梯，踏上走廊，畫廊特展相當熱鬧。展出的照片從昭和高度成長期到現在，各個時代所拍攝的聖誕節情況，剛才神谷良美秀出的照片也在裡面，也有展出當時實際流行的商品。甚至有標示著「泡沫經濟時代的聖誕節」，旁邊裝飾了一把迪斯可舞廳用的華麗扇子。神谷良美端詳著這把扇子，笑咪咪地說好懷念。

「這距今三十年以上了吧。我年輕的時候，也幾乎每天去迪斯可玩。下班後想直接去迪斯可，還偷偷把漂亮的衣服帶去上班呢。」

「聽說是個華麗輝煌的時代啊。」

「妳這個世代的人可能不知道。豈止華麗輝煌，簡直是整個世界都飄然起舞。像我這種平凡的女生，被男人奉承吹捧，都會以為世界以我為中心在旋轉呢！我遇見我老公也是在那個時候……」原本說得喜孜孜的側臉，笑容忽然消失了。

泡沫經濟時期認識的心愛丈夫，已不在人世。繼承丈夫血脈的兒子也過世了。尚美覺得她的表情像在說，如今別說世界的中心了，只能勉強寂寞地存在於世界的邊緣角落。

「神谷小姐，非常感謝您這次光臨本飯店。」尚美以開朗的語氣說：「有沒有讓您覺得舒適愜意呢？」

神谷良美看向尚美，表情柔和了起來。

「我感到非常輕鬆愉快。覺得一個人的聖誕節也滿好的。」

「感覺像一個人旅行？」

「差不多是這種感覺。」

「您經常一個人旅行嗎？」

神谷良美搖搖頭。

「我已經很久沒有外宿了。因為我兒子的事，長年來我忍耐了很多事情，所以這次想稍微放鬆一下。」

「我覺得這樣很好。」

「前陣子，我也睽違十年去看了音樂劇。那個票很難買，不過我在網拍找到了。可是音樂劇是那天晚上上演，門票要在會場面交。我得標後連忙邀朋友一起去，結果朋友嚇了一跳，還問我到底怎麼了。」

「當天網拍買票……這樣啊。結果音樂劇好看嗎？」

「非常精彩。那天晚上過得非常開心……」此時神谷良美的神情變了，彷彿想起什麼不吉祥的事，突然陰沉了起來。雙眼凝望著半空中。

「您怎麼了嗎？」

神谷良美搖搖手，擠出笑容。但動作顯得生硬。

「沒事。不好意思，讓妳陪我聊天。我一個人已經沒問題了。」

「這樣啊。那如果有什麼事，請別客氣跟我說。」

「好的。謝謝妳。」

「那我失陪了。」尚美說完行了一禮，離開神谷良美身邊，朝著電扶梯走去。這時剛好一名男子搭電扶梯上來，下了電扶梯走過來。尚美看到他的臉，猛地倒抽了一口氣。是前島隆明。他看也沒看尚美一眼，顯然要去畫廊。

過沒多久，前島後面出現一名穿洋裝的女客人。尚美對她有印象，因為她之前一直坐在大廳的沙發。當時就猜她可能是搜查員，看來是猜對了。她一定是奉命來跟蹤前島。

尚美停下腳步，轉身望向畫廊。前島進去了，女刑警也跟著進去。尚美看了一下，前島沒有要靠近神谷良美的跡象。神谷良美也看不出有在意前島的樣子。

「妳在做什麼？」忽然後面傳來聲音，尚美嚇了一跳。原來新田就站在背後。

「請不要嚇我。你怎麼會來這裡？」

「聽到兩個監視對象要去同一個場所，我當然要親眼來確認一下。」新田望向畫廊。「那兩個人好像沒有要接觸的樣子。」

「兩人只是湊巧都來這裡吧？畢竟飯後想獨自在飯店內散步，能去的地方真的很有限。」

「企圖犯案的人，會悠哉散步？不可能。」

「關於這個，我想跟你說神谷小姐的事。」

新田感到意外地眨眨眼睛，稍微露出沉思的表情之後，點頭說：「洗耳恭聽。」

兩人進入婚宴洽詢區，尚美便將神谷良美買音樂劇票的經過告訴新田。

「當天在網拍下標買票……」新田也難以理解，眉頭深鎖。

「如果這是真的，神谷小姐那天晚上去觀劇就是偶發的。如果是打算做不在場證明，應該計畫得更周全吧。」

「她說的話不見得是真的。」

「她為什麼要騙我？她不知道我和警方有聯繫喔。」

「說不定她有準備不在場證明，但是跟朋友去觀劇比較強而有力，所以變更成這個。」

「既然這樣，打從一開始就和這個朋友約去吃飯不就好了。這樣的不在場證明更確實，也非常強而有力。她說音樂劇非常精彩，那天晚上過得很開心，我認為她沒有說謊。她說到這裡，臉色突然暗沉下來，可能是想起觀劇中發生了那個事件吧。我是這麼認為的，想起害死她兒子的人被殺的事件。」

新田無法反駁而陷入沉默，不久開口問：「這有必要確認一下。妳有沒有問她在哪裡的網拍買的？」

「我沒問。你還是認為她說謊？」

「這個可能性不是零。來飯店的顧客都戴著面具不是嗎？」

「神谷小姐不一樣。我認為她相反。」

「相反？」

「平常她都戴著面具，不讓人看到她內心的痛苦。但在這間飯店的時候，她從面具解脫了出來。我是這麼感受到的。」

新田好像想說什麼，但保持沉默地掏出手機。

「還有一件事，我也想跟你講一下，是三輪小姐的事。」

新田停下正要操作手機的手，抬頭問：「她怎麼了？」

「她問我，你和以前在飯店發生案件的事。」

「我和案件的事？」

尚美將三輪葉月問的內容告訴新田。

「她問這種事……」

「請你小心點，說不定她已經察覺到你的真面目。你的面具才是岌岌可危吧？」

尚美這句話，新田沉默以對。但他眼中蘊含的光芒，看似多了幾分凶狠。

27

「森元的不在場證明？」本宮眉間的皺紋更深了。「為什麼現在問這種事？」

「我只是想確認一下，那是不是事前準備好的？森元雅司的不在場證明是什麼？」

「我記得好像是出差還是什麼的。你等一下。」本宮操作旁邊的筆電，「啊，果然沒錯。他去金澤出差，兩天一夜，回東京是案發隔天的傍晚。他出差下榻的商務旅館和在金澤見面的人，我們都確認過了，以不在場證明來說很完美。」

「這次出差是上司下令的嗎？什麼時候敲定的？」

「日期是和顧客商量後決定的。至於什麼時候決定的不知道。」

「什麼時候向商務旅館預約訂房的？這個知道嗎？」

「不知道，沒有查到那個地步。」

「不好意思，能不能火速問一下商務旅館？通常出差訂房，都是決定要出差那天訂的。」

「沒關係，我去問。」

「新田。」稻垣在有點距離的位子聽他們交談，此時開口說：「你到底想說什麼？」

「是這樣的……」新田說到一半，看到部下西崎跑來，旋即又向稻垣說：「不好意思，等一下。」然後轉問西崎：「那件事，查到了嗎？」

「查到了。神谷良美的供述不是謊言。我在網拍查到了，那場音樂劇上演當天的中午之前，賣出了兩張票。開場前在會場面交，這個條件也一致。」

「另一邊查了嗎？和神谷良美一起去觀劇的朋友。」

「我打電話問了。她說在劇場前和神谷良美碰面時，神谷良美手上已經拿著入場券。至於在網拍買的一事，她說神谷良美好像有說過，可是她記不太清楚了。」

「好，我知道了。辛苦了。回工作崗位吧。」

新田再度面向稻垣，將山岸尚美說的事簡單扼要告訴他，入江悠斗遇害那天，神谷良美的不在場證明，很有可能是巧合。

「西崎的取證內容並非絕對可信，但神谷良美對山岸小姐說的話是真的。」

「以她說的聽來，確實不像事先準備周到的不在場證明。」稻垣愁眉苦臉，雙手交疊胸前。

本宮離席，不曉得打電話去哪裡。可能要詳細調查森元雅司的不在場證明吧。

不久他打完電話，走過來說：

「問出來了。森元預約商務旅館，是在高坂義廣被殺前兩天。」

「兩天前……會不會有點太緊迫？如果沒出差的話，他打算怎麼辦？」

「說不定已經排了聚餐？可是突然必須出差，所以把聚餐取消了？」本宮說，但他的語氣沒有自信。

「剛才不是說他和顧客商量才決定日期。如果這時候有什麼預定也會取消吧。」

「可能是以不在場證明來說，判斷出差比較強而有力吧。」

「可是萬一出差突然取消了怎麼辦？還是押確實的事比較妥當吧。我覺得這才是理所當然的心理。」

「新田，」稻垣插嘴說：「你想說的是，森元和神谷良美一樣，他們的不在場證明都是偶發事件嗎？」

「森元是跑業務的人，平日的晚上待在家裡反而比較稀奇吧。他的偶然性沒有神谷良美那麼高。同樣的，前島隆明有不在場證明也沒什麼好奇怪的，他是餐廳的老闆主廚，通常待在店裡也是理所當然。」

「喂喂喂，事到如今不要說這種話。」本宮嘁嘴。「這樣那件事怎麼辦？就是那個迴轉殺人的事。你不是說一個人在做不在場證明的時候，其他人去殺他憎恨的目標人物？」

「我認為這個假設，當然有重新審視的必要。」新田環顧室內。「梓警部呢？她在哪裡？」

「她在飯店的房間裡吧。一直到剛才，她盯著那個看。」本宮用下巴指向會議桌上的資料。那是能勢帶來的，「港區白金公寓男性遇害命案」的偵查資料。

新田拿起這份資料。

「其實我聽到這個案子時，有件事一直耿耿於懷。我看看喔，我記得有一張女犯人的照片……啊，找到了。」新田拿起照片，秀給稻垣和本宮看。「看到這張照片，第一時間你們有什麼感想？」

「能有什麼感想，就只是覺得這麼年輕的女孩居然會殺人。」稻垣說完，尋求本宮同意。「對不對？」

「對啊。就算吃了藥腦筋不正常，殺人也實在太敢了。她本人恢復神智後，知道自己做的事，一定很驚訝吧。」

「問題就在這裡，本宮。」

「咦？哪裡？」

「被害人遺族聯手制裁，奪走人命卻沒受到應有刑罰的犯人們。如果是過去發生的三起案子，用這個來說明並不矛盾。每一樁犯罪都相當惡質，縱使執行殺人的人，毫不遲疑代替被害人遺族雪恨，也沒什麼奇怪。可是，這名女子的情況呢？」新田晃了晃照片。「殺了人居然不被追究刑事責任，太沒天理了，所以大家代替遺族把她殺了……會這麼想嗎？」

「這麼年輕又樸素，而且這麼可愛的女孩，下不了手吧。你想說的是這個嗎？」稻垣問。

「就某個意義來說，是的。」新田放下照片。「那個部落格的主張也有道理。大量服用精神安定劑，顯然是當事人的過失。精神錯亂而殺害了男子，卻沒有給她任何刑罰，這樣對嗎？這個疑問有它的正當性。但應該也有人同意檢察官不追究刑事責任的判斷。我不認為神谷良美、森元雅司，還有前島隆明的意見，和過去的目標人物一樣，一致認為也該殺掉這名女子。」新田指向照片。

「我對這個說法，也有同感。」背後傳來聲音。新田知道是誰，但還是回頭看。

梓慢慢走過來。

「我和負責這個案子的同期朋友取得聯絡，聽她詳細說明這件事。女犯人，也就是長谷部奈央，值得同情的地方不少。」

「比方說？」新田問。

「說到底，為什麼長谷部會有精神安定劑？她交往的男子和別的女生親密了起來，她知道以後，生怕兩人的關係會毀了，所以假裝不在意。可是那名男子不但沒有隱瞞自己的花心，還故意做給她看。似乎在等長谷部主動離開他。可是長谷部假裝沒看到。這種壓力終於導致她精神異常，於是去診所就醫開始吃藥。」

「搞什麼嘛！」本宮說：「這種渣男，早點跟他分手才對。」

「可以的話，她就不會吃這麼多苦了。因為她打從心底愛著那名男子。就算他的心暫時跑到別的女生身上，她也相信總有一天會回到自己這裡。那名男子才應該早點主動跟長谷部分手，這樣才是為她好。」

「我明白妳說的。但也不能說這樣就可以殺死那個男的吧。」稻垣說：「站在遺族的立場來看，只會認為她是失戀洩憤殺人吧。」

「遺族可能會這麼想。但其他應該也有不少人認為男方也有錯，可以同意她為了準備談分手而服用大量藥物的行為，譬如我就是一個。儘管我可以贊成以色情報復將少女逼到自殺的男人應該遭到天譴，卻無法贊成懲罰長谷部奈央。況且她根本沒有犯案時的相關記憶，懲罰她沒有任何意義。」

稻垣歪著頭，搔搔臉頰，似乎認為梓的看法頗有道理。

「那個部落格列舉出的案子的犯人，該不會全部想把他們殺掉吧？」本宮對稻垣說：「至於那個姓長谷部的女子，說不定他們已經談好了，就放過她了吧。」

「不，如果這樣就無法說明大畑信郎他們來這間飯店。放過殺害自己兒子的犯人，不會去參加其他遺族的復仇吧。」

本宮皺著一張臉，宛如在說稻垣說的也很有道理。

「真是傷腦筋啊。」稻垣低語。「不在場證明的事也是，迴轉殺人論也變得不太對勁了。」

「不在場證明怎麼了嗎？」梓一臉詫異地問。

於是新田向她說明，神谷良美和森元雅司的不在場證明的偶然性很高，還有前島隆明的不在場證明，根本是理所當然的事。

「意思是，不是迴轉殺人？」梓露出完全無法接受的表情，卻也無法反駁的樣子。

「既然這樣的話，他們今天幹麼聚集到這間飯店來？」本宮有點不耐煩地說：「該不會剛好來享受聖誕夜吧？應該有什麼企圖才對。」

「總之只能繼續監視他們。」新田說：「一直到明早退房為止，這間飯店會發生事情。唯有這一點是確定的。」

28

得空的時候，尚美看看手錶，晚上九點多。新田去事務大樓還沒回來。究竟在做什麼呢？

這時背後有人喚她：「山岸小姐。」她轉身看見中條打開辦公室的門，探出頭來說：「可以來一下嗎？」

「好。」尚美回答後，進入辦公室。「什麼事？」

中條一副傷腦筋的樣子，眉毛垂成八字眉。

「一六一〇號房的客人有點問題。」

「這是澤崎弓江小姐的房間吧。要說問題的話，是她的同伴有犯罪紀錄，現在又有三個人進去她的房間。出了什麼事嗎？」

「是這樣的，剛才客房服務有聯絡來，說他們點了一瓶香檳王，還有紅酒白酒，此外還點了前菜和幾道料理，好像要開始在房間開聖誕派對。」

「哦，原來如此……」

「要是平常我不會囉唆，可是現在是特殊狀況，而且聽說他們可能會吸大麻，我真不知道該怎麼辦才好。」

確實很麻煩，但不能拒絕他們叫客房服務，也不能立刻把其他三人趕走。

「我知道了。那麼送料理進去的時候，我也和工作人員一起去。確認顧客的意向之後，再跟她說明只能有兩個人在這裡過夜。」

「妳願意去幫我講？真是幫了我一個大忙。」中條露出安心的笑容。「那我請客房服務和櫃檯聯絡。」

「那就拜託你了。」尚美說完之後，看了看辦公室內的情況，有幾名工作人員在工作。「他們在做什麼？」

「在決定『聖誕禮物』的中獎者。大多是隨機選的，不過有帶小孩的家族優先。可是做得太露骨也不太好，分寸很難拿捏。」明明說的是困窘的事，中條的表情卻很開心。

尚美走出辦公室一看，新田回櫃檯了，一臉正經地在操作終端機，好像在確認客人的資料。

「你在做什麼？」尚美在一旁問。

「我在找關鍵。」

「關鍵？」

「為什麼他們今晚會來這間飯店？我在找解開這個謎的關鍵。」新田嘆了一口氣，看向尚美。「我認為妳的看法正確，所以我把各種資料又查了一遍。結果，不僅神谷良美，連森元和前島的不在場證明，很可能都只是單純的偶然。」

「那麼迴轉殺人這個說法……」

新田搖搖頭。「我不得不說，是我判斷錯誤。」

「這樣啊。」尚美將手貼在胸口。「我稍微鬆了一口氣。」

「為什麼？」

「其他兩個人我不知道，可是我非常難以相信，神谷小姐會和殺人有關。知道是弄錯了，真是太好了。」

「因為妳是站在相信顧客那邊的人。」

「是新田先生你太多疑了。」

「恕我直言，不這樣我沒辦法工作。而且我不認為他們沒有任何企圖。具有共同點的住宿客人有四組……」新田豎起右手的四根手指。「同一天住在同一間飯店。這不能用偶然或巧合打發過去。」

「四組？」尚美偏著頭問：「不是三組嗎？」

「又發現了一組。就是那個小林三郎夫妻。他們的兒子遭到殺害。」

尚美聽到的瞬間，覺得渾身起了雞皮疙瘩。那兩個人帶著哀愁，果然是有相當的原因。

櫃檯的電話響起，是內線電話。安岡接起電話，說了一下之後，看向尚美。「客房服務來的聯絡，說一六一〇號房點的料理快要準備好了。」

「我知道了，跟他說我立刻就去。」

安岡點頭，再度將話筒貼在耳朵。

「什麼客房服務？」新田問。

於是尚美把她和中條的談話內容告訴新田。

「原來是這樣啊。那我也可以去嗎？我想親眼看看他們是什麼情況。」

「可是客房服務除了工作人員之外，還跟了兩個人去，他們恐怕會起疑。我回來以後一定會告訴你是什麼情況，請你忍耐一下。萬一被警戒了，困擾的應該是你們。」

新田露出不滿的表情，但也立刻死心點頭。

「妳說得也有道理。那就拜託妳了。」

「包在我身上。」尚美打開辦公室的門。

她經過後院的走廊，走到客房服務專用廚房一看，男員工正把料理放上推車。

「這個量滿多的吔。」尚美看著推車說。

「光是前菜就有三道，應該不是兩人份。」男員工苦笑。

他們搭員工用的電梯到了十六樓，走向房間。到了一六一〇號房前，男員工按下門鈴。

門開了，出來一名年輕女子。同時也聽得到音樂，音量頗大。

「我們送料理來了。」男員工說。

「請進。」

男員工推著推車進去，尚美也跟著進去。

尚美看到室內，大吃一驚。因為整面牆掛了彩帶和緞帶之類的聖誕節裝飾品，甚至連聖誕樹都有。

五名男女都打扮成聖誕老人。一名女子還黏了白鬍鬚。

往房間角落一看，紙箱開開的。看來裡面原本裝著聖誕節的裝飾品和聖誕老人的衣服。

「太好了！大餐來了喔！」不是佐山涼的男子說。

「耶！」黏著鬍鬚的女子拉響聖誕拉炮。桌上擺著罐裝啤酒和威士忌蘇打，可能是他們帶進來的。

男員工要將料理搬上桌時，佐山涼說：「啊，不用不用，就這樣放著，我們自己來。」

「這樣啊。那麼請在這裡簽名。」

男員工遞出帳單，澤崎弓江從沙發上起身。

尚美看著她簽完名後，對她說：

「澤崎小姐，你們在歡樂的時候打擾你們，真的很抱歉。希望您能理解，您的房間只能兩個人用。可是接下來，大家要開派對的樣子？」

「不是接下來喔，是早就開始了。啊，我知道了，要追加費用是嗎？那麼結帳的時候一起算。」澤崎弓江滿不在乎地說。

「不，不用追加費用。請問其他人會待到什麼時候呢？」

「這個嘛，還沒決定。這樣不行嗎？」

「本飯店，基本上不希望住宿客人以外的人進入房間。縱使有例外，要和訪客在房間裡會面的話，也希望到晚上十點為止。」

「咦？」四周響起驚愕聲。

「這樣不就快到了嗎？」澤崎弓江嘟嘴。「連叫來的料理都沒時間吃。」

「那麼到十二點為止，您覺得如何？過了十二點就算隔天了，希望您的訪客能在那之前離開飯店。」

「到十二點啊。好吧。你們沒問題吧？」

「ＯＫ～」大家異口同聲回答。

「那麼就這樣，拜託您了。」尚美低頭鞠躬，和男員工一起走出房間。

回到櫃檯後，尚美向新田報告一六一〇號房的事。

「到十二點為止啊。怎麼不早點趕他們走。」

「看那個樣子，他們很有可能再叫客房服務，追加料理或酒類。就飯店的餐飲部來說，是很感謝的。」

「妳真的很專業啊。可是他們不見得會遵守約定喔。萬一全部住下來怎麼辦？這樣不就住免費的？」

「真的這樣也沒辦法。可是我想應該不會。」

「怎麼說？」

「如果她想讓朋友們在這裡過夜，再訂一間房間就好了。澤崎小姐應該不會捨不得花這筆錢。而且那些訪客們，應該已經知道被飯店盯上了。老是在意不曉得何時會被飯店趕人，這樣派對也會變得不好玩吧。還有就是，我的直覺。」

「直覺？」

「我直覺認為，他們不是壞人。」

「相信顧客，是嗎？好吧。我也祈禱妳的直覺很準。」新田一邊操作終端機一邊這麼說之後，又喃喃地說：「奇怪？這是什麼？」

「怎麼了嗎？」

「我在看一六一〇號房的資料，發現備註欄寫了一個『W』。」

尚美在一旁看向終端機畫面，確實有個「W」。她也不懂這是什麼，於是問安岡。

「這是『聖誕禮物』的抽籤結果。『W』是『WIN』的省略。」

「啊，原來是這樣啊。是『WIN』啊。」

「也就是澤崎弓江小姐順利中獎。」新田說：「客人收到中獎電郵後，會回信希望什麼時候送禮物來吧。結果哪個時間的人比較多？」

「大多希望早一點，在孩子睡覺以前，也就是十一點。」安岡回答：「還有就是午夜零點，這個時段會有很多工作人員分頭去送禮物。」

「聽起來很辛苦。」新田用指尖搔搔臉頰，說了一句：「我離開一下。」便打開後面的門。

「你要去哪裡？」

「警備室。因為待在這裡也無法得到新的情報。」新田說完消失在門的另一邊。

「他也很辛苦啊。」安岡說：「山岸小姐去一六一〇號房時，他一直盯著終端機看。」

「身為警官，他是很優秀的人。只要有他在，事情就不會惡化。可是，說不定……」尚美持續凝視關上的門。「作為飯店人也很優秀。」

29

警備室並排著四臺液晶螢幕。一臺的畫面分割成四等分，所以合計可以同時監看十六個影像。通常由警備員一個人操作，現在新田和富永等兩名部下也盯著畫面。

「沒有動靜吔。」富永搔頭說。「神谷良美回房間就沒有再出來了，前島在地下酒吧，只有大畑夫妻在飯店裡走動，但似乎也沒有要跟其他兩人接觸的樣子。到底怎麼回事？」

「真是搞不懂啊……」新田咬唇，看了看手錶。來這裡已經三十分鐘，完全沒什麼大動靜，難道要等到半夜？

「啊，前島走出酒吧了。」另一名部下說。

新田凝視螢幕。前島走出酒吧後，似乎往電梯廳走去。

富永將一個畫面切到電梯裡。畫面出現前島單手操作手機，不曉得在看什麼。從他的手指動作看來，不像在打訊息。

電梯停在十一樓，前島走出電梯。富永立即切到十一樓，但前島只是回去自己的房間。

新田不由得嘆了一口大氣。「揮棒落空啊。」

「完全沒進展啊。」富永也有氣無力。

新田眺望十六個畫面，目光停在其中一個。那是從櫃檯斜後方拍攝的畫面，可以看到來櫃檯的客人樣貌。

「對喔，神谷良美來的時候我沒看到……」

「沒看到什麼？」富永轉頭問。

「她辦入住手續的情況。我到飯店的時候，她已經辦好手續進入房間了。」

「哦，這樣啊。」

「森元和前島來的時候，我都在櫃檯，所以很清楚。可以把神谷良美辦入住手續時的畫面調出來嗎？」

「有什麼在意的地方？」

「倒也不是。只是沒看過，所以想看看。」

「了解。」富永開始操作畫面，手勢相當熟練，可能一直待在這裡的關係吧。

櫃檯的影像倒轉到昨天，出現神谷良美走近櫃檯的畫面。時間是下午三點零二分。

神谷良美的行李只有一個旅行包。女櫃檯人員開始招呼她。神谷良美填寫完住宿登記表，從包包取出錢包，將信用卡遞給櫃檯人員。櫃檯人員做完預刷後，將信用卡還給神谷良美，再將裝著房卡的房卡套遞給她。然後神谷良美離開櫃檯。

「沒有什麼特別奇怪的地方啊。」

「要不要再看一次？」

「不用，這樣就行了。比起這個，我想看看那個，就是大畑夫妻辦入住手續的畫面。那時我不在櫃檯。」

「大概是今天幾點左右？」

「我記得是下午五點左右。」

富永快轉影像，然後播放，時間來到下午四點多。然後再以四倍速播放，剛好五點的時候，將播放速度調成正常。

「啊，這是組長吧。」富永說。

畫面出現新田穿越大廳返回櫃檯的樣子。之後過了不久，一名女客人來到櫃檯，是三輪葉月。山岸尚美在招呼她，中途三輪葉月看到新田。可能是發現熟面孔吧。

「這裡不用看。用倍速跳過去。」

對了，三輪葉月現在在做什麼呢？她可能很想知道佐山涼的消息，可是新田沒有義務也沒有餘裕告訴她，佐山涼和朋友們正在享受愉快的聖誕節。況且據山岸尚美所言，她有可能在懷疑新田。所以新田覺得，到她退房之前，別跟她見面才是明智之舉。

「啊，就是這裡！」新田拉高嗓門說。畫面出現大畑信郎的身影。

大畑站在櫃檯前，和山岸尚美交談。他填寫住宿登記表的樣子，感覺有點僵硬。可能是假名寫不習慣吧。

山岸尚美不曉得問他什麼，他掏出錢包。因為付現金，要先繳訂金。他從錢包抽出來的錢，剛好十萬圓吧。

之後的手續也照程序走。他收下房卡後，離開櫃檯。可是前往電梯廳之前，他先走向大廳的沙發。坐在那裡的，是他的妻子。因為剛才只看著大畑，沒有注意到她。

「這一段從頭再放一遍。從大畑走向櫃檯之前，再往前一點。好，從這裡開始。」

畫面再度動了起來。大畑夫妻出現，太太走向沙發，大畑來到櫃檯。接下來和剛才一樣。

「這裡停一下。」新田讓畫面停止。「畫面可以放大嗎？」

「可以。」

原本四分之一大的畫面，放大成整個螢幕那麼大。

「很好，開始放。」

影像開始播放。新田的目光盯著大畑太太。

「停！」新田說，然後指著大畑太太問富永：「你覺得她在幹麼？」

「她拿下手錶。」富永說：「把手機放在旁邊，看起來像在對時。」

「對吧，看起來只是這樣。我今天白天，也看到有個人在做同樣的事。」新田指的就是山岸尚美。

新田掏出手機，打電話給稻垣。

「尾崎一課課長直接透過警察廳，幫我們去問入境管理局了。」稻垣說：「你的解讀沒錯。大畑夫妻是今天抵達成田機場，從英國來的。」

「時差九小時吧，他們什麼時候離開日本的？」

「十一月二十日，大約一個月前。」

「這比入江悠斗被殺的時間更早。這麼看來，大畑夫妻和過去的三件案子，應該沒有直接關係才對。」

「是啊。」

「管理官，」新田站著，雙手用力抵在桌上，身體朝向稻垣探出。「現在我們只能賭一把了，對吧？」

稻垣目光銳利地往上瞪。「賭什麼？」

「賭大畑夫妻。今晚，不管那票人想做什麼，大畑夫妻兩人一定是第一次參加。只要能突破這裡，應該可以攻陷他們。」

「我也有同感。」在背後說話的是梓。「光是等待根本沒用，照這樣發展下去，恐怕會被他們搶先一步。」

稻垣交互看著新田和梓。「要讓臥底偵查曝光嗎？」

「這也是逼不得已吧。」新田回答。

「萬一大畑夫妻什麼都不說怎麼辦？說不定只會聯絡其他共謀者，中止犯行。」

「不說就不放他們走。」

稻垣睜大眼睛。

「要拘束他們的人身自由？用什麼名目？」

「用祕技。」

「祕技？」

「管理官，」新田把臉湊得更近。「那名殺死大畑夫妻的兒子的女性，還活著，只有他們還沒復仇雪恨。如果他們和過去的案子無關，只要在這個時間點放棄犯行，就可能不被追究刑責。

只要強調這一點，應該不難說服他們背叛同夥的人。」

稻垣將臉轉向一旁，閉上雙眼，拳頭抵住額頭。維持這個姿勢約十秒後，抬頭看著新田他們。「要夫妻分開訊問嗎？」

「當然。」梓回答：「如果新田警部詢問大畑信郎，我就去問太太那邊。」

「這樣很好。」新田說。

「可是要怎麼把兩人分開？如果突然去敲他們的門，把老公請出來，只會引起他們警戒。一旦關門後，夫妻說不定會串供。」

「這個沒問題。我有辦法。」

新田和梓兩人來到櫃檯，拜託山岸尚美打電話去大畑夫妻的房間，並詳細向她說明是什麼事，該怎麼說。

「這樣說好奇怪喔。不會被起疑嗎？」

「所以才拜託妳。我來打電話的話，做不出真正的氛圍。」

「我明白了。現在就要打嗎？」

「拜託妳。」新田低頭懇求，梓在一旁也跟著低頭。

山岸尚美拿起話筒，按下號碼。不久她的臉上浮現笑容。

「小林先生，打擾您休息，真的很抱歉。我是櫃檯人員，姓山岸。是這樣的，剛才別的房間的顧客跟我們聯絡，拜託我們轉告小林先生，請您去〇九一一號房。」

〇九一一號房，是森元雅司原先使用的房間。

「是，是的。我們有問他名字，他說只要跟您說『Multi Balance』，您就會明白。……是的，『Multi Balance』。……名字嗎？……不會，我們工作人員不會回答這種問題。他本來就知道小林先生的名字。……是的，除此之外什麼都沒說。……那就麻煩您了。打擾了。」山岸尚美掛斷電話，放下話筒。

「接電話的是老公？」新田問。

「是的。」

「他是什麼反應？」

「他很懷疑，不過對『Multi Balance』這個詞好像心裡有數。可是對方居然知道他以『小林三郎』的名字入住，他覺得不可思議，還問說會不會對方在飯店裡看到他，然後去問飯店員工才知道他的名字。我說，我們工作人員不會回答這種問題。」

「這當然會覺得不可思議吧。不過照這個情況看來，他應該會上鉤。」新田看著梓說：「我們走吧。」

新田拿著〇九一一號房的房卡，和梓一起搭乘電梯。按下九樓和十五樓的按鍵，大畑夫妻的房間是一五〇一號房。

「大畑走出房間的話，我立刻打電話給你。」梓對新田說：「我打算看他走進電梯後，去一五〇一號房。我穿著這身制服，太太會認為我是飯店員工而幫我開門吧。」

「了解。訊問結束後，彼此聯絡。妳跟我聯絡之前，我會留住大畑，不讓他回去。」

「知道了。接到你的聯絡之前，我也會守在太太身邊。」

電梯到了九樓，只有新田走出電梯。新田心想，大畑信郎會不會已經到房間門口？果然還沒。但有聖誕老人在走廊行走，提著白色袋子，裡面可能裝著禮物吧。擦身而過時，新田向他點頭致意，裝扮成聖誕老人的男員工害羞地笑了。

新田用房卡開門，進入〇九一一號房。想稍微鬆開領帶時，手機來電，是梓打來的。

「我是新田。大畑呢？」

「我出電梯的時候，他剛好進電梯。」

「我知道了。」

新田掛斷電話，看向房門。

摘下面具的時刻，似乎終於到了——

30

門鈴響，新田做了一個深呼吸，走向門口。開門後，看到大畑信郎站在那裡。

「恭候多時。」

大畑看到新田，詫異地眨了眨眼睛。「你是森元先生……嗎？」

看來他知道「Multi Balance」的本名，只是沒見過面。

「不，我不是。這其中有很多內情。總之請先進來。」

新田向外踏出一步，將手臂繞到大畑後面，推他的背。大畑沒有抵抗，搞不清到底是什麼狀況就進入房裡。到了房裡環顧四周問：「森元先生呢？」

「這裡只有我和你。」為了防止大畑逃走，新田背對房門站著。「很抱歉，為了把你叫到這裡來，我們撒了謊。」

霎時，大畑眼裡浮現警戒之色。「為什麼飯店的人要對我撒謊……」

「抱歉，我穿了這身制服，但我不是飯店的人。其實我是這個。」新田從內袋掏出警察證，亮出身分證明。

大畑的表情明顯慌張了起來。「警察……」

「為了偵辦某個案子，我喬裝成飯店員工。」

「這麼說，果然是有人通報嘍？」

「通報？你指的是什麼？」

「不是嗎？」

新田將寫字檯的椅子，拿到大畑前面。

「請你先坐下，我有必要仔細問你很多事情。希望你能理解，這是職務質問，也就是為了執行任務所進行的盤問。我們警察對於可疑人物，有權問一些私人的事情。如果你不想回答就不回答沒關係，不過這樣會提高你的可疑度，請你有心理準備。」

大畑眼神徬徨不安地坐了下來。

「好，那我問第一個問題。」新田站在大畑前面，指著大畑的胸口問：「你用小林三郎這個名字入住飯店，這是你的本名嗎？」

大畑頓時臉色蒼白，雙頰僵硬。

「請回答，這是你的本名嗎？為了以防萬一，我先把話說在前頭，你太太應該也有別的警察正在問話。要是你們撒謊，我們馬上就知道。為了彼此好，就不要做徒勞的事吧。」

大畑似乎為了讓自己平靜下來，閉上眼睛做了幾次深呼吸，然後緩緩地點頭，睜開雙眼。

「你說得對，這不是我的本名。」

「那你真正的名字是？」

「大畑……信郎。」

「你有沒有什麼東西可以證明？」

大畑將手伸進上衣內側，取出錢包，再從錢包抽出駕駛執照，遞給新田。這和能勢在事務大樓的會議室給他看的東西一致。

「很好。」新田說。接下來要正式開始了。「那麼大畑先生，我想問第二個問題。你們夫妻倆，為什麼決定今晚住這間飯店？」

「這個嘛……我不想回答。」

「為什麼不想回答？」

「不好意思，這個我也不能說。」大畑深深地垂下頭。

新田向前走了一步，俯視他。

「真是傷腦筋啊，雖然我實在很不想做這種事。可是如果你不回答，我就不能讓你離開這個房間。」

大畑抬起頭，滿臉驚恐。

「剛才你說，不想回答就不回答沒關係……」

「那個時間點是這樣沒錯，因為是單純的職務質問。可是現在不一樣，因為你已經自供以假名入住飯店。」

「這有罪嗎？」

「有。」新田斷言。「旅館業法第六條第一項規定，住宿設施的營業者，必須備有記載住宿者之姓名、住址、職業等其他事項的名簿。然後第二項規定，住宿者在營業者的要求下，必須據實以告這些事項。若住宿者在住宿登記表填寫虛假的內容，得處以拘留或罰款。你的情況，完全適合這條規定。」

新田向稻垣說的「祕技」就是這個，只是幾乎沒有人實際拿來用。

由於出乎大畑的意料，他一籌莫展地左右搖頭，眼神飄移。

「你打算怎麼做？你太太恐怕也被問了同樣的問題。說不定她已經說出來了，所以你也就說吧。還是說難得的聖誕夜，你想和你太太分開度過？」

大畑雙手抱頭，終於點頭說：

「好吧，我說。呃，你剛才問的是什麼？」

「今晚，你們住這間飯店的理由。剛才你用了『通報』這個字眼吧，換言之，你早就知道今晚這間飯店會發生什麼險惡的事情嗎？」

「不，我不是早就知道，是看大家的對話，看著看著我有這種感覺……」

「對話？」

「在幻影的對話。」

「幻影？那是什麼？能不能簡單說明一下？」

大畑表情僵硬，搔搔白髮斑駁的頭。

「不好意思，我沒想到事情會變成這樣，所以腦袋有點混亂。突然叫我說明，我也不知從何說起。」

「那就從頭說起。」

「從頭……說起？呃，我已經不知道從頭是什麼了。」

「事情的開端是你兒子被殺的案子吧。」

大畑驚愕地抬頭看著新田，但隨即點點頭。

「你知道我們所有的事情對吧。對，就是那個案子。更嚴謹地說，是案子結束之後。自從被告知犯人不起訴那天起，別的苦惱就開始了。」

「你果然無法接受檢察官的決定啊。」

「我無法接受她無罪。」大畑控訴般地說：「我兒子確實也有錯，他傷害了那個女孩，傷害到她必須吃精神安定劑的地步，實在太不像話了。可是因為這樣就殺了我兒子，太不合理了。」

「聽說那名女子主張她完全記不得了。」

「這是真的還是假的？很可疑吧。精神鑑定有那麼絕對的嗎？」大畑用力搖頭，搖得臉頰都顫抖了。「我不認為。」

「所以呢？你怎麼做？」

「我想找人分享這種無法接受的心情，查了很多東西。有一天在網路上發現，有個被害人遺族交換訊息的網站，看到大家痛切地談家人被殺的痛苦心情，知道痛苦的人不只有我，稍微得到了救贖。」

可是。大畑偏著頭繼續說：

「可是我覺得有點不同。那裡寫的痛苦心情，和我們感受到的有著微妙的不同。哪裡不同呢？我也說不上來，就只是覺得不同。這時，我看到了一個部落格。」

「部落格的名稱是？」

「『不可解的天秤』，格主叫做『Multi Balance』。」大畑說完好像想到什麼似的，抬頭看著新田，「你知道這個部落格吧？所以才用『Multi Balance』這個名字，把我叫來這裡。」

「你別在意我們，請繼續說。」新田催促般地伸出右手。

大畑嘆了一口氣，再度說了起來。

「你說不定看過了，這個部落格主張的是，『在日本，和沉重的犯罪相比，刑罰太輕』。例如殺了人，刑期居然二十年以下；犯人如果是少年，甚至有不用進監獄的；還有很多案例甚至讓人覺得，刑罰太重的話，監獄的營運會很麻煩，所以才判輕一點。看了格主寫的這些事，我深感認同。我們要的就是這個，沒想到有人把我們的心情寫出來了，之後我就幾乎每天去看他的部落格文章。」

「你只是看而已嗎？有沒有進一步採取什麼行動？」

大畑點頭回答：

「有。我想知道這個部落格的格主是怎樣的人，發了一封電郵給他。」

「寫了什麼內容？」

「首先我寫，我常來看這個部落格，非常有共鳴。然後稍微詳述我兒子遭遇的事件，當然我沒有用本名。」

「他有回信嗎？」

「很快就回信了。他在信裡寫道，他非常明白我的心情，他就是為了這樣的人經營這個部落格。有了這個開頭後，我們來回通了幾次電郵，後來彼此就亮出本名了。」

「他的本名是？」

「森元雅司先生。」

新田掌握到手感了，開始蒐集拼圖的圖片。

「從你剛才的反應來看，你好像沒跟森元先生見過面。你們只用電郵交談嗎？」

「那個時候是。」

「那個時候？什麼意思？」

「有一次，森元邀我去參加一個團體，說是他和有同樣煩惱的人，經營了一個能夠更深入談話的地方，問我要不要去那裡跟大家聊聊。加入這個團體需要特別的ＡＰＰ，跟一般網站不同，個人隱私會受到嚴密的保護，所以不管什麼事都可以放心聊。」

就如梓看穿的一樣，他們使用暗網。

「你加入了嗎？」

「加入了。因為森元先生也說過，如果覺得不愉快，或是和自己的理念和想法不合，可以立即退出。」

「那是個什麼樣的地方？」

面對新田的問題，大畑沉吟般地嘆了一口氣。

「這實在太難說明了。我真的無法照順序整理出來，能不能讓我把看到的，知道的，用我想到的順序說出來？」

「沒問題。拜託你了。」新田從懷裡取出記事本和原子筆。

大畑乾咳了一聲開始說。記得很清楚的地方，他的口條清晰；模糊不清的地方，就像陷入沉思般結結巴巴。很多時間順序都亂了，說的過程中也幾度修正。

新田偶爾插嘴問問題，就這樣了解了整件事情。內容大致如下。

這個網路集會名稱叫做「幻影會」，有各式各樣的人參加，他們的共同點是，被不合理的事件奪走心愛的人，而且犯案的人只受到輕微刑罰，至今仍為這件事痛苦不已。

令人驚訝的是，許多參加者都知道會暴露自己的真實身分，依然詳細揭露案情，包括犯人的姓名。例如母親遭強盜殺人犯奪走性命的「Multi Balance」，本名是森元雅司，這個大畑早就知道，至於因少年暴力害兒子變成植物人終於過世的「遺憾母」是神谷良美女士，以及女兒遭到色情報復而走上自殺之路的「心靈廚師」是前島隆明這號人物，這些資訊稍微搜尋網路就會知道。

他們暗地裡揭露身分是有理由的。譬如大畑剛開始參加時，看到這樣的貼文。

「跟遺憾母有關的。我查到入江悠斗上班的地方，在大田區多摩川二丁目的一家機械整備工廠。日前在社群平臺發現的影像，有清楚拍到這家公司的入口。也就是說，那個帳號應該是他本人沒錯。」

「他在那個社群平臺寫的熊本料理居酒屋，我日前去看了一下，是一間庶民風格的店，但有馬肉套餐也有高級菜單。我覺得入江悠斗的生活過得滿好的。」

「我是遺憾母。那麼今後，我會把那個社群平臺的帳號當作入江悠斗的帳號來看。感謝各位提供的訊息。」

「跟 Multi Balance 先生有關的。高坂義廣的近況，他開始在狛江市一家工業廢棄物處理廠上班。住址不明。」

「狛江的話，我是在地人，我會去查一查。建築關係方面我也有朋友。」

「我是Multi Balance。感謝各位。」

「工業廢棄物業者，令人在意啊。如果是做資源回收，要去住家收東西的工作，恐怕會罹患不好的病。」

大畑看了這些貼文後，明白了「幻影會」的目的。

這不單純只是互相安慰的地方。那些刑罰與犯罪內容不符，只受到輕判的犯人們獲得自由後，成員都會互相幫忙搜集交換他們的近況。即使是模糊不清又不確定的情報，經過一些人從各個角度檢證後，會慢慢地精確起來。

難怪這要用的特殊的ＡＰＰ，否則這種東西被警察當局看到，一定會嚴加注意。

可是成員們並不是要對這些犯人做什麼，只是監視他們過著怎樣的生活，交換情報而已。可能有人認為，做這種事有什麼用呢？但大畑痛切地明白他們的心情。

表面上，犯人們是更生了。但「幻影會」的成員，沒有人接受這一點。他們懷疑犯人的本性根本沒變吧？那個司法判決錯了吧？想辦法證明這一點。

大畑參加了幾次集會後，也詳細說出自己遭遇的事。那時他太太也開始看「幻影會」的貼文，兩人商量之後就試著在上面發文。在這之前，大畑只提過殺死自己兒子的犯人，因為沒有刑事責任能力而獲判不起訴。這回大畑把時間和經過都詳細寫了出來，並仿效前例，公布犯人的名字是長谷部奈央。

馬上就有回應了。可能大家在網路查了幾個關鍵字，確認了是哪個案件，知道這不是捏造的故事，大家都很同情。

「我覺得這種事太扯了，頓時難以置信，想不到真的有這件事。殺了人居然不用受罰，這絕對是不允許的事。」

「以前我在電影裡看過，有個男人假裝多重人格逃過殺人罪，還用了『詐病』這個名詞。在電影裡被拆穿這是演技，但我不認為精神鑑定能看穿這是詐病。」

「我非常同情小男孩先生，兒子被殺，犯人卻沒有受到刑罰，光是想像我就快抓狂了。說什麼沒有犯行時的記憶，這絕對是在說謊。應該監視那個女人的動向，證明她在說謊。」

這些留言，每一個都給了大畑很大的鼓勵。讓他覺得自己在這世上並不孤獨。當他寫道：「自己也很想知道犯人的近況。」便有很多人回應說「我也來幫忙找」。他真的很高興。大家應該也早就知道，這位暱稱「小男孩」的網友本名是大畑信郎。

這時，他遇見了一個人。那是他去輕井澤當地的教會做禮拜時，坐在鄰座的女子。他沒見過這個人，對方主動跟他說話，好像第一次來做禮拜。

「以前我跟基督教完全無緣。因為遇到了有些難過的事，遲遲沒辦法重新站起來，所以想說來教會看看。」

「妳的親人遭到不幸？」

「是的。」她點點頭。「日前，我女兒過世了。」

「妳女兒……這樣啊，病逝嗎？」

「不是，這該怎麼說呢……被捲入某個事件裡。」

「啊？」大畑驚呼了一聲，說不出話來。她低聲致歉：「抱歉。」

兩人的對話到此結束。但做完禮拜後，兩人自然而然一起走向車站。

她走著走著又再度開口致歉。

「抱歉。聽到那種事，心情不會好吧。請把它忘了。」

「不會……妳不用在意我，其實我跟妳滿像的。」

「你跟我滿像的？」

「是啊。我兒子也在意想不到的狀況下失去性命，已經是好幾年前的事了。」

「你兒子……」她說不下去了。

之後兩人走進咖啡店。

她報上姓名，叫尾方道代。聽她講女兒過世的經過令人心疼，她女兒從小學返家途中，被機車撞到，從她身上輾過而死亡，而且肇事的駕駛當場逃逸。雖然後來被逮捕了，卻是個沒有駕照的十七歲少年，那是他被警車追逐時發生的事。

「那個少年犯受到保護處分送進少年矯正學校。但是那種地方，馬上就能出來吧。女兒死了傷心難過是理所當然，可是我一直很鬱悶，無法接受這種事。」

「我很懂妳不甘願的心情。」

大畑這麼一說，尾方道代露出些許得救的表情。

「你能聽我說話真是太好了。」

於是大畑也跟她說自己失去兒子的事，坦白地說他無法接受犯人沒有被追究刑事責任，覺得兒子白白送死，如果不能判犯人死刑，至少要用個什麼形式叫她彌補罪過，這是天經地義的事。但也覺得這麼想的自己是不是哪裡有問題，每天活在苦惱裡。

「我很懂。」尾方道代頻頻點頭。

她住在東京，這次是因為工作關係來到輕井澤，但平常很少來。因此他們交換了聯絡方式。從那天之後，他們經常電郵往返。有一次，大畑跟她提到「幻影會」，她說她很想參加，立即申請加入。

由於大畑事前沒有詳細說明，尾方道代參加後相當震驚，寫電郵跟大畑說，她沒想到那是可以談那種事的地方。

大畑回信說，妳要是說出妳女兒的事，說不定能知道那個犯人從少年矯正學校出來後的近況。尾方道代回信說，我會考慮看看。

尾方道代在聊天室的暱稱是「死亡面具」，這個暱稱很能傳達她的絕望感。「死亡面具」不太發言，但有一次發了這個貼文。

「跟小男孩先生有關。我找到疑似長谷部奈央在社群平臺的帳號，年齡、出身地和學歷都吻合。大學因故在大二休學。」

事發突然，大畑大吃一驚，問她是怎麼查到的？

「我在社群平臺上找到一個長谷部奈央的高中同學，結果發現一個叫『NAO❺』的人的貼文，從這裡追蹤找到的。」

她寫得很輕鬆，但過程想必不容易。大畑萬萬沒想到，尾方道代會幫他做這種事。

大畑馬上去社群平臺看「NAO」是不是長谷部奈央，結果突然闖進眼簾的是，穿著花俏華麗衣服、吃著巨大聖代的照片，文字寫著「超大豪華獨創聖代完成！下次要放進菜單裡」，還放了整排粉紅愛心。誠也生前的手機裡，還留著很多長谷部奈央的照片，大畑看都看膩了，整體來說給人的印象是樸素的。所以大畑看到社群平臺這張照片時，瞬間以為是別人，仔細看那張臉才慢慢確信是同一個人。

他還看了其他貼文，譬如有和貓咪玩耍的，或是玩滑板的，都是一些很開心的圖文。

看到這些東西，大畑悶悶不樂，他不知該如何理解這種狀況。看著長谷部奈央的貼文，覺得她已經完全忘記自己以前犯下的罪行，沒有後續的任何影響，愉快地謳歌青春。

應該死心地認為，她沒有犯行時的記憶，所以理所當然？還是看到一個年輕人，能從慘痛的過去解脫出來，為她感到高興？

大畑無法看得這麼開，自己不是這種聖人君子。在「幻影會」吐露這種心情後，大家紛紛出

❺奈央的日文發音。

聲支持他。

「小男孩先生，你有這種情緒是正常的。看到殺死自己小孩的人快樂地活著，心情不可能平穩。就算她沒有犯案時的記憶，總該有警察或檢察官跟她說她犯下的罪行吧，可是她卻完全沒有要贖罪的態度，太沒有誠意了，不可原諒。」

「這個女的爸媽到底在想什麼啊？我要是她爸媽，絕對不允許她耽溺於玩樂，也禁止在社群平臺發這種東西。真讓人難以置信，居然有這種事。小男孩先生，和大家一起想辦法讓她改過自新吧。」

這些聲音，使得大畑夫妻的心柔和了些，覺得心懷芥蒂也不是什麼壞事。

「後來，我也定期參加『幻影會』。在那裡和大家交流，也交換情報。不過我和他們不同，我不太能提供犯人的近況資料，只能寫一些看了長谷部奈央在社群平臺發文的感想，吐露自己複雜的心思。但過了不久之後，發生了意想不到的事。」

「什麼事？」新田問。

「不是別的事，就是入江悠斗被殺了。」大畑瞪大眼睛。「『幻影會』的成員當然非常震驚，緊急召開網路會議。」

這時「遺憾母」首先發言，她說刑警立刻找上門，問她不在場證明。

「幸好我能提出確實的不在場證明，洗清了我的嫌疑，不然現在可能還被懷疑呢。」

犯人似乎還沒找到。其他成員問「遺憾母」現在的心情，她回答：

「很複雜，若說我不恨入江悠斗是騙人的。那麼問我是否希望他死掉，我又不知該如何回答。自從掌握他的近況之後，我一直在觀察他有沒有贖罪的態度，不過至今我依然不知道。想到他可能已經從痛苦中解脫了，我確實有點難以釋懷。」

大畑看到這段文字很激動，他很明白「遺憾母」的心情。犯罪者服完刑期，或許就能從事件解脫出來，但被害人或遺族心裡的傷卻是永遠的。其他成員也陸續發表贊成的看法，也有人說「辛苦了」、「請好好休息」。

此時，大家都覺得入江悠斗被殺和自己無關。約莫兩個星期後，事情有了變化，這次是高坂義廣被殺。高坂是殺害「Multi Balance」也就是森元雅司的母親的凶手。

於是「幻影會」的成員再度被召集起來，「Multi Balance」坦承警方也在懷疑他。但案發當天，他離開東京去出差，才得以洗刷自己的嫌疑。

「關於高坂被殺一事，坦白說我一點都不覺得他可憐。我一直認為他該死，不，是應該被殺死的人。這種想法至今沒變。但我想大家也很好奇，自從入江悠斗被殺之後，才兩個星期而已，高坂義廣也被殺了，搞不懂這究竟怎麼回事。」

大家的發言，和「遺憾母」的時候有些微妙不同。似乎全員都疑心生暗鬼，懷疑這真是單純的偶然嗎？有人用了「天譴」這個字眼，但沒人出聲表示同意。

就這樣過了僅僅四天後，換村山慎二被殺了。事情發展至此，「幻影會」的議論層次也截然不同了。

「身為幻影會的創辦人，我敢發誓，我和這些案子完全無關，而且幻影會對外是保密的。」

如此斷言的是Multi Balance。「遺憾母」和「心靈廚師」也跟著發出同樣的宣言。但不管怎麼想，這一連串的命案不太可能和「幻影會」無關，應該在某個地方有所連結。

難道凶手在成員裡？倘若果真如此，為什麼要做這種事？每個人各有自己憎恨的人，可是沒有人去拜託別人殺了他。

雖然大家做了很多討論，但對釐清真相毫無助益。最後終於談到，接下來可能還有人會被殺。「幻影會」的成員並不固定，有新加入的人，也有很多人離開，現在主要在交流的人有七個左右。

這時，大畑看了長谷部奈央的社群平臺，發現一則驚人的貼文。

「我突然決定要去美國，大概一年不會回來，聖誕節那天出發，前一天聖誕夜要奢侈地享受一下飯店生活，在超一流的東京柯迪希亞飯店，現在就很期待。」

大畑愕然。神祕暗殺者，看了這則貼文會怎麼做呢？與「幻影會」成員有關的加害者陸續遇害，下一個目標是長谷部奈央嗎？大畑決定親眼確認。

「所以今晚，我才來這間飯店。我和我太太商量，她說她也要一起同行，我們就緊急從英國趕了回來。」

大畑信郎說完後，直勾勾地凝視新田，眼神毫無虛假之色。新田心想，他應該沒有說謊吧。這麼駭人聽聞的內容，如果是創作出來的也太厲害了，最重要的是一切都吻合事實。

「那你為什麼要用假名？」

「這當然是因為，萬一發生事情的話，住宿名單裡有我們的名字很麻煩。」

「預約訂房時登記的電話號碼呢？那不是你的吧？」

「那是亂寫的。我已經有心理準備了，要是沒辦法接到飯店來的聯絡電話而不讓我們住宿，那就算了。」

新田覺得這個答案讓人沮喪，但也可以理解，因為大畑夫妻不是非得住宿不可。

這時新田的手機有人來電，是梓打來的。他向大畑說了一聲：「抱歉，我接個電話。」便按下通話鍵。

「喂，我是新田。」

「我是梓。我這邊對太太的盤問結束了，收穫很多。」

「這樣啊，我這邊也快結束了。」新田掛斷電話，看著大畑的臉。「你來這裡的事，有沒有通知『幻影會』成員？」

「沒有，我沒有告訴他們。其他人要怎麼做，我也不知道。可是大家都住在日本，可能也有人想來住飯店吧，說不定也有人會通報警方。」

他剛才說的通報，可能就是這個。這也可以說明，為何他聽到森元雅司想跟他見面，就不疑有他地來到這個房間。可是就他剛才所言，他似乎沒有犯人的線索。

「你和你太太在飯店裡走動，是在做什麼呢？」

「這個嘛……在尋找。」

「尋找？尋找什麼？」

「就是長谷部奈央這個女孩。我看了她的社群平臺，她上傳了這間飯店的內部影像，我想去那裡說不定就能找到她。可是就算找到了，我也不會對她怎麼樣……」

原來是這樣啊，新田可以理解。其他人可能也是這麼想吧，所以才在相同的地方走來走去。

「你能不能把長谷部奈央的社群平臺帳號告訴我？」

「好啊。」大畑掏出手機。可能經常在看，操作得很順手。「就是這個。」他將手機畫面轉向新田。

「借我一下。」新田接過手機，把長谷部奈央的臉放大。

他大吃一驚，因為這張臉他很熟，這就是和佐山涼在一起的女子——澤崎弓江，錯不了。新田想起，她帶著行李箱，還問直達成田機場的利木津巴士的站牌。在電梯裡，別的女生還羨慕她可以去美國。現在的她，和犯案當時給人樸素印象的大頭照相比，簡直判若兩人，所以完全沒發現是同一人。

這是很大的線索。若能鎖定目標，阻止犯行也就格外容易。

「你來到這裡之後，有和『幻影會』的成員聯絡嗎？」新田把手機還給他，如此問道。

「沒有，沒有聯絡。因為我們之間沒有在傳個人訊息。」

「那你完全不知道其他還有誰來嘍？」

「不知道，不過我遇到了一個人。」

「遇到？在哪裡？」

「在最頂樓的展望臺，不過我們只是默默地點頭致意，沒有交談。因為總覺得有點尷尬，對方可能也是這麼想吧。」

「等一下，你怎麼會知道那個人是成員？你們見過面？」

「我只見過那個人，因為她是尾方小姐。」

「尾方小姐？就是在輕井澤的教會碰到的？」

「對，尾方道代小姐。」

「那是什麼時候的事？」

這是第五個人。必須緊盯的人，又多了一個。

「我想想看喔，大約一個小時前吧。」

新田看看手錶，現在是晚上十一點三十分。

「大畑先生，你回到自己的房間以後，一直到退房之前，請不要出來。這不是強制的，但我希望你能協助警方辦案。」

「啊……我明白了。」

「我有點急事，先失陪了。」新田留下這句話就開門走了出去。

他小跑步地跑向員工用電梯，一邊打電話給梓。梓可能等不及了，立刻接通電話說：「喂。」

「我是新田，我這裡也結束了。」

「那我現在走出房間。新田警部，你有聽說一位叫尾方道代的女子吧？」

「有，我聽說了。大畑夫妻在展望臺遇見她。」

「我已經聯絡管理官，請他查今晚的住宿名單。但名單裡沒有這個名字。」

「也就是使用假名。」

「這麼一來，現在我們應該去的地方只有一個吧。」

「沒錯。」新田回答。「我們警備室見。」

新田掛斷電話，搭電梯前又打電話給稻垣。接通後，稻垣劈頭就先說：「我聽梓說了，新發現一個可疑的女人對吧？」

「接下來我們要去警備室查監視器畫面。還有，今晚的目標人物也查出來了，就是和佐山涼在一起的女子。她以澤崎弓江這個名字入住，但本名是長谷部奈央，也就是殺了大畑夫妻的兒子的凶手。」

「什麼！」稻垣拉高嗓門。「沒錯吧？」

「我親眼確認的，沒錯。」

「到底是怎麼回事？」

「這之後再詳細說明。」

現在沒時間慢慢說，新田掛斷電話。

員工用的電梯門開了，裡面有三名聖誕老人。新田莫名尷尬地走進去，按下地下一樓的按鍵，警備室在地下一樓。聖誕老人們分別在不同樓層出了電梯。

新田來到警備室，看到梓已經先到了，她站在操作監視器畫面的富永後面。

「在找展望臺的畫面是吧？」新田問梓。

「是的。」

「大畑太太的盤問進行得很順利？」

「是啊，比想像中順利很多，賭這一把是正確的。」梓說完，呼地吐了一口氣「『幻影會』的事太驚人了。」

「真的。還有一點，我弄清了另一件重大事情。」

新田把澤崎弓江這個名字入住的年輕女子，其實就是長谷部奈央的事，說給梓聽。

「這名女子現在在哪裡？」梓問。

「應該在她的房間裡開派對。她不是一個人，所以待在房間的時候不用擔心。」

「好像找到那兩個人了。」富永說：「是他們吧？」

新田凝視監視器畫面，靜止的畫面裡，有一對上了年紀的男女站在一起，眺望夜景。雖然是背影，但從上衣的顏色看來，男的是大畑信郎沒錯。

梓指向女的說：「這是他太太沒錯。」

「讓畫面動起來。」新田下達指示。

畫面開始播放。大畑夫妻眺望夜景，時而轉頭看看周遭。過了一會兒離開窗邊，但大畑信郎突然停下腳步，輕輕地點頭後，和太太一起從畫面消失了。

下一秒，出現一名女子，從方向來看應該是和大畑夫妻擦身而過走來的。換言之，這個人就是尾方道代。

「我懂了。」新田喃喃地說：「原來是這麼回事啊。」

「怎麼了嗎？新田警部。」

「這名女子可能是一連串命案的凶手，要不就是掌握了重要關鍵的人物。她沒有用假名入住，尾方道代才是假名，她的本名是三輪葉月。」

「新田警部大學時代的同學……」

「我現在明白她提出的莫名要求了。她要我幫忙調查佐山涼的動靜，其實是想知道和他在一起的長谷部奈央的事。」

新田掏出手機，按下三輪葉月的號碼，電話立即接通。

「這麼晚了有什麼事？佐山涼怎麼了嗎？」三輪葉月問。

「我有事想通知妳，妳現在在哪裡？」

「在我的房間，到底有什麼事？」

「電話裡說不清楚，我現在立刻去找妳。」新田說完，沒等對方回話就掛斷了。

「你打算怎麼做？」梓問新田。

「既然這樣，耍小伎倆沒有用。我要表明我真正的身分，直接詰問她。」

「那我跟你一起去。」

「不，這個交給我來辦。只有我和她兩個人，她願意說實話的可能性比較高。梓警部，妳去向管理官說明狀況，還有拜託妳先做好準備，萬一三輪是犯人，以防她企圖抵抗或逃走。」

梓雖然一臉不滿，卻也立即點頭，並向前走了一步靠近新田，將新田的上衣前襟合攏，扣好鈕釦，莞爾一笑。

「能看到新田警部扮演飯店人的模樣，也沒剩多久時間了。」

這個舉動太不像她了，新田有些困惑。

「現在覺得自此看不到很遺憾，還太早喔，梓警部。」

「你說得沒錯。」梓往後退了幾步，又恢復嚴肅表情。「那麼，拜託你了。」

「包在我身上。」新田轉身，走向門口。

31

新田按下門鈴後不久，門開了，出現三輪葉月的臉。「請進。」

「打擾了。」新田走進房裡。

照例，三輪葉月坐在沙發上。「說吧，你要通知我什麼？佐山涼幹了什麼好事嗎？」她嘴唇浮現笑容，但眼神有警戒之色。

「他現在和朋友們在房裡享受派對，所幸沒有開毒趴的樣子。」

「哦，這樣很好啊。然後呢？」

「他的朋友們到午夜零點為止必須離開房間，可是要怎麼把佐山趕出房間呢？還是說佐山也是共犯？」

「嗄？」三輪葉月皺起眉頭。「你在說什麼？」

「妳的目標是長谷部奈央吧？」

她眉間的皺紋忽然消失了，化了眼妝的眼睛睜得很大。「你怎麼知道這個名字？」

「她是我們的偵查對象。」

「偵查？」

新田掏出警察證，亮出身分證明。這是什麼？三輪葉月花了幾秒鐘才反應過來。她嘴巴半開，交互看著警察證和新田的臉，以沙啞的聲音說：「不會吧？這是騙人的吧？你是在逗我吧？」

新田走過去，將警察證放在桌上。

「妳當過檢察官，應該很常看到警察證吧？不然妳去調查好了，查到妳甘願為止。」

但三輪葉月沒有伸手碰警察證，而是持續盯著新田看。「真是難以置信。你真的是現役？」

「就是想說妳會懷疑，我才把警察證給妳看。」

「等一下，所以是怎樣？你是現役的警察，假裝成飯店人？不只是假裝，而且實際也做飯店的工作？」

「是的。」

「真的難以置信，原來你有這種才能啊。」

「妳不是懷疑過我？跟那個女櫃檯問了一堆我的事。」

「你轉職來飯店工作這件事，我完全不懷疑，因為你看起來就像真正的飯店人。我想知道的是，這間飯店和警方的關係，有沒有什麼特殊管道之類的。」

「妳為什麼想知道這種事？」

「因為，如果發生什麼事的話，我希望警方能立即處理。」

「比方什麼事？」

「我也不知道，總之我很擔心奈央妹妹。」

「奈央妹妹？」

「你為什麼這身打扮？果然這間飯店會發生什麼事嗎？」

新田沒回答，拿起桌上的警察證，看著三輪葉月的臉，將警察證收回內袋。新田覺得，她的表情不是裝出來的。

「我要問妳幾個問題。首先，妳跟長谷部奈央是什麼關係？」

三輪葉月有點尷尬地閉上嘴巴，低下頭去，做了幾個深呼吸後抬起頭來。

「我跟她住在同一個機構，一起生活過。」

「機構？」

「我看到的簡介是這麼寫的，他們主打的賣點是，支援精神障礙者邁向自立生活的個室型團體家屋。地點在神奈川縣三浦市。」

「妳住進了這裡？」

「對。」三輪葉月不以為意地回答：「住在這個機構的人，大半是我這種憂鬱症患者。」

「憂鬱症……妳？」

「住進去以後好多了，之前有好幾天沒辦法下床，連活著都討厭，很厭世。我就是因為這個原因離婚的。」

她的語氣開朗，但反而呈現出她內心的痛苦。

「長谷部奈央也住進這裡？」

「對，罹患她那種精神疾病的人也不少。她剛住進來的時候，不跟任何人說話，我覺得這樣不好，就主動親近她。剛開始她可能覺得我是個很煩的歐巴桑吧，後來慢慢對我敞開心房，開始跟我說她的事。有一次她向我坦白，說她殺了她的男友。」

「詳細情況呢？」

「她都跟我說了，你當然也知道吧？」

「知道。」新田點頭。

「那是個慘痛、令人鼻酸的事件吧，我覺得死掉的男人也很可憐。有女友卻又愛上別的女人，這種事多的是，不是可以責備的事。奈央也明白這一點，所以很痛苦。」

「很痛苦……怎麼說？」

「簡單來說，是受到罪過的意識折磨，可是實際狀況更複雜，因為她沒有犯案時的記憶。有一天回過神來發現男友死了，還被告知是自己殺的。就算想懺悔或反省，也不知道該怎麼做。沒有罪惡感本身就是一種罪過。」

新田點點頭說：「這確實很複雜。」

「奈央也很在意遺族。」

「遺族指的是，被殺男友的父母嗎？」

「當然是。」

這就是大畑夫妻。「怎麼個在意法？」

「她很在意男友的父母，現在過得怎麼樣？關於事件，關於殺死兒子的女人，他們是怎麼想的？當然一定很恨，可是究竟恨到什麼程度？雖然很怕知道，可是覺得不知道的話罪過更深，她是這麼說的。」

「多少可以明白這種心情……」

感覺像是明知不會寫什麼好事，但還是想上網搜尋一下自己，大概是這種心情吧。

「所以我跟她說，我來幫妳調查吧。」

「妳？」

「我可是前檢察官喔，我知道怎麼調查，各方面也有一些管道，不會太難。當然我絕對不會說出奈央的名字。」

「長谷部奈央怎麼說？」

「她猶豫了一下，最後說希望我去查。」

「所以妳查了？」

「對。被殺男子的父母住在輕井澤，所以我特地過去一趟，還準備了假的個資和假名。」

「妳的假名是什麼？」

「OGADAMICHIYO。漢字是這樣寫……」

「這個以後再說沒關係。」新田伸出右手制止她。「請繼續說下去。」

三輪葉月凝視著新田，輕輕點頭。她的表情像是明白新田已經掌握事情到某個程度，才會問這個。

「我接近的是被殺男子的父親，我想你也認識，就是大畑信郎。我事先查過，知道他每個禮拜天會去教會，所以利用這一點接近他。」

三輪葉月簡潔地說明，她主動和大畑信郎說話，扮演女兒被不合理的形式奪走性命的哀傷母親，因此和大畑信郎意氣相投。內容和新田從大畑信郎那裡聽來的一致。

「大畑先生是怎麼看長谷部奈央的，妳有跟她本人說嗎？」

「當然有。我就是為了這個才去調查，奈央也想知道。至於該怎麼說，我也猶豫了一下，後來覺得拐彎抹角地說沒有意義，就一五一十告訴她。」

「長谷部奈央的反應是？」

「她很難過，不過還算平靜。她可能絲毫不敢奢望，大畑夫妻會原諒她。」

「然後呢？」

「我的任務到此為止，接下來就交給她。」

「交給她？什麼意思？」

這時三輪葉月靠在沙發背上，大動作地蹺起二郎腿。

「新田，你猜我為什麼做到這種地步？去找不起訴的殺人案被害人遺族住在哪裡，還跑去輕井澤演了一齣戲，這也太費工耗時了吧？還有說這個有點沒水準，我還花了不少錢呢。」

「因為妳很喜歡長谷部奈央，不是嗎？」

「如果只是這樣，我不會做到這種地步，因為我想知道答案。」

「什麼的答案？」

三輪葉月偏著頭，擺出稍微沉思的模樣，然後宛如在問自己似地說：「面對罪過的方法……吧。新田，你是什麼時候想當警察的？」

「為什麼問我這個？」

「ＯＫ，你不想說是吧。我是念中學的時候，決定將來要進入司法界。終於當上了檢察官，埋頭追查邪惡，可是慢慢地感到疑惑。因為再怎麼判刑，不反省的被告實在太多了，不好好面對自己犯的罪就沒有意義。因此我想說要貼近被告，還是當律師比較好，就這樣轉身了。可是當了律師，我痛切地感到無力。到頭來，審判這種事，只不過是檢察官和律師在賭罪刑有多重的遊戲，沒有人去思考犯罪者內心是怎麼想的。我再這樣下去好嗎？我是為了這種事，一路努力拚過來的嗎？因為一直在苦惱這種事，導致身體出現異狀。就這樣罹患了憂鬱症。」

聽了三輪葉月這番話，新田也有同意的部分。畢竟至今也逮捕了很多犯人，也曾在他們公審時站上證言臺，但被告真正反省的案例寥寥可數。大多只是在律師的指導下演出反省戲碼。偶爾也有被告下跪的，但那不是反省，而是近乎乞求饒命。

「聽了奈央的告白，我非常關心，因為她並沒有面對自己的罪。不，應該說無法面對。如果讓她和被害人遺族接觸會怎麼樣呢？她會有什麼改變呢？我對此深感興趣，所以決定去調查遺族。不僅如此，我安排了讓他們交流。」

這實在不能置若罔聞。「妳對她做了什麼？」

「我把面對大畑先生時的虛構人物，也就是把尾方道代的電郵地址告訴她。順便也把尾方道代這名女子的詳細個人檔案告訴她。然後我跟她說，如果妳想深入知道大畑先生內心在想什麼，就用這個電郵跟他聯絡。」

「這……是真的？」

「事到如今，我幹麼騙你。」

「後來妳怎麼做？妳有和大畑先生聯絡嗎？」

「我怎麼會跟他聯絡，我的戲分只到這裡。」

「那『幻影會』呢？」

「幻影？這是什麼？」

新田感到體溫一口氣飆高，心跳也加速。原來用電郵和大畑信郎通信的人，不是三輪葉月，而是長谷部奈央。參加「幻影會」，和神谷良美他們交換意見的也是長谷部奈央。

「那妳今晚來這間飯店幹麼？妳說妳擔心長谷部奈央，擔心什麼？」新田不由得語速加快，難以遏止。

「因為我聽佐山說了，要和奈央他們在聖誕夜開派對。」

新田睜大眼睛，「原來妳和佐山是朋友？」

「佐山有一段時期，也待在我們的機構裡。雖然只是很短的時期，但我們熟了起來，也常常一起喝酒，那時候聽到今晚的事。他說奈央要出錢，在飯店辦一個奢侈的聖誕派對，也邀他去參加，而且奈央還說她隔天就要去美國了，我覺得很詭異。從某個時期開始，她突然染成金髮，言行舉止也變得開朗起來，我覺得很奇怪。一定有什麼事，我很擔心，所以來看看。沒想到新田你剛好在這裡，想說利用一下。我做夢也沒想到，原來你是來這裡偵查辦案。對不起。我騙了你，我向你道歉。」三輪葉月連忙低下頭。「告訴我，你在辦什麼案子？跟奈央有什麼關係？」

新田沒有回答她的問題，掏出手機打給警備室的富永。

「是，我是富永。你打來得剛剛好，我正想和你聯絡。」

「出了什麼事嗎？」

「剛才，佐山涼的朋友們走出一六一〇號房。他們真的很鬧，居然穿著聖誕老人裝。」

「只有三個朋友走出房間嗎？」

「應該是。」

「什麼應該是？你沒有確認人數嗎？」新田語氣尖銳。

「他們有錯開時間，一個個從房裡出來。剛好送禮物的飯店員工聖誕老人也在很多房間進出，有點混亂……我馬上倒帶確認。」

新田看看手錶，正好剛過午夜零點。記得有人說過，這是指定收聖誕禮物最多的時段。

「抱歉。」富永說：「我看漏了一個，走出房間共有四個人。」

「四個人？」

換句話說，現在只剩一個人在房裡。

新田什麼都沒說就掛斷電話，衝出房間。三輪葉月好像在後面說什麼，但新田根本沒空理她。他邊在走廊奔跑，邊打電話給山岸尚美。

「喂，我是山岸。」

「我是新田，請火速拿萬用鑰匙來一六一〇號房，求求妳。」

「我知道了。」她說完就掛斷電話。可能察覺到事態緊急，沒問理由，不愧是山岸尚美。

新田搭乘電梯，往上到十六樓。電梯門一開，他就出去，沿著走廊跑向一六一〇號房。不知為何，房門前已經有人來了。是梓，似乎站著在等新田來。

「梓警部，管理官下了什麼指示嗎？」

梓嚴肅地看著新田。

「新田警部，我有個建議。先等五分鐘吧。」

「等？等什麼？」

「給她……給長谷部奈央一點時間。」

「妳在說什麼？妳知道她想做什麼嗎？」新田壓低聲音。絕對不能讓房裡的長谷部奈央聽到我們的對話。

「我知道，她想了結自己的性命。這個嘛，其實這些命案的凶手都是她。」梓也小聲說：「她以尾方道代的身分參加『幻影會』後，認為自己的任務是代替成員們完成復仇，最後自己也必須死，她相信這是贖罪。」

聽到梓這番話，新田愕然。

「妳怎麼會知道到這種地步？妳又沒聽到我和三輪的對話。」新田說到這裡忽然想到一件事，連忙查了一下自己的上衣，發現領子的背面貼了一個黑色東西，是竊聽器。這才想起之前梓碰了他的衣襟。

「新田警部，這反正會判死刑。」梓說：「她本人也很清楚，這次絕對逃不掉，所以就讓她完成自己的心願吧。只要等五分鐘就好，五分鐘後我們再進入房間，如果她還活著，我們就逮捕她。這樣如何？」

「不行，請妳讓開。」

「她已經受夠懲罰了，現在就想贖罪。」

「我叫妳讓開。」

梓依然擋在前面，張開雙手，臉上露出苦悶的表情。

「請你想想看，到底是誰把她逼到死角？是什麼使她瘋狂？並不是只有關進監獄，判死刑才是正義。」

「正義？這種東西根本不重要！」新田不禁吼了起來。

「新田先生。」後面傳來聲音，山岸尚美跑過來。

「請打開這個房門。」新田指向一六一〇號房。

山岸尚美從新田他們的旁邊穿過去，走到門前，可是要用萬用鑰匙時，梓用感應器妨礙她。

「妳在幹麼！」新田抓住梓的肩膀，要把她拉過來。

下一個瞬間，他覺得自己的手臂好像被扭彎了，身體就浮了起來。一回神已摔倒在地，手臂被梓勒住。

新田抬頭，看見山岸尚美打開了門，進入房間。梓見狀驚呼了一聲，新田沒有錯過這個瞬間，開始反擊。他快速撐起身體，反過來將梓的手臂繞到背後，使她趴在地上。

接著不久，房裡傳出「啊！」的悲鳴，是山岸尚美的聲音。新田站了起來。門沒有完全關上，夾著門閂，這是山岸尚美急中生智做的吧。新田開門，衝了進去。

「別過來！」女人的聲音撕裂空氣。

長谷部奈央穿著白紗禮服，持刀站著。新田看到那把刀沾了血，心頭一驚。

山岸尚美倒在旁邊，她按著右手腕的左手縫隙滲出血來。

「請把刀子扔掉。」新田留意不要刺激她，以平穩的口氣說。

「出去！」長谷部奈央以纖弱的聲音說：「求求你們出去，讓我一個人。」

「不可以做這種事，沒有人希望妳死掉。」

「……你是誰？」

「我是個認為誰都沒有權利結束生命的人。」

新田凝視長谷部奈央的手，她正手拿刀向前，但應該不會攻擊過來。山岸尚美之所以受傷，可能是情勢所逼。但只要正手握刀，很難刺到自己的身體。

「我想要贖罪。讓我贖罪，求求你。」

「那就請妳活下去。活著，才是贖罪，做這種事不是贖罪。」

長谷部奈央的臉，瞬間萌生迷惘，視線搖晃。

「有人非常愛護妳，三輪葉月小姐就是其中一人，我也是。現在妳已經成為我重要的人，所以不要做這種事。」

但她宛如要甩掉什麼似地猛烈搖頭，然後改成反手持刀，舉到頭上。

「妳知道什麼呢！」新田嘶吼。看到長谷部奈央停止動作，他壓低音量繼續說：「或許妳沒有殺死男友的記憶，可是現在呢？妳應該確實有殺死三個人的記憶。不管這些人以前做了什麼事，他們都是有權活下去的人。所以妳的行為真的是贖罪嗎？是正確的嗎？讓某人來說的話，妳反正會被處以死刑，所以乾脆讓妳在這裡死好了。但我不這麼認為，必須給妳的不是懲罰，而是時間。讓妳思考真正能拯救妳的路在哪裡的時間，我希望妳能察覺到這一點。能夠救妳的，只有妳自己。」

長谷部奈央依然把刀舉到頭上，整個人僵直動也不動。新田緩緩靠近她，她看著半空中。新田一邊仔細確認，抓住她的手腕，慎重地奪下刀子。

「長谷部奈央。」新田說：「我要以傷害罪及違反槍砲刀械取締罪逮捕妳。」

猶如提線人偶斷線似的，長谷部奈央全身癱軟，蹲在地上，嚎啕大哭。新田察覺到動靜，看向門口，只見梓真尋恍神般站在那裡。

32

〔長谷部奈央的供述〕

命運的邂逅，是在我剛升大二的時候。那時我在校園散步，看到一個男同學在彈吉他，自彈自唱。那曲子我是第一次聽到，但旋律之美立刻擄獲我的心。我不由得停下腳步，聽得入神。演奏結束後，他對我說：「妳喜歡這首歌？」

我回答是的，問他歌名。他說這是他創作的歌曲，還沒有命名，我聽了很驚訝。這個人就是大畑誠也，大四的學生，但其實留級過兩次，所以比我大四歲。他說他不想畢業，將來想靠音樂吃飯，聽說還組了樂團。

「接下來我要去練團，妳要不要來看？」他這樣邀我，我有些遲疑，但這天沒什麼特別的事，我就去了。

他帶我去的地方竟然是一間倉庫，我在這裡也見到樂團的其他成員。聽著他們練團，我真的很驚訝。他們演奏得很棒，也很有獨創性，感覺馬上就能成為職業樂團。

從此，我成了他們的粉絲。知道他們開演唱會，我無論如何都會趕去；練團的時候也會儘量到場；有我辦得到的事，我也會幫忙。

不過坦白說，我不是樂團的粉絲，我的眼裡只有誠也。能夠聽到他的歌聲，我就覺得很幸福，包括他的音樂才華，我愛他的一切。後來他察覺到我對他的愛，我們就開始交往了。這是我有生以來第一次有男朋友，簡直像在作夢一樣。

有一次我問誠也，喜歡我哪裡？他回答說，因為我不是把他當男人看，而是把他當藝術家看。他還說前任女友老是問他，她和音樂哪個重要？搞得他很煩。我聽了大吃一驚，因為老實說，我也常常想這麼問。可是，我假裝贊成地附和說：「被這麼問，真的會冷掉啊。」

從那之後，我時刻注意別要求誠也太多。我告訴自己，碰到大畑誠也這種才華洋溢的人，只要他有時把我當女友對待就夠了。讓他能專心做音樂活動才是最優先的事，把壓抑自己的期望才可以。

彷彿在回應我這種心思，誠也的樂團人氣越來越高，在展演空間的演唱會觀眾也爆滿了起來。有了人氣之後，靠近誠也的女生也越來越多。誠也沒有拒絕她們，總是親切以對，我很討厭這樣，可是我忍了下來，也沒有質問誠也。我相信，就算他和別的女生做了什麼，反正也只是玩玩而已，誠也和我的關係是不一樣的。誠也時常跟我說：「真正了解我的只有奈央而已。」這句話是我的心靈支柱。

可是，我終究還是在騙自己吧，那個反作用力在我的身體反應出來了。從某個時期開始，我的身體突然出現各種毛病，身體變得異常沉重，連站著都很勉強，沒有食慾，會耳鳴，還有頭痛也很嚴重。明明睡不著卻也無法起床，向學校請假的情況越來越多。

去醫院就診，醫生說是焦慮症，開了精神安定劑給我吃。我吃了藥之後，情況確實有所改善。可以活動以後，我立刻去找誠也。因為我擔心，若不趕快去看他，他的心可能會跑到別的女生身上。

醫生叫我要轉換心情，說目前的生活就是導致我生病的原因，所以有必要建立完全不同的人際關係，試著改變生活習慣。

可是我什麼都沒變，我的生活中心就是誠也。只要他沒變，我也不會變，我認為這是理所當然的事。

誠也確實沒變。他仍然自由奔放地作曲、唱歌、玩樂、喝酒，大概也和很多女生上過床，可是他的朋友跟我說：「就是因為有奈央在，他才能為所欲為。」

我說我明白，然後擺出一如往常很有餘裕的笑容，我認為我必須這麼做。

半夜有時會渾身發抖，走在路上，有時會突然很想吐。這時我就會吃精神安定劑，但效果顯然越來越弱。一個醫療機構能開的處方箋藥量有限，所以我去別家診所拿藥。我知道不可以這麼做，但還是增加每次的藥量。雖然腦袋有些恍惚，但心情輕鬆很多。

剛好就在此時，誠也的態度有了變化，變得有點冷淡。我告訴自己，是我想太多了。但我確信不是我想太多，改變他的是某位女歌手。我在演唱會場看到他們在一起時，瞬間就明白了。誠也凝視她的眼神裡，有著我沒看過的熱情光芒。

若只是單純的劈腿，我可以當作常有的事不跟他計較。可是這次不一樣，誠也不只喜歡她的個性，還被她的才華吸引。他找到了無法和我分享，層次更高的東西。

現在想想，要是當時我能坦率地表示嫉妒就好了，要是能把不甘願的心情，呼天搶地對誠也發洩就好了。就算他會受不了而拋棄我，我也應該這麼做。

但當時我沒這麼做，我仍然裝作沒看到，繼續演戲，假裝沒有察覺到誠也的心已經變了。這時候需要的就是藥，不放鬆緊繃情緒的話，我無法撐下去。

就在此時，誠也跟我聯絡，說有重要的事要跟我談，問能不能來我的住處。我說好，但心情變得很絕望，他八成要來跟我談分手。

我告訴自己，絕對不能做得太難看。只要不慌亂失措，表現出分手雖然痛苦，但為了你的幸福，我願意退出的態度，說不定誠也會改變心意，想像了一些對我有利的情況。

可是我真的非常難過，想到以前快樂的時光可能永遠不會再來，我就難過得要命。邊哭邊忘我地拿出抽屜裡的藥，吞了比平常稍多的量。但平常的量已經是異常的量。然後我就失去了意識，好像是這樣，醒來的時候已經在醫院的病床上了。

不好意思，可不可以讓我休息一下？

我剛才說到哪裡？啊，在醫院醒來對吧。是啊，我什麼都不記得了。為什麼在這裡，為什麼左手腕包著繃帶，我完全不知道。醫生和護理師也沒把事情告訴我。

不久，有不認識的女人和男人走進病房。聽了他們的自我介紹，我嚇一大跳，原來兩人都是警察。

女警問我，最後一次和誠也見面是什麼時候？我想了一下，只覺得思緒很混亂，想不起來是什麼時候。

女警從包包遞出手機，問我：「有了這個，妳能想起來嗎？」那是我的手機。

我不懂警察為什麼拿著我的手機，我收下手機，先查訊息。最後收到的訊息是誠也傳來的，說有重要的事要跟我談，問能不能來我的住處。我就想起來了，他要來我的住處，也想起來我為了讓心情穩定下來，吃了藥。

可是接下來的，我就不復記憶了，不管怎麼想就是想不起來。

兩位警察面面相覷，好像都很傷腦筋的樣子。

於是女警遞出一張照片問：「妳對這個有印象嗎？」照片裡是一把水果刀。我不懂為什麼讓我看這種東西，只回答跟我用的水果刀很像，結果女警問了一堆奇怪的問題，例如我把刀子收在房間的哪裡？還有最後用刀是什麼時候？

我實在受不了了，拜託他們告訴我，到底發生了什麼事？就在此時，病房的門開了，另一個男人走進來，把一個信封交給女警。她從信封裡取出一張紙，以鄭重的口氣叫我「長谷部奈央小姐」，然後繼續說：

「妳的逮捕令下來了，我要以殺害大畑誠也的罪嫌逮捕妳。」

不好意思，請再讓我休息一下。還有……能不能讓我喝杯水？

無論在警署的偵訊室，或是在檢察官面前，我都只能說同樣的話。因為我什麼都不記得了，只能道歉。

那天究竟發生了什麼事，是我父親雇用的律師告訴我的。考慮到我的狀況，他說得相當溫和，但那內容已足以讓我的心掉到地獄最底層。聽著聽著，我暈眩了好幾次。

這實在是難以置信，但這是事實吧。既然這樣，我當然應該受罰，而且希望早點懲罰我。死刑很好，可以的話我想馬上死。我之所以沒死，是因為拘留所和鑑定留置的醫院都嚴密監視我。

所以知道不起訴被釋放的時候，我腦中一片空白。我絲毫沒有開心的感覺，只有為什麼這個疑問，不斷地在我腦海盤旋。

我父母很高興，但顯然不知道怎麼照顧我。最後他們做的決定是離婚，目的是變更我的姓氏。我跟了母親的姓，正式姓名改為澤崎奈央。後來我被送進神奈川縣的某個機構，那是專收精神障礙者的團體家屋。

然後我的家人搬家了，雖然獲判不起訴，但畢竟長女犯下殺人案，很難跟以前一樣過相同的社會生活。我真的很抱歉，沒臉見他們，跟他們說不用來看我。但他們還是常常來，每次他們一來，我都只能度過尷尬的時間。

所幸，我不用為錢發愁。他們寄相當足夠的生活費給我，我也有我母親名義的信用卡，手機也是我母親的名字。雖然有錢，但我根本沒有機會揮霍。

住在機構裡，基本上是共同生活，但我和別人都保持距離，因為我害怕和人接觸。

可是世上有各種人，這樣的我，居然也有一位女性願意接近我，那就是三輪葉月小姐。起初我覺得她是很有個性的人，後來慢慢融洽了起來，發現她很幽默，跟她聊天很開心。可是我內心深處的某個角落還是惶惶不安，我怕她知道我的過去，也會遠離我。所以有一次，我就豁出去跟她坦白說，我殺了人。

葉月姐的反應出乎我意料之外。她沉默了片刻，表情絲毫沒變地說：「嗯哼，這樣啊。」我問她，妳沒有嚇到嗎？她說：「因為這裡都是這種人，大家都曾經做過什麼事，闖過什麼禍。我也一樣。」

我把我的案子詳細經過說給她聽，不過因為我沒有記憶，說的都是我從律師那裡聽到的。葉月姐認真聽到最後，然後她問我：「後來妳怎麼接受這件事？」我說，我已經全部看開了。

我告訴她，我沒有一天不想起誠也。不願想起的心情，和想忘記的心情，兩者都有。我承認自己殺了他這個事實，但其實也無法把它當作現實來接受。我還說我很在意誠也的家人，不曉得他們是怎麼看殺死兒子的女人。

結果葉月姐說出我意想不到的事。她說她會幫我去查，問出遺族現在的心情。我問她，這是可能的嗎？她說，包在她身上。

過了兩星期後，葉月姐來我的房間。令我驚訝的是，她居然已經見過誠也的父親，也就是大畑信郎先生。她大膽地假裝成犯罪被害人遺族。

葉月姐把她從大畑先生那裡聽到的事，詳細說給我聽。父母還無法接受兒子的死，非常痛苦。雖然和我料想的一樣，但我聽了也很難過。

然後葉月姐給我兩個電郵地址，說想知道大畑先生的內心想法，可以用這個電郵。一個是大畑先生的，另一個是葉月姐假扮「尾方道代」這個女性的，這是網頁郵件，旁邊寫著密碼。

我就這樣得到意外的情報，但我不知道該怎麼用。首先為了可以收發電郵，我設定了手機，不久居然有信進來。我嚇了一跳，是大畑信郎先生寄來的。

這封電郵從「日前真的很感謝妳」開始，寫說有人可以分享被害人遺族的遺憾與懊惱心情，覺得很感謝。最後說，如果可以的話，今後能不能也繼續交換意見。

我看了非常震驚，而且困惑。大畑信郎先生可能萬萬沒想到，他寄信的對象居然是自己憎恨的女人。

這該怎麼辦呢？我想了整整一天，覺得不能無視他，可是我也不能把實情寫出來。左思右想之後，我決定以尾方道代的身分回信。葉月姐好像詳細設定這個虛構女性的背景之後，才跟大畑先生接觸，她也把內容詳細告訴我了。我拚命思索，如果是尾方道代會怎麼回信？後來寫了這樣的內容寄出去，「我也覺得很慶幸能夠認識你，很高興今後能繼續交流。」

他的回信立刻就來了。信中寫道：「妳願意繼續交流，真是太好了。我還認識其他抱持同樣苦惱的人，有機會的話，想介紹給妳認識。」

從那天起，我們就這樣互通電郵。從大畑信郎先生的信看來，他不單單只是悲傷或憤怒，而是想要克服這些情緒，可是不知道怎麼做才好，一直很煩惱。我看他的信都會很難過，胸口隱隱作痛。可是我告訴自己，不可以忽視這些內容，決定把這個當作是對我的懲罰。

忘了是第幾封信，大畑提出一個意外的邀請，他邀我參加一個被害人遺族的線上談話。一方面是沒有藉口拒絕，再者我也想知道他們在那裡都談些什麼，而且大畑先生說過，試著參加一次看看，要是覺得跟自己不合，退出就好了。他就這樣在我背後推了一把，所以我就決定參加了。

看到「幻影會」的交流內容，我大吃一驚。我知道社會上每天都發生各種奇奇怪怪的案子，但我從沒想過，被害人遺族的苦惱居然也各式各樣。而且我痛切地感受到，遺族們的痛苦無論經過多久都不會緩和，甚至殘酷地在啃食他們的心。

遺族們想監視不當判輕的犯人後來的生活情況，這種心理我可以理解。他們的目的在於，確認犯人根本沒有反省更生。確認之後，讓怨恨更加深，甚至認為這怨恨是自己生存的糧食。

我看了之後真的滿心抱歉，問自己是否已經更生？但我答不出來。因為我不記得犯案時的事，甚至覺得自己根本沒在反省，我也不認為在機構內靜靜地過日子就是贖罪。

我有這種想法，是在參加了幾次「幻影會」之後。接觸遺族們的苦悶後，我才知道他們能從咒縛解脫出來，只有在憎恨的對象離開人世的時候，名為「Multi Balance」的遺族就是典型的例子。殺死他母親的強盜殺人犯沒有判死刑，事發後經過二十年，至今他仍耿耿於懷。也就是說，如果判死刑，他的心情應該就能畫下句點。既然這樣，那我來當死刑執行人不就好了？

這個念頭一旦在腦海萌芽，就伴隨著強烈義務感急速膨脹起來，甚至認為我能贖罪的話，就只有這個了。制裁罪人們之後，當然我也打算了結自己的性命。做到這種地步，應該可以被原諒了吧。

「幻影會」查出了入江悠斗、高坂義廣和村上慎二的名字與住所，三個人都住在東京。我決定在這裡新加一個人的情報，長谷部奈央，也就是我的情報。我在社群平臺開了帳號，把它在「幻影會」揭露出來。社群平臺上，故意只發浮誇開朗的貼文，因為我覺得要做得像適合被處刑的人比較好。

至於處刑的手段，我毫不迷惑，就是用殺死誠也時，相同的方法。從正面，用刀子刺進胸部。但我根本不記得當時的事，到底是怎麼殺誠也的，也只是聽刑警、檢察官和律師說的。對我來說，我只覺得是陌生人做的，但這樣是不行的。我必須清楚地意識到，那是我的行為，所以我才決定選同樣的方法。

然後我決定親眼確認入江悠斗、高坂義廣和村上慎二的行動，其實這也不是難事。因為「幻影會」的成員，運用所有的情報網，報告了他們的生活狀況。因此我知道入江悠斗走哪一條路上班，也知道高坂義廣下班會去哪一家定食店吃飯，走哪一條回家，還有村山慎二在哪一帶拉客。

我在商店街的咖啡廳等入江悠斗經過，然後尾隨他。這樣做了幾次之後，我知道他的公寓周圍幾乎沒有人在走動。看著他的背影，我決定第一個目標就選他，因為他的年齡和誠也相仿。

十二月一日晚上九點多，我來到入江悠斗的公寓。我一身宅配員的裝扮，穿戴類似宅配員制服的工作服和帽子，抱著空紙箱。

按下門口的對講機，我說：「我是宅配，有您的包裹。」門就開了，入江悠斗完全沒有警戒。我說東西很重，我搬進去，就這樣雙手抱著紙箱進入他的房間。我將紙箱放在玄關口，遞出單據和原子筆說：「請簽名。」

入江悠斗將單據放在紙箱上簽名，我用右手掏出藏在後面褲袋的刀子，緊緊握在手裡。

「好了。」入江悠斗簽完名，將單據還給我。接下來的狀況，和我多次在腦海裡模擬的一樣。我握著刀子，用整個身體撞過去，刀刃刺入的感覺，比我想像中更沒有抵抗，深深地刺進他的身體。這一瞬間我想到的是，用磨刀石仔細研磨果然有用。

我一拔出刀子，入江悠斗就按著胸口蜷縮倒地，連聲音也沒發出來。我茫然地看著他那個樣子。心想，原來是這樣嗎？那一天，我就是這樣刺殺誠也，誠也就是這樣死去的嗎？

如果入江悠斗沒死，我覺得我會刺到死，但他動也不動了。我立刻脫掉制服，抱著紙箱走出公寓。

回家後，我的心情出奇地平靜，而且有一種從什麼解脫出來的充實感。說不定是因為，我終於能感受到自己是真正的罪人了。

高坂義廣，我是在他回家途中襲擊他的。那時他喝得很醉，動作遲鈍，看我是女人就露出很放心的模樣，一直到被刺為止，他都沒有要逃的樣子。

他倒地後，還在動。我擔心萬一有人來了不妙，就趕緊逃走了。可是看他那個樣子，我覺得他一定會斷氣。

村山慎二就更簡單了，畢竟是他主動跟我搭話，還把我帶到暗處。他被刺殺的時候，可能還搞不清發生了什麼事。

就這樣，三個人的處刑都結束了，我知道「幻影會」的成員很困惑。因此我想把最後處刑的時間和地點告訴他們，就在社群平臺寫下我要去美國，以及要住東京柯迪希亞飯店的事，想說他們說不定會在聖誕夜來飯店。那一則社群平臺的發文，可以說是邀請函。

我挑選東京柯迪希亞飯店是有理由的，因為我以前聽葉月姐說：「這是世界上最安全的飯店。」聽說過去曾兩次差點發生殺人案，都被警方擋了下來。如果這裡再度發生殺人案，一定會是大新聞。這麼一來，近期這一連串的被害人共同點也會查出來，社會也開始關注因為犯人不當輕罰而受苦的被害人遺族們。

可是聖誕夜，一個人年輕女孩獨自來住飯店也太奇怪了，所以我邀佐山涼一起來，他是我透過葉月姐認識而熟起來的朋友。我說我出錢，想在聖誕夜召集朋友開派對，他馬上說要參加。我說我隔天就要去美國了，他們也都相信。

重要的是，我的死不能被看穿是自殺。雖然遲早會查出來，但要做成駭人聽聞的命案，首先要假裝成他殺才行。因此我真的買了飛往美國的機票，也辦了護照，行李箱也塞滿東西。

困難的是，要怎麼處理佐山他們，遺體被發現後，他們會最先被懷疑。所以要讓他們在看不清臉部的情況下，一個個走出房間。所幸，聖誕夜剛好有個「聖誕禮物」活動，飯店員工會扮成聖誕老人到處造訪房客。我想到剛好可以利用這個，就提議了一個遊戲，跟佐山他們說，誰敢穿著聖誕老人裝走出飯店，我就發獎金。結果他們都參加了。

這種詭計，警方當然很快就會識破。可是要查出從我的房間出去的聖誕老人究竟是什麼人，也要花幾天時間吧，這樣就夠了。

我住在飯店的時候很快樂。逛了很多地方，拍了影片上傳社群平臺。我這麼做有兩個目的，我想讓警方認為，這麼快樂的女孩不可能自殺，這是其一。另一個是，期待能見到來飯店的「幻影會」成員。

昨晚我真的過得很快樂，想到再過幾個小時，我就能離開這個人世，從所有的痛苦中解脫，我開心得不得了。

明明只要再一點時間。

明明我就快要可以死了。

我都換上白紗禮服了，只剩把刀刺進胸部就好。

我到現在還是搞不懂，為什麼那位小姐會突然闖進來？我嚇了一跳，拿著刀子亂揮，結果害她受傷，我真的很抱歉……

還有，為什麼會有警察臥底？為什麼知道我想在那間飯店自殺？

現在我依然認為，讓我死不就好了。我死了，一切就結束了。

難道我錯了嗎？我活著真的有意義嗎？真的有救贖我的方法嗎？

33

東京柯迪希亞飯店的婚宴洽詢處後方有個房間，這是用來和已經決定辦婚禮或婚宴的情侶相談細節的地方。因為要把個人隱私的相關資料攤在桌上，所以必須和周圍隔開。

一早在警視廳本部偵訊完澤崎奈央後，新田再度回到飯店，在這個婚宴洽詢處後方的房間等人。時間已是下午一點多。

山岸尚美被送進醫院，據護送她的女搜查員說，她的精神狀況穩定，和出血量相比，傷口不深，行動上也沒什麼問題，但暫時無法回來工作。新田覺得當然要向山岸尚美道歉，也必須正式向飯店道歉。

但是，光是這樣還不夠——

把一般民眾捲入偵查，還害她受傷，也有人目擊到救護車把她送去醫院吧。在網路社群平臺盛行的時代，這次真的沒辦法敷衍過去。恐怕也會被追究臥底調查的對錯，有人必須負起責任。

新田想到這裡，聽到敲門聲，應了一句：「請進。」站起身來。

門開了，出現富永的臉。「我把她帶來了。」

「進去吧。」

在富永的催促下，怯生生地現身的是神谷良美，她的眼神帶著警戒與畏懼之色。

新田向她微笑致意後，對部下點點頭。富永隨即退到房間外，行了一禮，關上了門。

「妳好，請坐。」新田勸坐沙發，看著她坐下之後，自己也在對面的沙發坐下。「突然出現刑警，想必妳很困惑吧？」

「是啊。」神谷良美細聲細氣地回答：「我要退房的時候，被剛才那個人叫住。他說他是警察，請我協助辦案。我問他要我做什麼？他要我先在房間等，還說他已經跟飯店講好了。」

「這是我下的指示。」新田示出身分證明。「我是警視廳搜查一課的新田。」

神谷良美反覆眨了眨眼睛。

「原來你是警方的人啊，我看過你好幾次，一直以為你是飯店的人。」

「到昨天為止，正確地說到今晨黎明為止，我穿著飯店的制服，是為了近距離監視你們，我必須喬裝成飯店人。」

「我完全被騙了。」神谷良美微微一笑之後，眼神立即認真了起來。「你說監視，意思是現在還在懷疑我？因為入江悠斗被殺的命案。」

「真的很抱歉。」新田低頭致歉。「我我的確命令部下監視妳的行動，妳在家的時候也一直監視妳。」

神谷良美露出有氣無力的笑容。

「這也是沒辦法的事。如果我是警方的人，第一個也會懷疑我吧。事實上，我確實一直恨著入江悠斗，可是我希望你相信我，不是我做的。」

「是，我知道。」新田點點頭。「犯人已經被逮捕了。昨天深夜，在這間飯店。」

「果然是這樣啊。我從窗戶看到警車和救護車停在飯店前面，想說可能發生了什麼事。」

「妳有預料到這間飯店會發生事件嗎？」

「並不是確信一定會發生不過真的發生的話，一定是這裡。」

「因為隔天，她——長谷部奈央要出發去美國……是嗎？」

神谷良美驚愕地張開嘴巴。「你怎麼知道這件事？」

「剛才我說過了，我為了近距離監視你們而喬裝成飯店人。我說的不是妳，是你們。我們監視的，不是只有妳。妳有夥伴吧，互相分擔痛苦的同志，我們也必須監視他們。」

聽了新田這番話，神谷良美露出理解的表情。

「除了我以外，也有其他人來這間飯店啊。我就知道一定會有人來。」

「其中一人，把詳細情況告訴我們了，也說了你們參加了社群平臺。」

「原來是這樣啊。」神谷良美垂下視線，不久宛如想到什麼似地抬起頭來，睜大眼睛說：「該不會，那個人是犯人？難道是森元先生？還是前島先生……？」

新田搖搖頭。

「都不是，妳的夥伴們都不是犯人，請放心。」

「這樣啊。所以……昨晚沒有人被殺嘍？」

「是的，我們防範未然，成功阻止了。長谷部奈央沒有喪命。」

「太好了。」神谷良美安心地低喃後，抬眼看著新田問：「那犯人是誰呢？」

「目前這個階段，我不能告訴妳，說不定總有一天妳會透過新聞報導知道。」

「你不能告訴我是怎麼樣的人嗎？或者動機之類的……」

「妳猜動機是什麼？」

「這個嘛……對於奪走人命的人沒有受到應有的懲罰而感到義憤填膺，我猜是這樣吧。」

「這樣啊，我就知道妳會這麼想。」

「我猜錯了嗎？」神谷良美露出意外的表情。

「那確實是同情你們的不甘願才有的行為。但要說感到義憤填膺，又有一點不同。」

神谷良美詫異的表情，顯現出內心的難以釋懷。

「接下來我想問妳幾個問題，妳參加的社群平臺名稱叫做什麼？」

「你不知道嗎？」

「這是確認的過程，我想從妳的口中聽到。」

神谷良美做了一個深呼吸後，開口說：「幻影會。」

新田點頭。「妳能不能說跟妳有關的部分？」

「好。」神谷良美回答後，慢慢地娓娓道來，內容和大畑說的有很多共同點。

失去兒子文和的打擊太大，過了很多年依然忘不了那個慘案，怨恨入江悠斗的心情也沒有消失，一直很痛苦。這時看到了森元的部落格，受到刺激。不久在森元的邀請下，加入「幻影會」，然後在這裡認識了前島和大畑。但僅止於網路上的交流，沒有實際見過面。

「入會之後，我確實得到了救贖。想到世上有人和自己一樣痛苦，有人理解我的心情，感覺真的輕鬆多了，也防止更進一步討厭自己。」

「討厭自己？這是怎麼回事？」

「持續恨一個人，是需要精力的。可是『恨』無法產生新的東西，也不能讓自己幸福。明知如此卻繼續恨下去，覺得這樣的自己是個很卑賤的人，慢慢地就開始討厭自己。可是進入『幻影會』之後，知道不是只有我，其實大家都一樣，我真的鬆了一口氣。憎恨源自心靈的脆弱，但沒有必要以心靈脆弱為恥吧，後來我能這麼想了。」

「接著，發生了這次的事件。」

神谷良美嘆了一口氣。「我很驚訝。」

「知道入江悠斗被殺時，妳是怎麼樣的心情？」

「心情啊……很複雜。可以用力恨的人突然不見了，覺得有點沒勁，好像少了什麼，總之好像整個人懸在半空中的感覺，很奇怪。我也想過，說不定這樣就能解脫了，很多事情能有個了結，但事實完全不是這樣，有種煩悶的心情一直盤據在我心裡。」

「既然如此，真想親手殺了他……妳有想過嗎？」

神谷良美閉上眼睛，把頭歪向一邊，歪到整個上半身都快傾倒了。過了片刻後，她回復原來姿勢，睜開雙眼。

「可能因為我是個女人吧，所以我從來沒想過。反倒會想，殺了入江的人，是怎麼樣的人，為什麼要殺他。因為如果有人跟我兒子一樣，遭到入江同樣的暴行，那個人的遺族殺了他雪恨，那不是很悲哀嗎？因為入江什麼都沒反省，才會去傷害別人，這樣我兒子就白死了。」

神谷良美這番話，聽起來不是謊言。她雙眼蘊含著真摯的光芒，沒有一絲陰霾，新田覺得自己胸口熱了起來。

「不過妳馬上知道不是這樣吧。因為同樣的事，也陸續發生在『幻影會』其他成員身上。」

「所以我很困惑。既然你聽說了，那你應該知道吧，會員朋友們在社群平臺也有討論，究竟發生了什麼事，到底是誰下的手，可是沒有人知道。這時候，長谷部奈央的情報傳得滿天飛，說是要去美國，出國前一天要住在東京柯迪希亞飯店。」

「所以妳也想去住飯店是嗎？」

「我倒是沒有想太多，就算住進飯店，我什麼也沒辦法做，而且被盯上的不見得是長谷部奈央。可是我有想過說不定會遇到犯人，如果犯人知道我住進去，說不定會主動接近我，我是這麼期待的。」

「期待……妳想見到犯人嗎？」

「是的，我想見犯人，想跟他說話。」

「說什麼？」

「首先想知道理由，為什麼要做這種事。如果是同情我們才做的話，我想告訴他，他真的搞錯狀況了。」

「搞錯什麼狀況？」

「就算殺了那些人也不等於刑罰，刑罰必須伴隨著反省，有沒有面對自己犯的罪很重要。我想知道這一點，卻永遠沒機會知道了。」神谷良美的聲音響徹整個房間，這是她第一次在這個房間展現強烈的情感。但可能覺得難為情，立即低下頭去。「不好意思，我太大聲了。」

新田思考了片刻，從內袋掏出手機。

「發現入江悠斗的遺體之後，我們徹底調查他日常的行動，發現一件很奇妙的事。根據他手機的位置資訊，我們發現他每個星期六傍晚，會在街上到處走，大約兩小時。這段時間，他沒有進入任何店家，就只是一直走。若說是健走也很奇怪，因為他偶爾會停下來，在同一個地方停留幾分鐘。有人認為可能在散步吧，可是我無法認同。一個二十四歲的年輕人，每個星期六會花兩小時散步？」

神谷良美一臉困惑地聽著，可能猜不出新田究竟想說什麼。

「直到最近，我明白入江這個行為的意義了，因為我也實際走了好幾次，終於發現了。入江偶爾會停下來的地方，有個共同點，步道上都有這個。」新田把手機畫面轉給神谷良美看。

她原本茫然地看著畫面，忽然睜大眼睛，深深吸了一口氣，一隻手摀住嘴巴。

「就如妳所看到的，是點字導盲磚。入江在附近巡視有點字導盲磚的地方，為什麼呢？我終於找到目擊者。目擊者說看到一個年輕人，把停在點字導盲磚上的腳踏車，一臺一臺地搬開。我把照片給目擊者看，請他確認，證實是入江沒錯。」

「點字導盲磚上的腳踏車……」

「這樣妳懂了吧，入江其實沒有忘記自己犯的罪，我認為他打從心底在懺悔。害死文和一事，已經無法挽救。所以至少，不要忘記文和提醒他的事。這是他尊重文和展現的正義，也是對文和付出的敬意，我認為這是他這個行動的意義。」

「這個，能不能借我看一下？」

「請看。」新田將手機遞給她。神谷良美目不轉睛地凝視畫面，雙眼開始充血。

「聽說妳跟山岸小姐說，憎恨什麼的，對人生只是沉重的負擔。卸下這個重擔只有一個方法，可是妳連這個都失去了。」

「山岸小姐？啊，那時候那位小姐？對，我說過這種話。」

「卸下重擔的方法是原諒吧，妳在等能夠原諒入江悠斗的那天到來。」

神谷良美抬起頭來，雙眼含淚。

「你說得沒錯，我終於可以邁步向前走了。」

「太好了。」新田遞出手帕。

34

逮捕澤崎奈央後，約莫過了一個月——

新田環顧東京柯迪希亞飯店的大廳，深深嘆了一口氣。因為追加偵查，他幾度派部下來這裡，但自己卻是向神谷良美問話以來，第一次來到飯店。雖然很想早點來，但公私都太忙了，所以拖到今天。而且不是自己打定主意要來的。

「新田先生。」聽到有人叫他，新田往聲音來源處一看，只見山岸尚美走了過來。她今天不是穿制服，而普通的套裝。

「妳怎麼會在這裡？」

「因為總經理跟我說，你今天會來，要我在大廳迎接你。」

「這樣啊。可是，妳不是在這裡工作吧？」

「我現在的正式職場不是這裡。但這是個好機會，我就請了長假。這段期間，好好享受飯店生活。」

「原來如此。那個，所以山岸小姐……」新田一臉擔憂看向她的右手腕。「妳的傷已經不要緊了嗎？」

「是啊。本來就是割傷而已。」她把右手轉來轉去。

「真的很抱歉，我連去探病都沒辦法。」

「探什麼病。我只有第一天待在醫院，而且只待了半天。」

「這次又給妳帶來很大的麻煩，我由衷向妳道歉。」新田低頭致歉。要是周圍沒人，他很想下跪道歉。

「不，新田先生，必須道歉的人是我。我聽說了，你已經辭掉警察的工作。」

新田抬起頭來。「妳聽誰說的？」

「兩天前，稻垣先生來見總經理。」

「管理官？」

「他來道歉說，給飯店帶來麻煩。那時候，他提到新田先生已經提出辭職的事。」

「這樣啊。」

「都是我害的。」山岸尚美眼神哀傷地看著新田。「都怪我多管閒事還受了傷，害你必須負起這個責任。」

「不是的。」

「可是……」

「那時候，」新田說：「如果妳沒衝進房裡，澤崎奈央說不定已經死了。但就算是這樣，我也會寫辭呈。追查連續殺人案的凶手，居然在逮捕前讓她死掉，作為偵查負責人是最大的失策。可是多虧了妳，避免了這個結果。」

「聽你這麼說，我稍微好過了些……」但山岸尚美沮喪的表情依然沒變。

新田決定轉換話題。

「話說，既然管理官來過了，總經理還有什麼事要找我呢？他說有特別的事要跟我說，希望我來一趟，八成是要求我謝罪吧。」

山岸尚美露出苦笑，搖搖手說：

「總經理絲毫不認為你有過失。」

「那就好。既然如此，他找我有什麼事呢？山岸小姐妳有沒有聽說什麼？」

「我什麼都沒聽說，他只有叫我來大廳這裡接你而已。總之，我可以先向總經理回報說你已經來了嗎？」

「麻煩妳了。」

山岸尚美開始用手機打電話，她的表情還是有點僵硬。可能在擔心藤木叫新田來的理由，和自己的受傷有關。

遞出辭呈一事，新田沒有絲毫躊躇。案件的內容被媒體詳細報導，將焦點聚集在犯行的特異性，同時呼籲檢討警方辦案方法的聲浪也很大。畢竟害一般民眾受傷，是很令人痛心的事。高層採取靜觀態度，但沒人出面負責無法平息，新田認為這是自己的職責，便遞出辭呈。搜查一課課長當然沒說話，稻垣也沒有出言慰留，新田把這種默許當作是尊重自己的尊嚴。

只有一個人抗議，梓真尋。她打電話給新田，說有事要跟他說，把他叫了出來。

一見面，梓劈頭就說：「你辭職太不合理了！」接著又說：「不管是誰，站在什麼角度看，錯的人都是我。我因為同情澤崎奈央，被一時的遲疑困住，做出了離譜的錯誤判斷，是我一生的悔恨。那時，我聽到新田警部對她說的話，才恍然大悟。不能只是想怎麼懲罰罪人，還要想怎麼救他。贖罪和自我拯救是一樣的。我蠢到沒能洞悉這個道理，大概會悔恨一生吧。應該被處分的人是我，我也這樣跟管理官說了……」

「他怎麼說？」

「他叫我不要多嘴。」

「他說得對。我提出的報告書裡，沒有寫到妳的舉動，妳根本不在場。沒有理由處罰不在場的人。」

「可是這樣的話……」

「妳父親好嗎？」新田打斷梓的話，如此問道。

「啊？」

「我在問妳的父親。聽說他以前也是刑警，現在在做什麼呢？」

「他過著平穩的退休生活……」

「這真是太好了。」新田笑了笑，「就算妳寫了辭呈，實質的偵查負責人是我，我不可能不被究責，所以只要一個人辭職就好。妳應該繼續當警察，不可以讓妳父親失望。我父親是協助美國企業鑽法律漏洞的缺德律師，似乎無法忍受兒子居然當刑警，做這種吃力不討好的骯髒工作，聽到我辭職一定會高興得跳起來。」

「新田警部……」

「我被女人摔倒在地還是頭一遭，妳能把合氣道練得這麼好，一定無所不能。請好好守護庶民，連我的分一起。」新田伸手，請求握手。

梓真尋已經不反駁了，她以充滿決心的眼神凝視新田，強而有力地答道：「好！」伸出右手，和新田握手。

能勢也和新田聊了一下。他沒有阻止新田辭職，只說：「我做夢也沒想到，新田先生居然比我早離開警視廳。」

「等我們都變成一般市民，再一起去喝酒吧。」新田說。

「好，我很期待。」能勢笑說。

新田也想到澤崎奈央，她又被鑑定留置了。不過這次應該不會出現以前那種判決，她會被追究刑事責任。

據說，神谷良美、森元雅司和前島隆明，還有大畑夫妻，都為澤崎奈央請願減刑。但不曉得法院會怎麼判。

新田在回想這些事時，聽到山岸尚美喚他。

「新田先生。總經理請你立刻過去。」

「好。」

兩人並肩邁開步伐。

「山岸小姐，妳會在這裡待到什麼時候？又會回洛杉磯吧。」

「這個嘛，說不定不會。我調去洛杉磯，本來就只是一段時間，遲早要回東京來。總經理說，這剛好是個好機會。」

「這樣啊。那妳打算怎麼做？」

「坦白說，我還在猶豫。我覺得洛杉磯那裡還有事情沒有做完，可是我又想在這裡發揮鍛鍊的技能。」

「這是很棒的煩惱啊。不管哪一條路都是向前邁進。」

「新田先生……」山岸尚美說到這裡忽然打住。「對不起。沒事。」

新田知道她想說什麼。

「我想先休息一陣子，和妳交換，換我去久違的美國走走也不錯。我也很久沒有見到我那個混蛋老爸了。」

兩人就這樣聊著聊著，來到了總經理辦公室前。山岸尚美敲門，聽到藤木的聲音：「請進。」

山岸尚美開門，說了一聲「打擾了」，行了一禮。

「我帶新田先生來了。」

新田在她的催促下，踏進總經理辦公室。

藤木從椅子上起身。

「新田先生，您這麼忙還叫您來，真的很抱歉。」

「我一點都不忙，我想您應該知道。」

「哈哈哈哈。」藤木笑著勸坐沙發。

但新田沒有立即坐下，直直地站著面對他。

「總經理，很抱歉，這麼晚才向您道謝。真的非常感謝您協助我們日前的偵查。此外，我說會保證所有員工們的安全，卻沒能履行承諾，我真的由衷感到萬分抱歉。」新田說完，深深地低頭致歉。

「請抬起頭來，要謝罪的話，稻垣先生已經謝罪了。山岸的傷也沒什麼大不了，這件事就到此為止吧，先坐下來再說。」

「好。」新田回答後，往沙發坐下。

「那我告辭了。」山岸尚美打算離開辦公室，被藤木叫住。

「不，妳也留下來。接下來我要說的事，希望妳也留下來一起聽。」

「好，我知道了。」於是山岸尚美也留了下來。

藤木坐在新田的對面，露出柔和的笑容。

「我聽稻垣管理官說，警視廳失去一名非常優秀的人才。」

新田聳聳肩。「優秀的話就不會寫辭呈了。」

「警署畢竟是政府機關，沒有柔軟運用規則的想法。這一點，飯店不一樣，因為制定規則的不是我們。」

「制定規則的是顧客，對吧？」

「沒錯。」藤木滿意地點點頭。「問題在於，如何能讓顧客舒適地享受飯店時光。因此，我們必須提供更安全的環境。這次的事，讓我再度深切感受到這一點，所以我想提升現在的警備體制，讓它堅若磐石。具體而言，不能只仰賴外部協助，我決定新設一個專門的警備部門。」

「警備部門……」

「所以我才把你叫來。」藤木探出身去，繼續說：「新田浩介先生，請你擔任東京柯迪希亞飯店的警備部經理。」

「嗄?」新田發出呆愣的聲音。「你說什麼?」

「你沒聽清楚嗎?我是在拜託你,請你今後也繼續守護這間飯店。」

新田驚訝到說不出話來,思考迴路難以運轉,只好求救般地看向山岸尚美。

結果山岸尚美露出最美的微笑——

「歡迎來到東京柯迪希亞飯店。」

國家圖書館出版品預行編目資料

假面飯店：假面遊戲 / 東野圭吾作；陳系美譯. -- 初版. -- 臺北市：三采文化股份有限公司, 2023.12
面；　公分. -- (iREAD；168)

ISBN 978-626-358-235-4（平裝）

861.57　　112017931

suncolor 三采文化

iREAD 168

假面飯店：假面遊戲

作者｜東野圭吾　譯者｜陳系美
編輯二部 總編輯｜鄭微宣　主編｜李媁婷　版權協理｜劉契妙
美術主編｜藍秀婷　封面設計｜莊馥如　內頁排版｜陳佩君　校對｜黃薇霓

發行人｜張輝明　總編輯長｜曾雅青　發行所｜三采文化股份有限公司
地址｜台北市內湖區瑞光路 513 巷 33 號 8 樓
傳訊｜TEL: (02) 8797-1234　FAX: (02) 8797-1688　網址｜www.suncolor.com.tw
郵政劃撥｜帳號：14319060　戶名：三采文化股份有限公司
初版發行｜2023 年 12 月 29 日　定價｜NT$420
3 刷｜2024 年 3 月 20 日